2

ようこそ実力至上主義の教室へ 2年生編

Welcome to the Classroom of the Second-year

衣笠彰梧×トモセシュンサク

西野武子《にしのたけこ》
2年Bクラスの女子生徒。龍園に対し反発するなど胆の据わった一面がある。

石崎大地《いしざきだいち》
龍園を慕う、2年Bクラスの荒くれもの。自ら目の当たりにして以来、綾小路の強さを信頼している。
小宮叶吾《こみやきょうご》
2年Bクラスでバスケ部所属。かつて暴力事件をでっちあげ須藤を嵌めようとしたことも。

椿《つばき》桜子《さくらこ》

「あの女は無視していい」

「桐山副会長と同じ3年生ですからね、
そうもいきません」

「……あいつは鬼龍院、俺と同じBクラスの人間だ」

「OAAで見ました。

高い評価を受けてる生徒ですよね」

「成績だけはな。だが鬼龍院には、南雲のような
後ろ盾は一切ない。満足な友人一人いない人間だ」

「そう褒めてくれるな。テレるだろう？」

全く褒めていないのに、鬼龍院は不敵に笑う。

ようこそ実力至上主義の教室へ2年生編

Welcome to the Classroom of the Second-year

ようこそ
実力至上主義の教室へ
2年生編2

衣笠彰梧

MF文庫J

ようこそ実力至上主義の教室へ2年生編 2

Welcome to the Classroom of the Second-year

contents

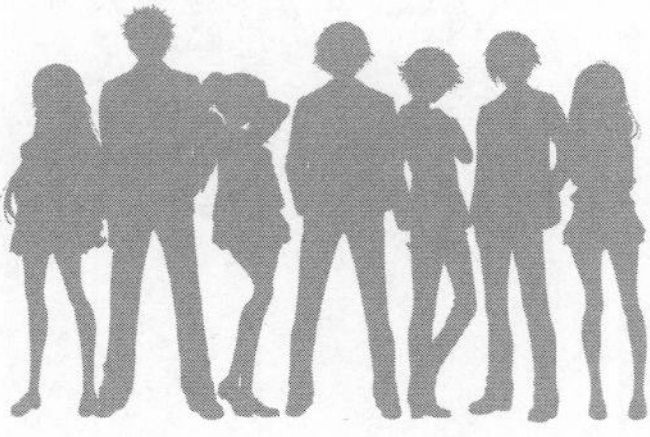

口絵・本文イラスト：トモセシュンサク

○ホワイトルーム生の独白

高度育成高等学校。その校舎にある1年生の教室。

そこで今、あまりにもお粗末で低レベルな授業が行われていた。

同じ年齢の生徒たちが、眠くなるほど簡単な問題に悪戦苦闘している。

園児たちの中に大人が交ざってしまったような、そんな錯覚さえ感じてしまう。

この場所で学習することの無意味さ、時間の消費に嘆きたくなることも少なくない。

だからそんな時はある人物のことを思い浮かべる。

それだけで『憎悪』という感情が心の奥底から噴《ふ》き出《だ》してきて、この場所に留《とど》まる意味を思い出させるからだ。ペンタブを握る右手にも、必然と力が籠る。

綾小路清隆《あやのこうじきよたか》。

その名前を知ったのはいつだっただろうか。

思い出そうとしても、正確な日付を思い出すことは難しい。

しかし、物心ついた時点で記憶の中に刻み込まれていたことだけは確かだ。

ホワイトルームで学ぶ人間で、その名前を知らない者はいない。

それはどうしてか。
それはどの期の、どの年齢の生徒よりも優れていたからに他ならない。
誰も、4期生である綾小路清隆《あやのこうじきよたか》を越えられなかったからだ。
結果として綾小路清隆は完璧な手本として祀《まつ》り上げられていた。
たった1人の子供が、ホワイトルーム全体に大きな影響を与えていた。
1つ下の5期生である自分たちが、その影響を最も受けたのではないだろうか。
あの男はどんなに過酷なカリキュラムでも常に好成績を残してきたという。
しかし、それはこちらも同じこと。5期生の中で飛び抜けた成績を収め続けた。
誰よりも優れた天才であると証明し続けてきた。
なのに……そんな天才の自分が褒《ほ》められることは一度としてなかった。
その理由は、もはや説明するまでもないだろう。
口を開いた教官から出てくる言葉は無情にもいつも同じもの。

『1年前の綾小路清隆は、もっと凄《すご》かった』

どれだけ努力しても、どれだけ抜きんでた成績を収めても認めてもらえない。
掴《つか》みようのない、まるで神のような存在に追い付けと命じてくるだけ。
同じ部屋で学ぶ者たちの中には神格化された綾小路清隆を『崇拝《すうはい》』する人間もいた。

なんて情けない話だ。

1番になるべく教育を受けているはずの人間が、1番になることを放棄《ほうき》している。

そんな人間が、ホワイトルームで最後まで生き残れるはずもない。

結局、彼らは鼻で笑うまでもなく脱落していった。

けれど、自分にも気持ちが弱くなった時期が全く無かったわけじゃない。崇拝こそしないものの、実は綾小路清隆などという人間は存在しなくて、自分たちを奮い立たせるために作り上げられた架空の人物ではないかと疑ったことはある。

そんな感情は、教官たちにも見透かされていたのだろう。

ある日教官たちから指示を受け、外部の人間が使う見学室に連れていかれたことがある。

ミラーガラス越しにではあったが、そこで初めて綾小路清隆の存在を肉眼で確認した。

こちらが見ていることなど知る由《よし》もなく、淡々《たんたん》と驚異的な成績を残していた。

その姿に、知らず知らずのうちに身体《からだ》が小刻みに震えたのを今でも覚えている。

しかし神を見たような気分になったからかと聞かれれば、それは強く否定する。

そうじゃない。アレは、自分たちに仇《あだ》なす者。

『崇拝』ではダメ。『憎悪』の感情こそが、己を奮い立たせるために重要なのだ。

そう、憎悪という感情が自らの身体を震わせていた。片時も忘れることなく憎み続けたからこそ、ホワイトルームで生き残ることに成功したのだ。

もっとも、崇拝や憎悪。それらはあくまでも自分の個人的な考えや感情に過ぎない。

組織の人間にとって、生徒たちがどうであるかなど二の次。

ホワイトルームは1番になれる人間を生み出すことが最終目標ではない。

研究を確立させ、非凡なる卓越した人間を量産していくこと。

それがホワイトルームの存在意義。

自分であろうと綾小路清隆《あやのこうじきよたか》であろうと、成功例であればどちらでも構わないのだ。

だからこそ——失敗例には全くの価値がない。

つまり成功例に綾小路清隆が選ばれたなら、今こうして学んでいる自分の存在意義が何なのか分からなくなる。

失敗したサンプルの1つとして、価値のないままその生涯を終えてしまう。

なんて惨《みじ》めな末路だろうか。

脱落していった生徒たちと何一つ変わらない結果になってしまう。

そんなことを認めるわけにはいかない。

どんな手段を取っても『綾小路清隆』が1番でないことを証明しなければならない。

自らが成功例であることを、組織に認めさせなければならない。


千載一遇のチャンスは突然訪れた。

綾小路清隆が命令を破り、再開されるホワイトルームに戻らなかったのだ。

そのおかげで、交わることのなかった自分が綾小路清隆に接触する機会を得た。

――そう。

直接葬り去ることが出来る、唯一無二のチャンスが巡ってきた。

そのためには常識などという絵空事はかなぐり捨ててしまう方がいい。

言うなれば、殺してしまうのも……問題解決方法の1つだ。

○変わっていく学校生活

その日、2年Dクラスはこれまでに経験したことのない奇怪《きっかい》な状況を迎えていた。

小刻みに右足を貧乏揺すりさせながら、幸村輝彦《ゆきむらてるひこ》は繰り返し教室の入り口を見る。

「ちょっと落ち着いたら？　まだきよぽんが出てって5分も経《た》ってないし。先生に呼び出されたんでしょ？　もうしばらくかかると思うけど」

クラスメイトで親しい友人でもある長谷部波瑠加《はせべはるか》は、そう幸村に声をかけた。

そんな長谷部に付き添うように、佐倉愛里《さくらあいり》と三宅明人《みやけあきと》も同席する。

「落ち着いてるさ……心配ない」

一度はそう答え貧乏揺すりを止めた幸村ではあったが、再び落ち着きを無くすまでそう時間はかからなかった。静かに右足が上下しズボンが擦れる音がする。

幸村は放課後を迎えるなり綾小路《あやのこうじ》に話しかけようとしたが、堀北《ほりきた》の登場により一度断念した。その後も茶柱《ちゃばしら》に呼び出されてどこかへ向かったと堀北から聞かされ、教室でその帰りを待っているところだった。どこか諦めたようにため息をつき、長谷部は窓の外を見た。

普段、幸村が貧乏揺すりなどしないことを知っているだけに、これ以上落ち着けと言っても意味がないと早々に悟った。重苦しい空気が張り詰めた2年Dクラスの教室。

春を迎えた5月の空は、実に青々としていて綺麗《きれい》だなと長谷部は思う。

そして、どうしてこんな状況になっているのかを改めて考える。

1年生と2年生がパートナーを組んで行われた、4月の特別試験。

そこで実施された5科目のテスト、友人である綾小路清隆《きよたか》が数学で満点を獲得した。

普段のテストなら、満点を取る生徒を見ることはけして珍しいことじゃない。

学力上位である幸村を筆頭に、定期的に満点を取る生徒は現れる。もちろん、時には意外な伏兵が満点を取ることもある。猛勉強した結果だったり、勘で絞り込んだテスト範囲と偶然合致していたり。

でも、今回は今までのそれらとは大きく異なっているようだ。

もちろん、幸村ほどではないが長谷部も薄々は気が付いている。

今回の特別試験、科目を問わずクラス内で満点を取ったのは唯一、綾小路だけだった。

単なる猛勉強や偶然では片づけられない。

「まだ6分か……戻らないよな」

落ち着かない状態の幸村を友人として放っておくことも出来ず、長谷部は全く違う話題をしようかとも考えたが、幸村に付き合う形で話を振ることにした。これで少しでも気が紛《まぎ》れるならと考えたのが主な理由だったが、長谷部自身、綾小路が成し遂げた数学満点という結果が、どれほど凄《すご》いことなのか知りたかった。

「そんなに難しい問題だったの？」

そう質問をぶつけると、幸村は迷わず頷《うなず》く。

「難しいなんてもんじゃない。テスト中俺は問題文の意味も分からなかったんだ」

問題が解けなかったのではなく、問題文そのものを理解できなかったと幸村《ゆきむら》は言う。

「テストが終わった後、覚えてる限りで試験問題を調べてみたんだが、高校生で習う範囲を大きく逸脱《いつだつ》してた。つまり本来なら解けるはずもないような問題だ」

「何それ。学校もおかしくない？　テスト範囲外なんてレベルじゃないじゃん」

「確かに理不尽だ。そのせいでどの科目も取れる点数は劇的に下がったからな。ただ、茶《ちゃ》柱《ばしら》先生が言っていたほど難しくない問題も多かったけどな」

不意打ちの高難度問題を放り込んだ分、低レベルな問題も幾《いく》つか交ぜられていた。

つまり、満点こそ取れないが低い点数も取らないように調整されていたということ。

「平均点を高くする配慮はしてくれたってことね」

「テストの結果には退学もかかってたからな。クラスとしては助かったところだ」

それ自体は喜ばしいことだが、幸村にとって今は些細《ささい》なこと。

「取れるはずのない満点を綾小路《あやのこうじ》が取った。俺は……手品を見てるみたいだ」

あえて苗字《みょうじ》で呼んだことからも、幸村の怒《いか》りが窺《うかが》える。

「そ、そんな問題が解けちゃうなんて、清隆《きよたか》くん凄《すご》いねっ」

重苦しい場の空気を少しでも変えようと、佐倉《さくら》が賢明《けんめい》な笑みと共に発言する。

しかしそれは逆効果だったようで、余計に幸村の表情は硬く引き締まった。

「俺は仮にも1年間、このクラスの生徒たちの学力と向き合ってきたつもりだ。そのうえで誰も解けるはずがないと判断したからこそ、今回の結果に驚いてるんだ」

「詳しく聞かせてよ」

綾小路グループの会話を聞いていたクラスメイトの篠原《しのはら》も、会話に参加してくる。

気が付けば大勢のクラスメイトが、幸村の発言に耳を傾けていた。

「タブレットでも確認できただろ。このクラスの中に、１科目でも満点を取れたヤツがいたか？　いや、クラスから外に目を向ければもっと分かるだろ。２年生全体で見渡してみろ。一之瀬《いちのせ》も、坂柳《さかやなぎ》も、誰一人満点を取ってる生徒なんていない」

論より証拠というように、幸村は現実に起こっていることを突き付ける。

タブレットを操作することで、２年Ｄクラス以外の結果も見られるようになっていた。

「気が付かなかった。他クラスの結果も見れるじゃん。なんで？」

驚いて篠原が、手渡されたタブレットを不思議そうにスライドさせる。

「さあな。ＯＡＡが導入されたからか、あるいはそれ以外か。どんな理由にせよ次回のテストがどう開示されるか待つしか答えは分からない」

「わー、ヤダ。あたしの点数とか大勢に知られるってことじゃん。最悪ー」

悲鳴を上げるように、クラスの女子を束ねるリーダー、軽井沢恵《かるいざわけい》が言う。

そして、続けてこうも発言した。

「もしかして綾小路くんって数学だけ天才だったとか？　たまにほら、ドラマとかでも数学とかで殺人事件を解いちゃう主人公とかいるじゃない？」

佐倉《さくら》とは違う方向で場の空気を読めない軽井沢《かるいざわ》の言葉に、幸村《ゆきむら》は呆《あき》れながら否定する。

「だったら、どうしてこれまでの数学では満点じゃなかったんだ。今回みたいな問題が解けるなら、これまでもずっと満点かそれに近い点数じゃないと説明がつかない」

まるで要点が分かっていないと、幸村はやや口調を荒らげて答えた。

「そんなことあたしに聞かれても。じゃあれでしょ、春休みの間とかに猛勉強したとか」

的外れな軽井沢の回答に、徐々に苛立《いらだ》ちを募らせていく幸村。

「短期間でどうにかなるような話じゃない。俺に想像つかないハイレベルな学習をしたとしても、高校生で習う範囲じゃない問題を解いたことの説明にはならない。そんなことも分からないなら口を出さないでくれ」

キレ気味に返した幸村に軽井沢も苛立ち、沸点に近づいていく。

「そんなの知らないし。勝手にイライラしないでくれる？　ムカつくんですけど」

「そうよそうよ。軽井沢さんに当たるのっておかしくない？」

援護するように前園《まえぞの》が、すかさず幸村を口撃《こうげき》する。

味方を得た軽井沢は、再び幸村の話した内容について突っ込みを入れ始めた。

「なんか偉そうなこと言ってるけど、幸村くんが理解できてないだけじゃないの？　本当は自分が解けなかっただけで、そこまで難しい問題じゃないとかさ」

軽井沢自身、自分の発言内容が苦しいことは内心では理解していた。

しかし、この場では道化を演じることが必要だと思っているからこそ、その態度がブレることはない。

だが場はヒートアップしていき、否応《いやおう》なしに綾小路《あやのこうじ》についての疑念が深まっていく。

「もう忘れたのか？　坂柳《さかやなぎ》や一之瀬《いちのせ》だって満点を取れてないような問題だ」

「じゃあ、その難しい問題だけたまたま知ってたんじゃないの？」

「あのな――――」

もはや怒《いか》りを通り越して呆れる幸村。

そして、自分の頭の中で整理をつけるように説明し始める。

「俺は……だから、つまりあいつは……元々数学が信じられないくらい得意だった、ってことだと思ってる」

「だったらいいじゃん。あたしが言ったように数学の天才だったたってことでしょ？」

「重要なのはそこじゃない。もし、そうなんだとしたらあいつは――――」

「あー悪い。俺１個思ったんだけど……」

思わぬ方向に話が進みだしたところで、更に南節也《みなみせつや》が参戦者として会話に乱入する。

「確かに綾小路がいきなり満点取るなんて不可解だよな。幸村の言ってることにおかしな部分はないし。けど数学の天才ってのも、いきなりすぎる気がしないか？　だってこれまでは凄《すご》い点数なんて取ってなかったわけだしな」

今度は幸村をフォローするように、かつ違った方向での疑問をぶつける。

「だからこそ思ったんだけどさ、綾小路のヤツ悪いことでもやったんじゃねえの？」

幸村《ゆきむら》、そして多くの生徒が抱き始めていたのは『綾小路《あやのこうじ》が数学の天才だった』という想像。それを真っ向から否定する意見が出てきた形だ。

実力で問題を解いていたのではない、としたら。そんな疑問。

「それ、あるかもな。なんか答案用紙を見たとか、さ。ほら1年生の時にもあったよな？　そう、過去問と全く同じ問題が出されるヤツ！」

思い出したかのように、池寛治《いけかんじ》が大声を出した。

1年前の春、クラスメイトは3年生から過去問を手に入れた。非常に難易度の高い試験だったが、記憶さえできれば誰でも高得点を取ることが可能だった。

「けど過去問と全く同じだったら、俺たちに情報回してないとおかしくないか？　それに他クラスの誰もそれに気が付いてないってのも変だしさ」

池に対して、宮本《みやもと》は冷静に納得できない点を話す。

「じゃあ……話せないような方法で、問題と答えを事前に知った……？　不正してさ」

「不正ってどうやるのよ」

池の漠然とした回答に、傍《そば》に立つ篠原《しのはら》が突っ込む。

「学校のパソコンをハッキングして答えを盗み出したとか！　ありそうじゃん！」

「それじゃ、発想が軽井沢《かるいざわ》と同じだ……」

収拾のつかなくなってきたクラスの惨状に、幸村が頭を痛める。

ただ奇《く》しくもこの話題が盛り上がることで確実に時間は経過し始めていた。

議論の中心は、綾小路が実力で解いたものではなく、何らかの方法で答えを知りえたのではないかという方向で熱を帯びてくる。

これまで高得点を取っていないことを踏まえれば自然な流れだったかも知れない。

そんな流れを払拭《ふっしょく》したのは、これまで静かに耳を傾けていた須藤健《すどうけん》だった。

身長186センチを超える長身が立ち上がり、クラスの視線を集める。

「盛り上がってるみたいだけどよ、綾小路が不正した証拠なんてどこにもないだろ。本人がいないところで勝手に決めつけんな」

至極《しごく》真っ当な発言ではあるが、それを須藤が言ったことに全員驚きを隠せない。

特に、日ごろから須藤と仲良くしている池には、それが面白くなかったようだ。

「なんだよ健、おまえ綾小路の味方するつもりかよ」

「別にそんなんじゃねえ。けど、簡単に答案用紙なんて見れるわけないだろ。……まだ実力で満点取った可能性の方が高いんじゃねえかって、そう思っただけだ」

発言の後半はやや歯切れを悪そうにしながらも、意見を述べる。

「実力って、先月のOAAは俺よりも学力低かったんだぜ？　悪いことでもしないと無理に決まってるだろ」

放課後、新たに更新されたOAAを見た宮本が、不正を決めつけるような発言をする。

「1年の時とは違うってことだろ。誰だって成長してんだからよ」

「須藤くんの言う通りじゃない？　だって宮本くんの学力、須藤くんにも抜かれてるし」

鋭い軽井沢《かるいざわ》の指摘に、宮本《みやもと》が少しばつの悪そうな顔を見せた。

学年最下位と言っても過言じゃなかった1年前の須藤《すどう》は、更新されたOAAでは学力を一気に54にまで伸ばした。宮本の53という数字を1ではあるが上回ったことになる。

「そ、そりゃ須藤は勉強沢山やってたし、成長は認めるけど……けど、綾小路《あやのこうじ》の場合は伸びすぎだってことだよ！」

「だからそれは、高円寺《こうえんじ》みたいに手を抜いてただけってこともあるだろうが」

ここで軽井沢が言っていたような、数学だけ天才だったという説が再燃する。

堂々巡りのような議論だが、状況はより悪い方向へと進み始めていた。

「だったら余計に問題じゃねそれ。クラスに貢献《こうけん》してなかったってことじゃんか」

取れるはずの点数を取らなかった。

実力を隠していたのが本当であれば、池《いけ》の発言も間違ってはいないことになる。

いつも仲の良いグループである須藤たちが、内輪揉《うちわも》めのような状況に陥《おちい》りだす。

これ以上、このグダグダを続けさせるわけにはいかないと判断した1人の生徒が仲裁に入る。

「少し落ち着こう。この場で熱くなっても解決しないことなんじゃないかな」

クラスの雰囲気が悪くなっていく一方の状況に、平田洋介《ひらたようすけ》が待ったをかける。いつもはまとめ役を率先する平田だったが、ギリギリまで沈黙を貫いていた。クラスメイトが何を考え、どう思っているのかを把握したうえで、状況の打開に動こうと決めたからだ。

平田はまず、須藤に対し優しく声をかける。

「須藤くん、そろそろ部活の時間なんじゃない？」

「え？　あ、ああそう言えばそうだな」

急に現実を突きつけられたように、我に返る須藤。

「この話が気になるのは分かるけど今は不確定な部分も多い。憶測だけで部活動にまで支障をきたすのは得策じゃないと思う。たった1回の遅刻、と言葉だけで済まないのはもう分かっているよね」

まずは教室に残った人数を減らすことが第一と判断した平田。

部活も忘れてヒートアップする須藤たちを冷静に落ち着かせる。ＯＡＡが導入されたことで、自己の成績を気にする生徒が格段に増えた。須藤もその中の１人だ。

鞄《かばん》を持った須藤は、この騒動の中一言も口を開こうとしない鈴音《すずね》の背中を一度だけ見つめた後、静かに教室を後にする。それに続くように部活動に所属する生徒が後に続く。

「俺も行くわ。悪いが啓誠《けいせい》は任せた」

「うん。またあとでね、みやっち」

長谷部《はせべ》と佐倉《さくら》に見送られるように、綾小路グループの１人である三宅《みやけ》も弓道部に向かうための支度を済ませ、不穏な空気の残る教室を後にした。

それ以外の生徒もチラホラと帰路につこうとはするものの、半数以上の生徒が教室に残り続ける様相だった。

1

２年生になって初めての特別試験を終えたオレたちＤクラス。

オレは宝泉《ほうせん》とのいざこざで左手を負傷することになったが、それによって退学の危険性を排除することに成功した。代償《だいしょう》である傷の完治には当分かかるだろうが、仕方がない。

月城《つきしろ》に見送られる形で応接室を出たオレは、扉を閉めるなり小さく息を吐く。

これでまた、何気ない学生の日常が戻って来る……。

そんな甘い考えは、もはや持つことも許されない状況になりつつあった。

そもそも既に今の環境が、日常から随分《ずいぶん》と遠ざかり始めている。

理事長代理に呼び出されて会話をするなど、生徒の多くが首を傾《かし》げるような異質な話だ。

そんな風に思いながらも、どうしようもない現実は存在すると諦める。

この学校に逃げ込んできたオレに、いつまでもついて回るしがらみだと割り切るしかない。解放されるための唯一の手段は『退学』以外に無いのだから。

「話し合いは終わったようだな」

「ええ、まあ」

応接室から少し離れた場所で待機していた茶柱《ちゃばしら》が当たり前のように合流してくる。

オレはその茶柱の姿を見てちょっとした落胆《らくたん》を覚えたが、表情には出さない。

月城は今現在、オレが2年Dクラス担任の茶柱や、2年Aクラスの真嶋《ましま》先生と手を組んでいる状況を知らない。そんな中、月城に呼び出されたオレを茶柱が待ち続けているのは不自然以外の何物でもない。

茶柱を使ってオレを呼び出したことは担任の役目と考えれば普通のことだが、月城ならば1つの罠《わな》として利用している可能性も否定できない。だからこそ、この場では再接触せず立ち去ってもらいたかったのが本音だ。

普通の教師と生徒の立場であれば、残って待っているのは不自然な行為。

もう少し落ち着いた状況なら、茶柱もそのことに頭が回っていたかも知れない。

オレが数学で満点を取り、実力の一部をクラスメイトに周知させたことが影響したのだろう。浮足立つ気持ちは分からなくもないが、これは茶柱の軽率な行動だ。

ただ1点擁護《ようご》する部分があるとするなら、あの男に対する評価の違いにあるだろう。

あくまでも茶柱にしてみれば、担当する生徒の父親が関係している、という部分が先行する。

ホワイトルームなどのバックグラウンドも分からないのだから、無理もないところだ。

おのずと月城に対する警戒心、温度差も広がってしまう。

だからこそ、オレはこの点について何も言わない。

少しでも早くこの場から去ることしか今は出来ないため、オレは足を進める。

「今日からはおまえも、ちょっとした有名人だな」

口を開いたかと思えば、やはりそっちに関する内容か。

「嬉《うれ》しくはありませんが、必要な措置《そち》。許容範囲だと受け止めるしかありませんね」

「しかし他クラスの生徒はともかく、クラスメイトにはどう説明するつもりだ？　おまえはこれまで目立たない生徒を極力演じてきた。それがあの難度の数学試験で満点となれば、当然クラスメイトは放っておかないはずだ。先手は打っておいたのか？」

話を聞き流しながら、今日これからのことを考える。

教室には鞄《かばん》を置きっぱなしなのでこの後教室に戻らないといけない。

「先手の打ちようがないでしょう。この段階から始めるところです」

わざわざ今度の特別試験は数学で満点を取る、なんて予告する方がどうかしている。

「それは難儀なことだな。質問攻めは覚悟しておくことだ」

「分かっていますよ」

この先のことを少しでも理解しているなら、早々と解放してもらいたい。

「ここでいいですか。担任と二人きりで歩くのも、今は中途半端に注目を浴びますので」

分かった分かった、と茶柱《ちゃばしら》は呟《つぶや》き職員室の方角へと歩き出した。

感情は極力消しているつもりだろうが、嬉しさが滲《にじ》み出《で》ているのは容易に見て取れる。

どの担任教師より生徒から距離を取っているように見えて、その実一番生徒に近い位置にいる教師なのかも知れないな。学生時代の自分に未練があるが故に、抑えきれない感情が溢《あふ》れている。

普通の生徒相手ならそのポーカーフェイスで十分なんだろうが……こちらからしてみれば滑稽《こっけい》な存在だ。扱いやすいのは利点だが、今は邪魔なだけ。

これ以上茶柱にリソースを割くのは無駄なのでいったん忘れる。

それから携帯を取り出し堀北《ほりきた》に通話を試みるが、コールは鳴るものの繋《つな》がらない。

簡単なメッセージを飛ばしてみたが、既読も付かなかった。


「仕方ないか」


今、一番状況の打開に役立ってくれそうなのは堀北なのだが。

これまでの1年間、そして数学での勝負や生徒会に関すること。

ちょっとした事情説明で、ある程度の融通が利く。出来ることなら軽く根回ししておきたかったが、ぶっつけ本番で対応するしかないようだ。

2年Dクラスの教室が見えてきた。

数学で満点を残した直後の教室は、どんな様子だろうか。

いつものように、ほぼすべての生徒がすでに帰路についてくれているとありがたいが。

そんな希望を抱きつつ教室に戻って来ると、望んだ方向とは違う景色が広がっていた。

月城《つきしろ》に呼び出されてここに戻ってくるまでに、大体30分弱。

普段なら既に大半の生徒は学校の外に繰り出している時間帯だ。

教室には部活動をしてない生徒しかいないにもかかわらず、かなりの人数が残っていた。

もちろんその目的は他でもない、オレだろう。

それは、この場の空気や視線を直に感じた者には火を見るよりも明らかなこと。

先ほど電話の応答がなかった堀北《ほりきた》の姿もある。

どうやらオレが思っている以上に、堀北には状況が見えているらしい。

その点に感謝している時間も与えられないまま、オレが戻って来ると同時に、口火を切ったかのように近づいて来る生徒。

その先頭バッターは綾小路《あやのこうじ》グループの1人、啓誠《けいせい》だ。喜びを噛《か》み締《し》めていた茶柱《ちゃばしら》とは対照的で、表情はどこか苛立《いらだ》ちを含ませたようなものになっている。

「さっきは声をかけてもらったのに悪かったな」

放課後になったばかりのタイミングで、啓誠はオレと話をしたがっていた。それを堀北の登場によって遮《さえぎ》ることになったため、まずはそのことを謝罪する。

「そんなことはいいんだ。それより時間は大丈夫だよな？　幾《いく》つか聞きたいことがある」

同じ綾小路グループである波瑠加《はるか》、愛里《あいり》もすぐ傍《そば》まで近づいてくる。

明人《あきと》がいないのは、さっき述べた部活の関係上といったところだろう。

その他かなりの数のギャラリーは、様子を窺《うかが》うように聞き耳を立てていた。

「おまえ……数学の100点はどういうことなんだ。ＯＡＡで2年生を一通り調べてみたが、一之瀬《いちのせ》も坂柳《さかやなぎ》も満点は取れてなかった。学年でたった1人おまえだけだ」

普通、テストの点数で多少良い点を取ったところで、こんな空気になることはない。

しかし今回のテストはまるで別物。

特に学力の高い生徒であればあるほど、満点を取ることの異質さを理解している。理解するだけの学力が無かった生徒も、恐らくは既に周囲からその異質さを教えられて理解しているような様子。

「そのことについてだが――」

オレは視線を泳がせ、教室前方の席の主である堀北に助けを求めた。

「ええ、私から説明をするわ」

堀北も本来なら今頃は帰路についているはずだが、教室に残った生徒たちを見て残ることを決めてくれたのだろう。的確な判断だ。オレをフォローするための居残りであることは、こちらを見ていたことからも、わざわざ確認する必要はない。

分散している視線を集めるため、席を立ちわざわざオレの近くまで一度歩いてくる。

「俺は……清隆《きよたか》に聞いてるんだ」

余計な部外者として割り込んできた堀北の存在に嫌悪感を示す啓誠。

「そうね。けれど幸村《ゆきむら》くん、あなたの疑問に対する回答を正しく持っているのは私なの」

「……どういうことだ」

不可思議な言い回しを使うことで、啓誠やクラスメイトの注目を一手に集める堀北。

「私や幸村くん――いいえ、2年生の誰も取ることが出来なかった数学の満点。それを綾小路くんが何故《なぜ》取れてしまったのか、そのことが不思議でならないのでしょう？」

啓誠に問いかけた堀北だったが、この疑問は満場一致のものだろう。

「ああ……。正直頭が混乱してる。テスト終盤に出た問題がとても解けるようなものじゃなかったことはさっきも言っただろ？　そんな問題を清隆《きよたか》が何事もないかのように解いたのが、どうしても理解できない」

実際にテストが行われた直後、クラス内の一部から驚きの声が上がったのを覚えている。啓誠《けいせい》や洋介《ようすけ》を始め、成績上位の生徒たちは高難度の問題について議論をした。それは綾小路《あやのこうじ》グループにも飛んできた話題で、その時のオレは解けたとも解けなかったとも答えず曖昧《あいまい》に流したのを覚えている。

「クラスで誰も解けなかったような問題だったことは、清隆も知っていたこと。なのに清隆は問題が解けたと自慢する素振りすら見せなかった。おかしいだろ？　何か言えないような……やましいことでもして最初から解答を知っていた、そんな風に考えてしまうくらいだ」

「彼が不正をしていた……そうね、そう考え、そう思いたくなるのも不思議じゃない」

あえて濁した啓誠の言葉を、直接表現する堀北《ほりきた》。

バツが悪そうに顔を背ける啓誠だったが、堀北は追いかける。

「疑うのも無理ない状況だわ。私が何も事情を知らない生徒だったなら、きっと幸村《ゆきむら》くんのように綾小路くんの不正を勘繰《かんぐ》っていたと思うわ。でも、事実は違う」

一度一呼吸置き、堀北は注目しているクラスメイトたちに軽く視線を流した。

「後日この場にいない人たちにも同じ説明をするつもりだけれど、綾小路くんが取った満点の謎を解明するには去年の春先にまで話は遡《さかのぼ》る」

去年の春先、つまりオレたちがこの学校に入学した直後ということだ。

「この間席替えをしたけれど、この前まで私と綾小路くんの席が隣同士だったことは記憶に新しいわね？　私は入学してすぐ、綾小路くんと話をしていくうえで、偶然にも彼がとても勉強の出来る生徒だと知ったの……私以上にね」

「堀北以上に勉強ができる？　待てよ。清隆の点数は入学直後から満遍なく平均くらいだったと記憶してる。悪いが特別視するような点はどこにもなかった。事実ＯＡＡだって全体の中間である学力Ｃだっただろ」

過去を振り返り、しっかりと記憶している啓誠からの突っ込みにも堀北は動じない。

「当然よ。最初のテストが終わる頃には私の戦略が動き始めていたのだから」

そう言って堀北は、今度はオレから離れ教壇の方へと歩き出した。集まった生徒たちの視界を全て持っていくためだ。オレから意識を逸《そ》らさせるためだろう。

手を貸してもらえることは想定していたが、想像以上に上手《うま》いやり方を見せる。

「数学で満点を取るだけの知識を彼は最初から持っていた。それを誰よりも早い段階で知った私は、ちょっとした戦略を打つことを思いついた」

「……ちょっとした戦略？」

啓誠にしてみれば、抱える疑問点は１つだけじゃないだろう。

どうやってオレがその知識を身につけたかも気になっているはずだ。

だがひとまず、堀北《ほりきた》はそのことを切り離すようにして話を続ける。

どうやって知識を得たかではなく、どうして勉強ができることを隠していたのか。

それだけに焦点を当て意識を向けさせる。

「去年の4月、Dクラスの生徒は大金が振り込まれたことに浮かれていた。恥ずかしながら私もその1人よ。でもその裏で、何か不測の事態が起こるかも知れないとは予感していた。そこで試しに、隣人の綾小路《あやのこうじ》くんにお願いをしてみたの。テストでは手を抜いて欲しい、と。戦力の温存、切り札、とでも言っておこうかしら。もちろん、足を引っ張らない程度に留《とど》めてもらっていた。それが学力C判定という学校の評価」

これまで目立つことのなかったオレの学力。

それは意図的に作り出した戦略によるものだったと堀北が説明する。もちろん、1年前のことをしっかりと振り返ればおかしいと気が付く者もいるだろう。あの時の堀北が他人と仲良くするようなタイプじゃなかったことや、いつどのタイミングでオレの高い学力に気が付いたのかなど突っ込みどころはけして少なくない。

しかし1年前の記憶など、大勢にとっては過ぎ去った大昔のこと。海馬に刻まれるような強烈な出来事だったならともかく、印象深い場面ではないのだから猶更《なおさら》だ。

昨日のことのように思い出せる生徒は数少ない。

そんなことがあったのか、と勝手に脳内で補完することになる。

もちろん、啓誠《けいせい》のように強い不信感を抱いている者には簡単には通じない。

堀北を逃がさないよう、カバーしきれない部分を追及してくる。

「……どうにも信じがたいな。学校の仕組みに疑問を抱いていたのなら、最初から高得点を取ってもらった方がクラスにとっても有利に運べたはずだ。今回の試験で満点が取れるのなら、それこそ学力Aや学力A+だって不可能なことじゃない。たとえ1人の成績であったとしてもクラスポイントは緩《ゆる》やかに上昇していたはずだ」

温存することによるメリットが分からないと啓誠が言う。

「そうね。目先のクラスポイントだけを追うならそれで良かった。けれど、もし最初から彼が全力を出していたとしたら——綾小路くんは今頃どうなっていたかしら？　いいえ、正確にはどんな未来が予想できたかしら」

啓誠の抱く不信感に対し、堀北は逃げることなく真っ向からアドリブで挑む。

出てくる言葉に淀《よど》みはなく、あたかも最初から計画されていたかのようだ。

「どんな未来が予想できた……？」

意味が理解できずそのまま聞き返すと、堀北が説明を始める。

「幸村《ゆきむら》くんの言うように、綾小路くんが4月から全力を出していたと仮定した場合、5月には坂柳《さかやなぎ》さんや一之瀬《いちのせ》さん、龍園《りゅうえん》くんたちにもその名前が知られていたはず。数学に関して言えば学年一かも。そんな相手を残しておけば、いずれ他クラスにとって邪魔な存在になる。排除しようと誰かが動き出しても不思議じゃない」

「狙われていたかも知れないと？」

「そうよ。この学校じゃどんなことが起こっても不思議じゃない。現にクラス内投票による特別試験で、強制的に退学者を出す試験まで行われたのだから。事実一時的に綾小路《あやのこうじ》くんは坂柳《さかやなぎ》さんの戦略によって退学の危機にあった。たまたま平凡な彼がダミーとして利用されたわけだけれど、本命にされていた恐れもあるわ」

状況次第では山内《やまうち》ではなく、オレが退学していたかも知れないと堀北《ほりきた》が説く。

「いや、それは違う。清隆《きよたか》が最初から本気を出していたなら、山内との天秤《てんびん》にかけられたとしても結果は火を見るより明らかだった」

「どうかしら。山内くんだって退学しないために更に上手《うま》く立ち回ったでしょうし、坂柳さんの戦略もより複雑かつ見抜くことが難しいものになっていたかも知れない。それに少なからず山内くんの方が綾小路くんより親しい友人が多かった。何を天秤にかけるかで見方は変わって来るはずよ」

水掛け論にもなる内容だけに、啓誠《けいせい》はその点で追及し続けることは出来ない。他の試験を持ち出したとしても似たような話になるだろう。

「……なら、どうしてこのタイミングだったんだ。下手に実力を見せたら同じことだろ。いきなり頭角を現したことで注目を集めたんだ、今後恰好《かっこう》の的にされるかも知れない」

1年前から本気を出すことと今本気を出すことにリスクの違いはないと話す。

その回答は堀北にとって想定済みのようで、慌てる様子は一切ない。

「いいえ、1年前に実力を見せるのと今見せるのとでは大きな違いよ。この1年間で私たちDクラスの団結力は飛躍し、それぞれに実力も身についてきた。正しい判断が出来るようにもなってきた」

1年前の自分自身を振り返れば、啓誠にも見えてくるだろう。

「何も綾小路くんに限った話じゃない。たとえば、そう……この場にはいないけれど須藤《すどう》くんが分かりやすいかしら。彼は去年のこの時期、目も当てられない生徒で、紛《まぎ》れもなくこのクラスで一番のお荷物だった。でも今はどう？　気性の荒かった性格は今も少し名残りがあるけれど、大きな改善を見せた。学力に至っては飛び抜けた成長を見せたわ。そして、元々持っていた身体能力の高さも相まって、5月時点でOAAの総合力は幸村《ゆきむら》くん、あなた以上よ」

4月の段階では啓誠が上だったが、今回の試験を経て須藤が逆転した。

否定しようのない、OAAの総合力という数値で啓誠に事実を突きつける。

「入学当初、私や幸村くんに須藤くんを守る実力と意思はあったかしら？」

須藤を切り捨てるべきだと議論し守る方法を考えもしなかった生徒たちに、果たして本気でクラスメイトを守ることが出来ただろうか、と。だがもし、今須藤が窮地《きゅうち》に陥《おちい》ることになれば、啓誠は精一杯守るための戦略を共に考えるだろう。

「今なら誰かに綾小路くんが狙われたとしても協力しあって守ることが出来る。そう判断した。だからこそ綾小路くんの能力を開示して、全体的な底上げを始めることにしたの」

一部の生徒には、そういうことだったのかと納得し始める者もいた。

しかし半数以上はまだ、幾《いく》つかの疑念を抱いている状況だ。

とは言え堀北《ほりきた》にすべてを納得させるだけの材料は持ち得ないだろう。

既に嘘《うそ》で塗り固めた話である以上、どうしても綻びのようなものは出てしまうからだ。

もちろん、これでも一時的に矛を収めさせることが出来ないわけじゃない。

だが、もっと強力な後押しがあれば話は変わって来る。

オレは視線の多くが堀北に集まっているのを確認したうえで、洋介《ようすけ》を見た。

このクラスで絶対的な信頼を寄せられている男子生徒。

洋介は堀北の方に顔を向けながらも、時折周囲を見るフリをしながらオレの様子を窺《うかが》う素振りを見せていた。そして、気づかれないと判断したこのタイミングで目を合わせる。

他のクラスメイトと同様、洋介にも教えていない部分は多い。これが他の生徒だったなら、啓誠《けいせい》たちと同じように疑問や疑念を抱き、辛辣《しんらつ》な質問をぶつけてきてもおかしくないが、洋介に限って言えばその心配はいらない。

どうすることがクラスメイトのためになるかだけを最優先に考えている。

そしてこの状況で自分に与えられた役割を、説明せずともよく理解している。

「堀北の、その温存する戦略の意味は少しだが理解できた。その上で質問だ。綾小路《あやのこうじ》は数学だけが飛び抜けて得意、ってことなのか？」

「それについては、今の段階では答えられないわ」

啓誠に対して、堀北は冷静に返す。

「綾小路くんという生徒の実力が全て発揮されているのか、いないのか。それがどちらにせよ『真実』を隠すことで、彼は他クラスにとって厄介な存在であり続けることが出来る」

「それは——」

「なるほど。堀北さんの言いたいことがよく分かったよ」

食い下がろうとする啓誠の後ろから、動向を見ていた洋介による援護射撃が入った。

そして自らも堀北の傍《そば》へとゆっくりと歩いて向かう。

「状況が分からなくてずっと話を聞かせてもらっていたけど、そういうことだったんだね。確かに具体的なステータスの見えない相手は不気味に映る。もっと詳細を知りたいと情報を集めようとする。だけどクラスメイトすら本当のことを知らないのだから、どれだけ深く探ったとしても意味がない」

分かりやすく周囲に伝わるように補足しながら、議論の隙間を埋めていく。

そんな洋介が味方だと判断した堀北も、足並みを揃《そろ》えるように頷《うなず》いた。

「ええ。どうせ今後注目を集めることになるのなら、とことん利用すべき。相手に未知なる存在と思わせておく方が得策だわ。今、この瞬間教室の外で聞き耳を立てている生徒がいたとしても不思議じゃない。そんな学校だもの」

全員の視線が、一度廊下側へと向けられる。綾小路という生徒は数学だけ出来るのか、それ以外も出来るのか。敵対するクラスに綾小路がどれほど警戒すべきランクに位置するのか、迷わせておく。洋介の発言と絡み合うことで、堀北の話により厚みが生まれる。

「堀北《ほりきた》さんマジで凄《すご》くない？　あたし、ちょっと感動しちゃったんだけどー」

そして、恵《けい》はここで追い打ちをかけるように気の抜けた発言をする。

「ね、篠原《しのはら》さんもそう思わない？」

同調を求めるように、友達の篠原に向ける。

オレの実力だけに注目が集まらないように堀北も持ち上げることで、注目を分散させる狙いだろう。恵に対しては、洋介《ようすけ》のように合図を出したわけでも指示を出したわけでもないが、自分に出来る役割を瞬時に理解し実行したようだ。

「ホントそうだよね。堀北さんが綾小路《あやのこうじ》くんとコソコソ話してるとこって昔から見てた気がするけど、ちゃんとクラスのことを考えてのことだったんだ」

入学当初の堀北は、オレ以外とはあまり会話をしていなかった。

そのことも、ここにきてプラス材料として機能する。

これで一定の信憑性《しんぴょうせい》を感じさせる話になったんじゃないだろうか。

洋介や恵の、他の人間には分からない絶妙なフォローが効いている。洋介たちがそう思っているなら、きっとそうなんだろう、という集団の心理が強制的に働く。

「実力を隠す戦略、か……。確かに他クラスも今頃は相当驚いてるだろうな」

それはここまで疑い続けてきた啓誠《けいせい》だって例外じゃない。

「私自身、この学校のことを完璧には把握していなかったけれど、1つくらい保険を打っておいてもいいと思ったの。幸か不幸か綾小路くんはコミュニケーションを取るのが苦手なこともあって、目立つことは好きじゃなかったみたいだし。そういう意味でも隠しておきたかったのよ」

オレと堀北、両者の思惑が一致したが故に出来た戦略だと話す。

そして啓誠に向けていた視線を外すと、堀北はクラスメイトに告げる。

「これが綾小路くんの数学満点に対するカラクリよ。驚かせて悪かったわね」

やり直しのきかない状況下で、見事に堀北は最後までやり遂げ乗り切った。だが悠長にこの場で生徒たちをダラダラさせていれば、疑念が再び芽吹くとも限らない。

「ひとまず、この話はここで終わりにしておいた方がいいと思う。堀北さんも言っていたようにどこで誰が聞いているか分からないからね」

締めくくりを上手《うま》く洋介が誘導し、この場で話を続けることのデメリットを説く。頭の良い生徒ほど疑問は残っているが、頭の良い生徒ほどここですべき話じゃないと理解するのも早い。ずっと質問攻めだった啓誠が黙り込んだのがその証拠だ。

この話し合いである程度、疑惑は逸《そ》らせたと見ていい。

しかも堀北の想像以上の働きによって今後も動きやすくなった。

数学以外の部分で実力を見せたとしても隠していた、という下地を作れたのは大きい。

これを打ち合わせなしでやってのけてくれたのだから、素直に感謝だな。

2

解散となった教室。

生徒たちは遅くなった放課後を迎え散り散りになる。

堀北《ほりきた》や洋介《ようすけ》へのお礼は後日、改めてするのがいいだろう。それを察しているのか、堀北は誰よりも先に席を立った。洋介の方も恵《けい》を中心とした女子たちと談笑をしながら、歩き出す。それに紛《まぎ》れるように、オレは鞄《かばん》を手にして廊下へ出た。

これでオレの1日が終わる……と、ことはそう単純にはいかないだろう。

大衆に大筋を理解してもらう上では十分でも、個人的な問題となると話は別だ。

数人の生徒がすぐにオレを追って来る。もちろん考えるまでもなく、綾小路《あやのこうじ》グループのメンバーだ。背後から近づいてくる先頭の足音は特に力強く大きい。啓誡《けいせい》が如何《いか》にフラストレーションを溜《た》め込《こ》んでいるか振り返らずとも分かった。

それに気づかないフリをしながら歩みを進めていると、程なくして声をかけられる。

「清隆《きよたか》」

名前を呼ばれ、オレはゆっくりと立ち止まった。

振り返った時に見えた3人の表情は、やはりまだ硬いようだった。

「声もかけずに帰ろうとするなんて、ちょっとひどくない?」

グループの中で一番歯《は》に衣着《きぬき》せぬ波瑠加《はるか》が、強めの口調で言った。

先頭の険しい顔をした啓誠と、1番後ろで心配する2人の代弁を先手で打った形だ。

その効果があったのか、熱くなり開きかけていた啓誠の口が一度閉じる。

そして一呼吸置き、改めて切り出してきた。

「どうして今回のことを事前に話してくれなかったんだ。……堀北が言ってたように情報を隠すためだとしたら、俺たちのことは信用できなかったってことなのか？」

話の内容に一定の納得をしつつも、啓誠は未《いま》だ不満げな様子を浮かべる。

それも当然だろう。

真剣、親身になって勉強を教えてくれていた啓誠の気持ちを踏みにじったも同然だ。

それが分かっているからこそ、心配そうに波瑠加や愛里《あいり》も後を追ってきている。

ここで楽なのは、すべて堀北の責任にしてしまうことだ。

しかし先ほどの立役者に対してそれは、流石《さすが》に忍びないと言える。

いや、そういった感情論は不要か。ここは今後のことを考える必要がある。

啓誠は学力も高く、状況判断もけしてクラス内で鈍い方じゃないが、正面から受け止めてやらなければ、精神に強い負荷をかけ続けることになる。正常に機能しなくなればクラスにとってはダメージになるだろう。指揮を執り率いていく堀北にしてみても得はない。

「信用はしてる。けど誰にも言わないことが今後に繋《つな》がるとオレが判断したんだ。仲が良いからこそ、つい話したくなる気持ちを噛《か》み殺《ころ》して黙ることにした」

誰かの責任にすることなく、あくまでも自主的に判断したことだと告げる。強気に詰め寄ってきたとはいえ、波瑠加《はるか》の一言で溜《た》め込《こ》んでいたものを躊躇《ちゅうちょ》したところを見れば、こうすることで啓誠《けいせい》は更に感情を後退させざるを得ない。

「今回のことで啓誠が憤慨《ふんがい》する気持ちはよく分かる。誰よりも親身になってグループに、そしてオレに対して勉強を教えてくれていたからな。すまなかった」

教えている相手が自分より上であることを隠されていれば、誰だって気分は良くない。

傍《そば》にいた波瑠加や愛里《あいり》も似たような気持ちになっただろう。

オレの謝罪を傍で聞きながら、波瑠加は最初の一言以外口を閉じていた。

この先は啓誠が自分で考え、自分で消化すべきことだと判断したからだろう。

「正直、俺はまだ怒ってる。勉強を教えてもらう必要がないなら最初にそう言っておくことも出来たはずだ。問題なく試験は乗り切れるから自分でやるとでも言ってな」

「そうだな」

啓誠にしてみればこちらの都合、バックグラウンドなど関係のないこと。

初めの段階で伝えてもらいたかったと思うのは自然のことだ。

「それに堀北《ほりきた》の話じゃ、この先も清隆《きよたか》のことはうやむやなまま行くんだろ？　どんな勉強ができるかできないかも教えてもらえないんじゃ、完全な信用はできないままだ」

今後も啓誠は疑念を抱き続ける。コイツはどんな勉強ができるのか、できないのか。

教える側として、そんな不気味な存在を傍に置くのは気持ち悪いだろう。

「俺はグループを抜ける——って、言いたい気持ちが無いと言えば嘘《うそ》になる」

「それマジで言ってんのゆきむー」

　ここで沈黙を続けていた、波瑠加が口を開いた。

　流石《さすが》に黙ってられない発言内容だったからだろう。

「ああ、本当だ。さっき堀北から説明を受けるまでは完全に抜ける気でいた。清隆のことを信用できないと思ったからだ。けど……それでも、長い間同じグループでいたから分かることだってある。清隆が悪いヤツじゃないってことだけはな。クラスのためを思って隠してたんなら、誰にも話さないのも納得できる。勉強が必要ないって断ることが出来たとしても、口下手な清隆なら言い出せなかったってのも理解できる」

　両方の拳を強く握りしめ、啓誠は偽りなくそう答えた。

「ただ……そう、ただ……心の整理をするのに時間がかかってるだけだ」

　そう述べた啓誠は大きく、あえて大きくため息をついた。

「これ以上は不毛な話だな……。結局俺が言いたいのは、言いたかったのは……おまえが他にも実力を隠してたっていいってことだ。高円寺《こうえんじ》みたいにクラスの足を引っ張ってるわけでもないし、誰かに文句を言われる筋合いはないわけだしな。俺がこんな風に強く責め立てるのも、場の雰囲気を悪くするだけだ」

　誰より不満、不服を言っていい啓誠だが、自らその不満と不服を呑《の》み込んで消化しようとしていた。綾小路《あやのこうじ》グループのために、そしてクラスメイトのために。

「分かっていても思わず感情が抑えられなかった、その点は反省だ。ひとまず俺はおまえの見せた実力だけを本物だと思うことにする。数学以外の科目はそれなりのままだと判断して今後も教える側でいる。……それでいいよな？」

友達の関係を解消されてもおかしくないこの状況で、ありがたい提案を受ける。

オレに断る理由などあるはずもなく、素直に頷《うなず》いて応えた。

「ありがとう啓誠《けいせい》」

そして言葉にして、感謝の気持ちを伝える。

それを見届けた愛里《あいり》が、ここで初めて勇気を出して一声を発した。

「な、仲直りの握手……とか、どうかな」

「いいじゃん。仲直りの握手」

愛里の提案を受け、波瑠加《はるか》も同意した。

重苦しかった空気が霧散していくのを感じ、啓誠が首を左右に振る。

「よせよ恥ずかしい」

拒否する啓誠の右手を波瑠加が素早く掴《つか》んだ。そしてオレの右手もほぼ同時に掴む。

「はい仲直り！」

そう言って強引にお互いの手をくっつけ、強制的に握手を強いてきた。

互いに握手の状態を作っていなかったため手が触れ合うだけの形に。

「握手するまで押さえつけてるからね？」

「わ、分かったって……！」

中途半端な形で手と手が触れ合っている方が恥ずかしいと思ったのか、啓誠が折れる。

そしてお互いに握手することで、正式な和解の合図とした。

「俺はもういいが、明人《あきと》はまだ何も知らないわけだからな」

「みやっちは別に大丈夫でしょ。多分普通にきよぽんを受け入れると思うけど？」

「……それもそうだな」

少しだけ考えた啓誠だったが、これまでの明人を見ていれば察しがつくようだ。

「はーやっと元通り。肩の荷が下りたって感じ？」

ね、と波瑠加と愛里は目を合わせて同意しあう。

「にしてもきよぽんも一気に有名人になったんじゃ……ってか……」

何かを思い出したかのように、波瑠加はジッとオレを見て固まった。

言葉の続きを3人で待つが一向に出てくる気配がない。

「どうしたの？　波瑠加ちゃん」

固まったまま動かなくなった波瑠加を心配した愛里が声をかけた。

それで魔法が解けたように動き出す。

「あ、あー。ううん、何でもない。ともかく、有名人になったから大変よねこれから」

「満点はやりすぎだったんじゃないか？　学年2位が坂柳《さかやなぎ》の91点だからな」

オレを認めた上で別の心配をしてくる啓誠。

「坂柳さんって、確か他の全教科も似たような点数だったよね？」

思い出したように愛里《あいり》が言う。

数学で91点。しかも全教科において似たような高得点とは。難易度から考えれば、やはり相当勉強ができる生徒であることは疑いようがない。まず間違いなく学年ではオレに次ぐ実力者だろう。何よりも褒《ほ》めるべきは、ホワイトルームのような極めて特殊な環境で学んでいたわけでもない点。自ら天才だと自称するのも頷《うなず》けるレベルだ。

「頭が良いのは分かってたが、OAAが導入されて更に実力を出してきた感じだな」

少し悔しさを滲《にじ》ませつつも啓誠《けいせい》は坂柳《さかやなぎ》を素直に認める姿勢を見せる。

これまでも高得点だったことは疑いようがないが、さらに上積みをしてきた。

あえて少し手を抜いていたのか、あるいは時間外での勉強を始めたか。

どちらにせよ、これまでよりも更に、倒さなければならない敵として厄介な相手になることは間違いなさそうだ。

「仲直り記念ってことでさ、みやっちの部活が終わったらケヤキモールで合流しない？」

そんな波瑠加《はるか》からの提案を、この場で断る生徒は出てこなかった。

3

午後7時に待ち合わせとなったケヤキモール前。

オレは一足先に着き、友人たちが来るのを静かに待っていた。

騒ぎを起こした人間として今日は特に待たせない方がいいと判断したからだ。

「流石《さすが》に早すぎたか」

まだ時刻は6時半を回ったばかり。

とはいえ待つことは苦痛と感じない。むしろ数少ない特技といっても過言じゃない。

こうしてただ、何も考えずに無になる時間があってもいい。

しかし、その代償《だいしょう》ってわけじゃないが少し厄介なこともあった。

それは1人でいることで変に注目を集めてしまうことだ。テストの結果は3年生以外に開示されているためすぐにこの注目は全学年に波及することになるだろう。先輩や後輩たちからの好奇の視線はしばらく続くだろう。

しばらく何もせず立ち尽くしていたが、携帯が震えそれを取り出す。綾小路《あやのこうじ》グループからのメッセージで、今から寮を出ると報告を入れる愛里。残り4人全てが既読を付ける。

到着していることは告げず、それぞれの状況を読み流していく。

「綾小路くん、誰かと待ち合わせ？」

携帯に視線を落としていて気が付かなかったが、一之瀬《いちのせ》に声をかけられ顔を上げる。

傍《そば》には一之瀬のクラスメイトである神崎《かんざき》の姿もあった。広大な敷地面積を誇るといっても、普段生徒が使う場所は極めて限定的。生徒が使うケヤキモールの入り口にいれば知人に会うのも自然の摂理だ。

「この後、友達とごはんを食べることになってる。そっちは？」

隠すようなことではないため素直に答える。

一方の一之瀬《いちのせ》と神崎《かんざき》は顔を見合わせることもなく、息を合わせたかのように言う。

「私たちも似たようなものかな。ね？」

「ああ」

短く答えた神崎。視線はオレよりも一之瀬に対して強く向けられていた。

似たようなもの。だがそれは似て非なるものであるということ。

「そう言えば、見たよテスト結果。数学で満点を取るなんて凄《すご》いね」

「去年のＯＡＡを見た限りだと、おまえに満点を取る実力はなかった」

能力を隠していたことに対して疑問の1つもぶつけてこない一之瀬とは対照的な様子の神崎は、不服を隠そうともせず口にした。

「色々と事情があるんだ。数学が出来ることを隠す、仲間と相談して決めたことだ」

こう説明するだけで、一之瀬や神崎ならある程度理解する。

勝手に想像して、話の内容を補完してくれる。

いつもならそれで十分なはずだが、神崎の眼光が緩《ゆる》むことはない。

「これまでは隠していただけ、か。思っていた以上に厄介な相手のようだ」

「神崎くん、その言い方はちょっとダメじゃないかな。どのクラスにもそれぞれの考えがあるし、戦略があって当然なんだから」

そんな一之瀬の指摘を、神崎は当たり前のように受け止める。

「確かにそうだな、龍園《りゅうえん》のように卑怯《ひきょう》な手を使っているわけでもない。だが幾《いく》つか気に入らない点もある。そもそもあの高難度の問題を解いて満点を取るのが容易にできるものじゃないのは一之瀬も知っての通りだ。仲間の指示に従ったとのことだが――」

言葉を続けようとする神崎を、一之瀬は珍しく強い口調で制止する。

「綾小路《あやのこうじ》くんは敵じゃないよ」

敵対するような態度を見せることに対し強い不満を表す一之瀬。確かに珍しい神崎の態度ではあるが、この状況で正しいのがどちらかと聞かれれば、警戒心を露《あらわ》にする神崎の方だろう。

「同盟は既に解消された。2年Dクラスは紛《まぎ》れもなく俺たちの敵だ」

「それは……でも、無意味に争う必要はないよ」

「争っているわけじゃない。しかし相手の正しい戦力を知る必要がある」

「綾小路くんは数学が得意なことを伏せていた、それが隠されてた事実だよ」

神崎は1歩、オレとの距離を一之瀬よりも詰める。

「ならそれ以外は？　数学だけ？　いいや、そんなはずはないだろう。他にどんな能力を隠している。去年の体育祭で見せた自慢の脚力も仲間の指示で隠していたか？　俺たちBクラス……いやCクラスにとって最悪なのは、他にも実力を隠し持っていることだ」

「だけどテストの点数には限りがあるよ。どれだけ勉強が出来たとしても、1教科につき取れるのは100点までで、査定はA＋までしか存在しない。全部満点だったとしても、学年で2位だった坂柳《さかやなぎ》さんとの差は小さなものでしかないんじゃないかな」

現にオレと坂柳の数学での点数差はたった9点でしかない。

5科目でその差が発生しても合計45点。それは大した脅威《きょうい》ではないと一之瀬《いちのせ》が説く。

「私たちCクラスの方が総合点ではまだまだ上。綾小路《あやのこうじ》くんが本気を出して詰めてきた点数は、その分クラス全体でカバーすればいいんだよ」

「確かに筆記試験だけに限って言えばそうかも知れない……だが──」

「これ以上はやめようよ神崎《かんざき》くん。今、ここで激しく言いあうようなことじゃないのは分かってるよね？」

常に平和主義であろうとする一之瀬は、人目のあるケヤキモール前で熱い議論を続けていればいずれ騒ぎになることを危惧《きぐ》した。

「確かに、少し冷静さを欠いたようだ」

これ以上、この場で言い争いをしても解決することはないと神崎は判断したのか、口を閉ざし、どこか諦めたように視線を外した。

「先に行く」

そして一言伝えると一之瀬を残し、神崎は足早にケヤキモールの中に消えていった。

その後ろ姿を、オレたちは静かに見守る。

「ごめんね。状況が状況だから、神崎くんも余裕がないんだ」

維持してきたBクラスからCクラスへの転落。

これまでの戦い方が通じないことで方向転換を強いられている中だ、無理もない。むしろ、この状況でも優しさを見せてくれる一之瀬が異質と言える。甘さを捨てるべきだと、神崎が考え始めているのは間違いではないだろう。

「私は間違ってるかな……？」

一之瀬も、そんな神崎の考えが全く理解できていないわけじゃない。分かっていながらも、自分を貫き通そうとしている。

分からずに続けていることと比べれば、天と地ほどの差がある。

「前にオレが言ったことは覚えてるよな？」

「うん。どこまでもクラスメイトと共に突き進め、って」

「この先、神崎のように自らクラスを変えようと動き出す生徒は出てくるかも知れない。あるいは一之瀬に不満を抱きつつ心の中で留《とど》めておく生徒が現れるかも知れない。もしかしたら、クラスを裏切るような生徒も。どんな風に状況が変わっていくとしても不思議じゃない。一之瀬だけに守られ安全だった1年Bクラスはもう存在しない」

その言葉は、2年Cクラスのどの生徒よりも一之瀬に響く言葉だろう。

「この先何が起ころうと仲間を信頼し、仲間を守ることを優先して戦い続けて欲しい」

「大丈夫、私は絶対にクラスメイトを守るよ。もし、どうしてもクラスの誰かが消えてなくならなければならない時が来たとしたら、一番最初に消えるのは私だと思ってる」

虚勢《きょせい》ではなく、きっと一之瀬はそうするだろう。

クラスが低迷した責任を取り、誰よりも先に退学の道を選ぶ。

「その覚悟を聞いて改めて安心したが、1つだけ不満がある」

「不満……？」

どこが至らなかったのだろうかと、少し首を傾《かし》げる一之瀬《いちのせ》。

「オレはおまえが退学になることは絶対に許さない」

もっとも重要なことを一之瀬に覚えておいてもらう必要がある。

この1年、一之瀬に立ち止まることなく走り続けてもらうことは極めて重要なことだ。

目を見つめ、そして一之瀬の瞳の奥に持つ意志に燃え盛る炎を植え付ける。

彼女に与えるべきは闇じゃない。

けして消えることのない光だ。

間違った方向にその光を灯《とも》す可能性があるのなら、摘み取っておく。

「そ、それは……う、うん……絶対に……残るよ」

一之瀬はオレを見上げながら、どこか恥ずかしそうに口をもごもごさせる。

「ほ……本当に凄《すご》いよね綾小路《あやのこうじ》くんは……。あんなに難しい数学の試験で満点だなんて」

話を変えるかのように視線を外し、一之瀬はそう言った。

「数学だけが取り柄の人間かも知れないぞ」

「だとしても凄いことだよ。誰にも負けない武器を1つ以上持ってるってことだから」

「一之瀬も同じだ。誰にも負けない武器を確かに持っている」

「そうだと良いんだけど……」

ただ、それを上手《うま》くコントロールできる人間が傍《そば》に不足しているだけ。

だがそれはクラスメイトに恵まれなかったわけじゃない。

彼女の持つ武器のデメリットによるもの。

クラスメイトの個性を殺してしまうほどの、一之瀬の包容力のせいだ。

甘えが生まれ、その結果没個性として悪循環になってしまっている。

「……そろそろ行くね。ここは目立つし、何より神崎《かんざき》くんを待たせると悪いから」

オレは小さく頷《うなず》き、一之瀬の背中を見送った。

こちらもそろそろ約束の時間になりそうだと思い再び携帯を確認する。

「何話してたの？　一之瀬さんと」

やや離れたところから波瑠加《はるか》に声をかけられた。

見ると明人《あきと》や啓誠《けいせい》、それに愛里《あいり》と全員揃《そろ》ってこちらを見ている。

どうやら一之瀬と話をしている間に他のメンバーは合流を果たしていたようだ。

「数学の満点で、な」

「無理もない。勉強ができるヤツほど、今回のことは気になるからな」

もっともな理由を付けて説明するとすぐに啓誠は納得した様子を見せた。

しかし波瑠加は少し違う様子。

こちらを深くは追及せず、すぐにいつもの表情に戻ったが。

明日、5月2日からはゴールデンウィークに突入する。

特別試験を順当に乗り切ったこともあり、生徒たちは気軽に休日を過ごせるだろう。

4

そんなゴールデンウィークは一瞬で過ぎ去り、オレの学校生活が再び始動する。

いつもと何も変わらない風景だが、日常は少しずつ変わり始めている。

「……よう」

連休明けの朝、学校の下駄箱《げたばこ》付近で最初に顔を合わせたのは須藤《すどう》だった。

単なるクラスメイトとの合流のようで、これは変わり始めた日常の一部だ。

「この間は色々と大変だったみたいだな。もう平気か？」

「大丈夫だ、特に何も変わりはなくゴールデンウィークも過ごせた」

「そうか。にしても休みなんてあっという間だったよな」

足並みを揃《そろ》えた須藤と、並んで教室に向かう。

部活で教室を後にしていた須藤は、その後池《いけ》や本堂《ほんどう》辺りに詳しい話を聞いたんだろう。

教室での出来事は説明するまでもなく全て把握しているはず。

「鈴音《すずね》の作戦で、勉強出来るのを隠してたんだってな」

軽く頷《うなず》いて同意するも、須藤はやや唇を尖《とが》らせるとオレから視線を外し、正面を向いた。

「入学当初から、おまえら仲良くしてたもんな。今更ながら納得だぜ」

「仲良くしてたわけじゃない。むしろ、当初は割と敬遠してたつもりだ」

「そうなのか？　悪《わり》ぃがそうは見えなかったな」

多分それは、須藤が堀北《ほりきた》を異性というフィルターを通して見ているからだろう。

指摘したところで、どうなるものでもないので聞き流す。

「後で洋介《ようすけ》から聞いた。オレのことを庇《かば》ってくれたんだってな」

「庇ったつーか、事実を言っただけだ」

「事実と言うが、あの時須藤は本当のことは何も知らない段階だった」

「んなもん分かるっつーの」

少し怒ったように、須藤は唇の先端をもう一度尖らせる。

「数学の天才だってことは秘密だったみたいだが、喧嘩《けんか》が強《つえ》ぇのも同じように秘密のうちってことか？」

須藤にしてみれば、数学のことよりもそっちのことの方が気になるようだ。

「意味が分からないな」

何が言いたいのか分からないフリをする。

しかし、須藤はもはやそれで引いてくれるような人間ではない。

「とぼけんなよ、俺は宝泉《ほうせん》と殴り合ったたから分かんだよ。あいつの怪力は本物だった。動きだって今まで喧嘩したことのある誰よりも速かった。ハッキリ言ってバケモンだ」

直接対峙《たいじ》したからこそ、肌でそれを感じたと須藤《すどう》は言う。

「戦って怖《こえ》ぇと思ったのは初めてだ。今でもあいつの笑った顔が脳に焼き付いてやがる」

そう言って、こめかみ辺りを左手の人差し指で二度三度突く。

「怖いと思った、か。だとしても堀北《ほりきた》のために勇敢《ゆうかん》に戦ってるように見えた」

「そりゃやるしかない状況だったからよ。あいつ、頭のネジがぶっ飛んでやがるし」

それは否定しない。間近で見た宝泉《ほうせん》の暴力に対する執着心は普通じゃなかった。

「でも須藤にも勝ち目はあったんじゃないのか」

先日、須藤が宝泉相手にノックダウンする原因となったのは口車に乗せられたからだ。正面の相手と向き合う必要がある状況で、須藤は堀北を餌にされ無防備な姿を晒《さら》した。結果的にそれが致命傷となり、須藤の敗北で幕を閉じることになった。

「どうかな……ガチのマジで殴り合っても、多分あいつには喧嘩《けんか》じゃ勝てねぇ」

けして須藤が弱いわけじゃない。秀でた身体能力とセンスを持つ須藤にここまで言わせる宝泉が、ただ者じゃないというだけだ。

武道の心得があった堀北の兄の学《まなぶ》や、生まれながら身体に恵まれたアルベルト。そういった選《よ》りすぐりたちですら、喧嘩というフィールドでは勝ち目がないだろう。

「つか、そうじゃなくてよ。俺の話はいいんだよ」

ここで須藤は、オレの顔を見てきた。

「おまえは……あのバケモンだった宝泉の怪力を互角以上に止めてみせた。そうだろ」

咄嗟《とっさ》にいつも以上の力が出ただけだ。もはやそんな言葉は須藤には通じない。

数学で満点を取ってもコイツは不思議じゃない、という結び付け方を自然としている。

そして堀北に好意を寄せているからこそ、見えてくるものもあるだろう。

「単なる勘違いじゃなく、須藤にはそう見えたのか？」

「ああ見えた」

須藤は右手で、オレの上腕二頭筋を掴《つか》んできた。

オレの筋肉を確かめるように何度か軽く握りしめながら、須藤は言う。

「去年、おまえをプールで見た時から感じてたんだ。何かの部活に所属もしてない癖にやたら引き締まった身体をしてた。服着てると分かりづらいけど、締まったすげえ筋肉の付き方してやがる……相当鍛えてないと、絶対にこんな風にはならねえ」

肉体と向き合い鍛え上げている須藤を誤魔化《ごまか》すのはこれ以上無理だ。

寝て起きたら勝手に鍛えられていたんだ、なんて話を信じられるはずもない。

見るだけじゃなく、こうして触れられてしまえば肉体は真実を語る。

「そういや体育祭前の測定で、握力60くらい出してたよな」

去年のことを、ゆっくりと思い出し始める須藤。

「あんときも結構すげえと思ったけどよ……手を抜いてたんだな。本当は幾《いく》つだよ」

「どうだろうな。正直分からない」

「分からない？」

「握力をまともに測った記憶がないんだ」

「んなわけないだろ。小学校でも中学校でも、何回か身体測定みたいなのでやっただろ」

本当に記憶にない。

ホワイトルームでは、もちろん定期的に肉体の検査は行われた。

おそらく普通の学校で調べるような身体測定の比ではない膨大なデータを取っていた。

しかし、それらはあくまで教官だけが把握しているもの。

わざわざ個別の生徒に、数値がどうだったかなど事細かに話したりはしない。

そして生徒も、日増しに変化する数字にさしたる興味を持たなかった。

何故《なぜ》なら数値は上がるか下がるか、という認識しかないから。

ただ、日課として肉体を維持する働きかけを行ってはいるが、オレの身体能力はホワイトルームにいた頃に比べて緩《ゆる》やかに下降していることだろう。

「本当に分からないのかよ」

オレの目を見ていた須藤《すどう》は嘘《うそ》を言っている様子ではないと感じたのか、そう言った。

「あの時は60くらいの握力が高校1年生の平均だと耳にした。だから数値がその辺りに来るように調整したんだ。なるべく目立ちたくなかったからな」

平均より上と知って、少し驚いたのを覚えている。

「おまえは、本当のおまえはどれだけ凄《すご》いんだよ」

妬《ねた》みや嫉《そね》みといったものを含んだ探求心。

「どれだけ……か」

何を基準にするかで、その答えと見方は変わって来るだろう。

少しの間考えていると――

「――いや、答えないでいい。今のは忘れてくれ」

須藤はオレからの答えを拒絶するように、自ら質問を撤回した。

もし、ここでオレという人間の全てを語ったところで、誰にも理解できる話じゃない。

そもそも、一言で表せるようなものでもない。

「本当に凄いのか凄くないのか、それは俺の目で確かめないと意味ないことだよな」

掴《つか》んでいたオレの腕から手を放す。

須藤も啓誠《けいせい》と同じように、自分の中で消化を始めたようだ。

「でも、おまえがとんでもないヤツだってことは理解したぜ。マジですげえな綾小路《あやのこうじ》」

「黙ってたことに腹は立たないのか？」

「そりゃ最初は、なんだよそれって思ったぜ。幸村《ゆきむら》の気持ちだって分かる。自分の方がすげえと思ってたのに、実は身近に隠れてもっと凄いのがいたら良い気はしねえよ。でも綾小路の気持ちだって分からなくはねえ。無駄に目立つのは好きそうじゃないしな。それが何となく理解はできたっつーか」

それから、オレが思っていたのとは違う答えを須藤は口にする。

「色々気になることがないっつったら嘘になるけどよ、俺は俺なりに努力して成長する。

そこに他のヤツがどうであるかなんて関係ない。そんな風に思うことにしたんだ」

他人と向き合うのではなく、自分自身と向き合う。

それが一番自分のためになるのだと、言い聞かせるように言った。

「それに、おまえがどれだけ凄《すご》くてもバスケじゃ俺の方が上だしな」

今日初めて、須藤《すどう》が大胆に笑った。

それは確認するまでのことでもないと、自信を持って即答したのだった。

もちろん、それは紛《まぎ》れもない事実だ。

1戦2戦したところで、結果は火を見るよりも明らか。オレに勝ち目はない。

「つーことで、バスケだったらいつでも勝負してやるぜ」

「遠慮しておく。サンドバッグにされるのはごめんだからな」

「ははははは！　分かってんじゃねえか」

人は、人より1つでも秀でたモノを持っていると心に余裕を作りやすい。

「だから、宝泉《ほうせん》とのことは誰にも話さねぇ。なんか回りくどい感じになっちまったけど、今日声をかけたのはそれが言いたかったからだ」

「そうか」

とてもありがたい配慮に、オレは素直に感謝の気持ちを抱いた。

「ああそうだ、宝泉とのことは今日限りにするからよ……最後に聞いてもいいか」

「答えられることなら」

「俺が、宝泉との喧嘩《けんか》のことを他のヤツらに話すとは思わなかったのかよ」

その質問が飛んでくるのは、この話の流れであれば必然かも知れない。

元々須藤に目撃されても、ある程度黙っておかせるだけの公算はあった。

もちろん、万が一のために堀北《ほりきた》から口止めさせることも視野に入れていたが、あの日の夜、そして数学で満点を取った直後の須藤の目を見れば、大体を察することはできた。

「以前の須藤だったら、きっと根回ししてただろうな。堀北にでも頼んで、他言を慎《つつし》むように言っておいたはずだ」

「……以前の俺なら？」

「OAAの総合力を見ても分かるように、伸びしろで言えばおまえはDクラスでもトップクラスだ。向こう見ずだった頃と違って状況の判断も冷静に出来ると踏んだ。それが何も手を打たなかった理由だ」

オレなりに須藤健《けん》という生徒を分析した上での判断。

あの場に居合わせたのが池《いけ》や本堂《ほんどう》のような生徒であったなら、また話は変わっていた。

「なんか、センコーに言われてるみたいだな」

どこか呆《あき》れるような、感心するような様子で須藤は一息つく。

「完全に納得した。おまえが俺を買ってくれてるんだったら、悪い気もしねえし」

そう言って、須藤は顔をぐっとオレに近づけてくる。

「それからもう1個聞きたいんだが、おまえ鈴音《すずね》とは――」

「付き合ってないからな」

近すぎる顔から距離を取りつつ被《かぶ》せ気味《ぎみ》に返事をすることで、本当だと強調する。

「……おう」

思わず聞いてしまったという感じの須藤《すどう》が、少しテレながら視線を外した。

「アレだからな。別に、その、付き合うなって言ってんじゃねえぞ。鈴音《すずね》が……俺だろうと綾小路《あやのこうじ》だろうと、他の男と付き合おうと、それはあいつの自由なわけだしよ。けど、なんつーかもし隠すような真似《まね》してたら、そんときは容赦《ようしゃ》しねえぞ」

「分かった分かった。万に一つそういうことがあればすぐに報告する。これでいいか？」

「いい。いや、よくはねー！　……んだけど、それでいい」

これで聞きたいことや言いたいことは一通り済んだのか、須藤は一息ついた。

「春樹《はるき》の友達としては冷たいようだけどよ、クラス内投票でおまえが退学しなくてよかったぜ。間違いなくAクラスを目指す上で必要なヤツだ。また後でな綾小路」

そう言って、須藤は少し足早に教室へと向かった。

オレと話していたことを、周囲に見せないための配慮だったのだろうか。

「Aクラスを目指す上で必要……か」

まさか須藤から、そんな評価をもらう日が来るとはな。

ただ、今のクラスに必要な人材はオレのような人間じゃない。

須藤こそ、間違いなくクラスにとってなくてはならない重要な人間だろう。

○流れて行く月日

目まぐるしい出来事のあった4月も終わり、5月に突入して早2週間。

ホワイトルーム生は相変わらず、オレに対し大きな仕掛けを打って来る気配はない。月城《つきしろ》のコントロール下を離れたようだが、一体何を考えているのか。ともかく、日々を平穏に過ごさせてくれるのなら特別文句を言うことは何もない。

そんな5月中旬の朝、オレはロビーで堀北《ほりきた》と待ち合わせをしていた。

テスト結果で大きく集めることになったオレへの注目だったが、今は少し鳴りを潜めている。すれ違っていく同級生たちも、そこまで特異な視線を向けてくることはない。

もちろん、内々で思うことのある生徒は多いと思われるが、ひとまずは終息した形だ。

堀北を待っている間、更新されたOAAを改めて開く。

毎月成績が反映されていくシステムは、2年目の新体制を窺《うかが》わせる。

数学で満点を取ったオレだったが、5科目の合計点は386点。結果、学力評価はA－と、全体的な評価で見て想定より僅《わず》かに高いところに着地した。その他に関しては1年次とそう変わらない評価で、似たようなものだ。

2－D　綾小路　清隆（あやのこうじ　きよたか）

2年次成績
学力　A－（81）
身体能力　B－（61）
機転思考力　D＋（40）
社会貢献《こうけん》性　B（68）
総合力　B－（62）

堀北《ほりきた》やみーちゃんといった去年の学力でA判定をもらっている生徒たちは、そのまま変わらずA判定を受けている。恐らく合計点が400点を超えた生徒は、A以上の評価を貰《もら》えるようになっているんだろう。

全体的に成績向上の結果が顕著《けんちょ》に表れているOAAだが、先日も述べたようにその筆頭候補は須藤《すどう》だろう。2年全体で見ても、須藤の成績向上には目を見張るモノがある。

2－D　須藤　健（すどう　けん）

2年次成績
学力　C（54）

身体能力　A＋（96）
機転思考力　C－（42）
社会貢献性　C＋（60）
総合力　B－（63）

1年次の成績が総合力47のCだったことを踏まえれば、驚異的な伸びだ。

身体能力の突出に助けられていた評価が一転して満遍なく向上。

OAA上の評価でしかないが、啓誠《けいせい》や明人《あきと》よりも高い総合力を残している。

今後も学力、社会貢献性を伸ばすことが出来れば洋介《ようすけ》や櫛田《くしだ》といったメンツと肩を並べられるかも知れない。突出した能力を持つ生徒の魅力と言えるだろう。

ただ、リセットされると言われていた評価の方だが、機転思考力と社会貢献性に関しては1年次の流れ……正確には学校の判断材料として一部引き継いでいると見ていいだろう。友人関係やコミュニケーション能力は学年が変わったからといって、いきなり全てが変わるわけではない。とは言えここから1か月、半年と須藤が真面目に生活していれば、少なくとも社会貢献性に関してはかなり高い数値へと上がっていくはずだ。

須藤以外にも、軒並《のきな》み他の生徒も1年次より総合力は高く出ている。その多くは機転思考力か社会貢献性、あるいはそのどちらかが低かった生徒の飛躍にあると言ってもいい。

「お待たせしたわね」

約束の時間の少し前になって、堀北《ほりきた》が降りてきた。

「別に待ってない」

ロビーで話す必要もないので通学に向けて歩き出す。

外で話す方が内容に関係なくスムーズに進むため楽だ。

「改めてお礼を言わせてくれ、堀北が機転を利かせてくれた話のおかげで、クラスからはそこまで注目を浴びずに済んだ。他のクラスにしても似たような形で伝播《でんぱ》してる印象だ」

他クラスからの警戒心は強まることになるだろうが、正直影響はほとんどない。

Aクラスの坂柳《さかやなぎ》は昔からオレのことを知っているし、龍園《りゅうえん》にいたってはオレが直接倒した経緯もあって数学だけじゃないことも知っている。一之瀬《いちのせ》にしても、多少オレが普通じゃないことは感じ取っている節はあったしな。

「別にいいわ。その方が今後私たちのクラスにとってプラスに作用すると思っただけ。あなたが勝手に手を抜いていたなんて話をしたら顰蹙《ひんしゅく》を買うでしょう？　ところで、もし私があの場にいなかったらどうするつもりだったの？」

「さあ、どうしただろうな」

そうはぐらかしたが、結局は似たような展開に話を持って行っただろう。

堀北の指示による戦略の1つだった、そう言い逃れをして当日ははぐらかす。あとは後日改めて似たような話をしてもらう方向にしていた。それをわざわざ口頭で説明せずとも、堀北も察したようだった。

「この件に関しては貸しにしておくわ」

「大人しく借りておくことにする」

堀北は、オレの左手の方へと目線を向ける。

「左手の怪我《けが》は大丈夫なの？」

「ぼちぼちな。まだ時間はかかるが、利き手じゃない分影響はそこまで大きくない」

「それならいいのだけど……あれから宝泉《ほうせん》くんから接触はあった？」

「いや何も。1回宝泉や七瀬《ななせ》とはすれ違うこともあったが会話すらなかった」

視線こそ向けられたものの、両者ともに声をかけてくることはなかった。

「謝罪はないにしても、流石《さすが》に悪いことをした自覚はあるのかしらね」

「どうかな。そんな感じでもなかった気がするが」

「2人とも？」

「そうだな」

大掛かりな仕掛けを打つ大胆さに、動じない心。肝《きも》が据《す》わっている1年たちだ。

「例の、あなたを退学させたら2000万ポイントを得るって話、アレは本当なのかしら」

「今のところ確証はない。けど、そんな報酬《ほうしゅう》でもなければあんなことはしないだろ」

「……それもそうね」

自ら大怪我と退学のリスクを負って、無駄なことをするとは考えられない。

唯一あるとしたら、ホワイトルーム生である可能性だけだ。

「真実かどうかもそのうち明らかになってくるだろ」

「でもそれは——好ましい展開じゃないわね。理不尽な内容とは言え、特別試験であるなら4クラスが知っていることになるんでしょう？」

「七瀬《ななせ》も言ってたしな。全クラスに注意を向けてもらうために話したと」

だとするなら最低でも残り3クラス、3人以上がオレのことを知っていることになる。

「Aクラスの天沢《あまさわ》さん……彼女には須藤《すどう》くんと組んでもらった恩義しかないけれど、宝泉《ほうせん》くんに加担していたのは間違いないのよね？」

軽く頷《うなず》く。1年Aクラスの天沢一夏《いちか》は、ほぼ確定で2000万の特別試験を知る1人だ。

残る1年Bクラスと1年Cクラスの生徒たちは、誰が知っているのか分からない。

「あなたを退学にさせようと動いていたのは、今はその3人だけなのよね？」

「気づいた限りはそうだな」

「だとしたら少し変ね……宝泉くんはお世辞にも1年生の間で好かれているタイプじゃない。そんな彼に出し抜かれて大金である2000万ポイントが奪われるのを、指を咥《くわ》えて見過ごすかしら？」

それはオレも気にしているところだ。しかし、その理由を絞り込むのは難しい。

宝泉や七瀬には、オレを退学にさせられないと思ったのか……。

それともこの特別試験に参加するつもりが最初からなかったのか。

あるいは、そもそもこの話を信用していない可能性もある。

隣を歩く堀北《ほりきた》も、その点では答えが出ないだろう。

そこでオレはやや方向性を変えてみる。

「1年生全体で情報を共有している気配がないのはどうしてだと思う？」

どうせ話をするのならと、オレは堀北に意見を聞いてみることにしたのだ。

「そうね……もし学年全体で綾小路《あやのこうじ》くんを退学させることが特別試験だと告知されたら、それは多分1年生だけじゃなく2年生や3年生の耳に入るのも時間の問題になる。こんな理不尽な特別試験を知ったら私たちのクラスは当然、強く抗議するわ。だからそれを知られないためにしている……ということじゃない？」

それは間違いなく正解だ。そしてその正解の奥で更に気づくことも出てくる。

「こんな理不尽極まりない特別試験を、学校側は本当に許可したのかしら……」

「そうだな。担任である茶柱《ちゃばしら》先生にもそれとなく確認してみたが、知ってるような素振りはなかった」

本当は確認などしてはいないが、間違いなく知らされていないだろう。

「そこから考えられるのは大きく2つだ。1つは七瀬や宝泉の話がそもそもデタラメである場合。オレを退学にさせる特別試験なんてものは存在しないという説だ。だがこれは、さっきも言ったように報酬《ほうしゅう》もなしにあんなリスキーな真似《まね》をするとは考えにくいことから消すことができる」

「ええ」

「もう1つの説は、本当は特別試験ではない可能性。正確に言い換えるなら、オレを退学にしたら2000万ポイントを支払うと、誰かが1年生をそそのかした可能性だ」

「なるほど。個人的にあなたの首に賞金をかけたのなら話としては成立するわね」

やってることはかなりグレーなことではあるが、学校のルールに抵触するわけでもないだろうしな。そして状況を整理していると分かって来ることがあるだろう。堀北《ほりきた》が頭の中で処理を進め、少しずつ真相に近づいていく。

「同級生か上級生の中にそれだけの大金を用意した人物がいる、ということ？」

堀北の中には月城《つきしろ》が個人的に動く可能性を導き出す材料は皆無なため、必然的に選択肢は限られてくる。

「1年生の一部が独自に設けたゲームも否定はしきれないが、入学したてで信頼関係も現物も何もない状態で、そんな話がまとまるとも思えない。確率は低いだろうな」

「確実に2000万ポイントを支払う能力を持っていて、1年生がそれを信用した人物」

推理をしていく中で、堀北の中でもある人物が浮かび上がってくることだろう。

「——生徒会長」

ポツリと漏らしたその言葉は、驚くほどこの状況に嵌《は》まっていく。

「まさか、南雲《なぐも》生徒会長がこの一件に絡んでいるかも知れないの？」

「どうかな。オレが好かれちゃいないのは確かだが、だからって2000万もの大金を用意して退学に追い込もうとするかは懐疑的《かいぎてき》だ。どんな人間か、そしてどんな実力かも分からない1年生を使うのも、変な話だしな」

本気で誰かの手を使ってオレを退学させたいのなら、掌握《しょうあく》の済んでいる3年生を使う方が確実だ。

「ただ、無関係じゃない可能性はあるな」

何らかの形で関与していることを否定するだけの材料は何もない。

生徒会長という肩書きなら1年生も疑うことはないだろう。

「知らないうちに、妬《ねた》みを買ってる可能性はあるわよね。南雲生徒会長は兄さんのことを気にかけていたし。そんな兄さんは綾小路《あやのこうじ》くんのことばかりだったから。私みたいに複雑な感情を持っていたとしてもおかしくはないわ」

あるとしたらその線だけだろうな。

「ちょうどいいってわけではないけれど、今日あなたに声をかけた本題。放課後になったら生徒会室に行くわ。南雲生徒会長に会って生徒会入りを打診してみるつもりよ」

「そうか」

紆余曲折《うよきょくせつ》あったが、これで学《まなぶ》の心残りとなっていた南雲の件が前進するか。

「けれど南雲生徒会長に認められなかった場合は、責任を持てないわよ？」

「前にも言ったが、生徒会長自身が来るもの拒まずのスタンスでいるからな」

「……そうだったわね」

あの時は学が卒業したばかりで感情が高ぶっていた堀北だったが、話の内容は覚えていたようだ。南雲が来るもの拒まずな人間と言ったものの、もちろん根拠はそれだけじゃない。どこまでも追い続けた堀北学《ほりきたまなぶ》の妹。その貴重な存在を蔑《ないがし》ろにすることは考えられない。

「あなたが私を生徒会に入れたい理由……それは南雲《なぐも》生徒会長を監視させるためと言っていたけれど、ただ見張っているだけでいいわけじゃないわよね？」

生徒会に入った後、何をすればいいのか指示を仰いでくる。

「もう薄々気づいてると思うが、おまえの兄貴と南雲は考え方が全く違う。伝統を大切にしてきたからこそ、南雲の改革を良しとしていなかった。あいつは去っていく前オレに言った。クラスは一蓮托生《いちれんたくしよう》、運命共同体。その枠組みだけは変わってほしくないってな」

「今の生徒会がやろうとしていることとは、確かに真逆ね」

「だが、オレはオレでどちらが正しいのかってジャッジは下していない。今確かなことは南雲がやろうとしている改革を見てみたい気持ちがあるってことだ」

そう。学の考え方は間違っていないし、南雲の考え方だって間違っていない。

「だから私に具体的なことを示さなかったと？」

「ああ」

「それでも私を生徒会に勧めたのはどうして？　見守る考えなら、そもそも生徒会に入って監視する必要性もないわけよね？」

「もし南雲が間違った方向に舵《かじ》を切った時、止める存在は必要になるだろ？」

そして、それをするべき人間はオレではなく堀北学の妹である堀北鈴音《すずね》であるべき。

もちろん一方的な押し付けだからこそ、テスト勝負という名目を持ち出した。

「気に入らない部分もあるけれど、でも好都合と考えることにするわ」

さっき堀北自身が言っていた賞金に関係していることだろう。

生徒会に入ることで、情報を入手できる可能性は確実に上昇するはずだ。

「勝負に負けた私が条件を付けられた立場じゃないけれど、同席をお願いできるかしら」

「同席？」

「ええ。南雲生徒会長に直接打診したところを証拠として見せておきたいの」

万が一、生徒会入りを拒否された時に嘘《うそ》をついていない証明としたいらしい。

「もし南雲生徒会長が賞金の件に絡んでいるのなら、反応も見られるかも知れないし」

確かに、２０００万に関する手がかりが得られることもあるかも知れない。

「分かった。じゃあ放課後だな？」

堀北とそんな約束をして、オレたちは今日も一日を始める。

1

そして放課後になると、オレたちは共に生徒会室を目指した。

「アポイントは入れてるのか？」

急に訪ねて行っても、南雲が生徒会室にいる保証はない。

「もちろんよ。茶柱《ちゃばしら》先生を経由して、南雲《なぐも》生徒会長に会えるようお願いしておいたから問題ないわ。そのせいで今日にずれ込んだというのもあるし。でも、今日にずれ込んで良かったのかも知れない。おかげで生徒会に対するモチベーションが少し上がったわ」

「例の賞金のことか？」

「そうよ。生徒会という絶対的中立にいなければならない存在が、２年Ｄクラスにだけ負荷をかける不公平なことをしているとしたら……もしも事実なら断固戦わなければならない問題だもの」

横目でこっそりと確認した堀北《ほりきた》の顔には、決意の表れみたいなものを感じ取れた。

「やる気があるのはいいことだが、気負い過ぎるなよ。まだ南雲が絡んでる確証はない。それに絡んでいたとしても、一筋縄でいく相手じゃない」

取り下げてくれと願い出て素直に応じることはないだろう。

「もちろん、確信を得るまで不用意なことをするつもりはないわ」

熱くなりつつも自制心をしっかりと持っているようで一安心だ。

程なくしてオレたちは生徒会室の前に到着し、その扉を開く。

「失礼します」

生徒会室に足を踏み入れると、生徒会長の席に座っているのは当たり前だが南雲だ。足を組み、まるで王様のような振る舞いで堀北を出迎える。

不思議と違和感がなく、似合っているのは貫禄《かんろく》が出てきた証《あかし》だろうか。

それに南雲にはこれまで以上の余裕さを感じる。

堀北学《まなぶ》という唯一の対等以上の存在がいなくなった影響もありそうだ。

そして、傍《そば》には副会長である桐山《きりやま》の姿もあった。

桐山は最初に一度こちらに目をやった後、すぐ堀北へと移す。

「俺に話があるんだって？」

「はい。お時間を頂きありがとうございます」

桐山は堀北とオレに座るように促してきたので、素直にその指示に従う。

「気にするな、今は割と暇してる時期だからな」

オレを目の前にしつつも、南雲の様子にはいつもと変わったところはない。

僅《わず》かにでも後ろめたい感情があるのなら、態度に出てもおかしくはないが……。

「それで俺に話っていうのは？　単に雑談しに来たってわけじゃないんだろ？」

それはそれで歓迎する様子の南雲だったが、堀北は本題を切り出す構えを見せる。

「貴重なお時間かと思いますので単刀直入に。私は生徒会入りを希望します」

生徒会室に響く、堀北の透き通った声。

それを聞いて生徒会の両名は似たような反応を示した。

歓迎とも拒絶とも違う、驚きの感情。

「生徒会入りを希望？」

堀北からの発言を受けて、南雲の表情は驚きを経て少しだけ期待に変わった。

「それはまたどういう風の吹き回しだ？　素直にイエスと言いたくない気分だ」

「つまり歓迎はして頂けないということでしょうか」

「そうじゃない。俺は基本的に来るもの拒まずのスタンスだ。生徒会に入りたいって人間がいれば空きが許す限りは入れてやる。志望理由にも興味はない。ＯＡＡのためでも、のちの就職のためでも、正義感なんてものでも自由だ」

学《まなぶ》とは違い誰にでも門を開く南雲《なぐも》らしい考え方だ。

「けどな、おまえは特別だ堀北鈴音《ほりきたすずね》。生徒会に入る条件を1つだけ付けさせてもらう」

「その条件とは何でしょうか」

「どうしてこのタイミングで生徒会入りを希望したのか、その理由を教えてもらおうか」

同席してきたオレから、何か不穏なものを感じたか。

いや、南雲は良い意味で小さいことを気にするタイプじゃない。

純粋に学の妹がどんな理由で生徒会入りを希望してきたのかを知りたがっている。

もちろん堀北はオレとの勝負に負けたから、とは言わない。

正直に話しても生徒会入りは出来るだろうが、そこまで。

南雲から信頼を勝ち得ることは永遠に出来なくなってしまうだろう。

「私は兄との確執《かくしつ》を抱えていました。その確執を無くすため飛び込んできたのがこの学校です。ですが、入学してからも私と兄の関係が変わることはありませんでした」

ゆっくりとだが、はっきりとした口調で話す堀北の言葉に耳を傾ける南雲。

「何一つ成長していなかった私を認めてくれるはずもなかったんです。結局、兄が卒業する間近まで満足に話すこともできない1年間を送りました」

そこで堀北は、自らの過去を正直に言葉にして伝えることを選んだようだ。

「それで、和解は出来たのか？」

「はい。最後の最後ではありますが和解することが出来ました。そこで初めて兄が学校生活を捧《ささ》げた生徒会に興味を持つことが出来たんです。随分《ずいぶん》と遠回りしてしまいましたが、兄が通った道を私も通りたくなったんです」

元々堀北は生徒会に入る気などなかった。

つまり、この回答が全て本心であるかと問われれば一部ノーだ。

それでも多くの真実で包み隠すことで、南雲の真贋《しんがん》を見分ける目を曇らせる。

「兄が通った道か。大層立派な話だな」

見分ける目が曇るからこそ、南雲は逆に僅《わず》かな警戒心を抱いたようだ。

「それはつまり、いずれは生徒会長になる意思があると思っていいのか？」

この場での回答は、どちらにせよ南雲の心を打つことはないだろう。

安易な嘘《うそ》をつく方が良くない心証を与える場面だ。

「はい。兄が通った道を通るとお伝えした通り——生徒会長になるつもりです」

あえて、堀北は高いハードルを自ら選択した。

そしてその言葉に嘘はなかったように思う。

生徒会に入るとなったからにはと、学《まなぶ》の跡を追う覚悟を決めてきたようだ。

「なるほど。だが、既に1年間帆波《ほなみ》は生徒会の役員として陰ながら努力してる。生徒会長の座につくには周回遅れだってことは理解しているのか？」

「挽回《ばんかい》できない距離だとは考えていません」

先ほどの発言よりも早く、そして力強く答える。

「あまり似ていないように見えても、やはり堀北《ほりきた》先輩の妹だな」

ここまで沈黙を貫いていた桐山《きりやま》が、南雲《なぐも》に向けてそう発言する。

「堀北、と呼ぶのは少し抵抗がある。何度かもう呼んでるかも知れないが、改めて今日から鈴音《すずね》と呼ばせてもらうぜ？」

「好きになさってください」

「今の2年生は帆波以外の生徒会役員がいなくて困っていたところだ」

直接質問することで堀北からの真意を聞き届けた南雲は、生徒会入りを承諾する。

席を立つと自ら堀北の方に歩み寄り、立ち上がる堀北に左手を差し伸べた。

意図的に出されたと思われる左手、それを堀北も正面から受け止め握り返す。

「ようこそ生徒会へ。今日からは遠慮なく役員として働いてもらうぜ鈴音」

「もちろんです」

「生徒会入りを祝して面白いことを教えてやる。歴代の生徒会長は皆、必ずAクラスで卒業しているって事実だ。そのことを覚えた上で高みを目指すんだな」

現状Dクラスに甘んじている堀北《ほりきた》に、発破をかけるような言葉。

「ご心配なく。Aクラス以外で卒業するつもりは毛頭ありません」

「口だけじゃないことを証明して見せてくれよ？」

そう言って、長い間続けられた握手が解かれる。

「俺は桐山《きりやま》だ。副会長をしている」

「よろしくお願いします」

桐山とも握手をして挨拶を済ませ、正式に堀北は生徒会の人員になる。

ここからは堀北が自らの目で南雲《なぐも》のやり方を見ていくことになるだろう。

個人を優先した実力主義の学校システム。

学《まなぶ》の守ろうとしたものとは大きく逸脱《いつだつ》したそのシステムを、どう受け止めていくのか。

もはやオレが口を出す領域は過ぎ去ったと言っていいだろう。特に賞金に関する手がかりも得られないため、タイミングを見て退散したいところだが……。

どうやって抜け出すか考えていると――

「ついでにおまえも生徒会に入るか？　綾小路《あやのこうじ》」

「どういうつもりだ南雲。おまえから生徒会に誘うなんて」

南雲の提案が珍しいものだったのか、桐山が驚いたように言う。

「不思議なことじゃない。綾小路は堀北先輩が目をかけてた生徒だ。どこにも拒む理由は無い。それにこの間の特別試験じゃ、1人だけ満点の科目を叩《たた》き出《だ》したみたいだしな」

そう言って、ここで南雲は初めてオレに対して意識を向けたようだった。

そして1、2年生だけで公開されていた情報を既に察知していることを知る。

「遠慮しておきます。生徒会って柄じゃないので」

「は、そう言うと思ったぜ」

社交辞令だったとでもいうように、すぐさまオレから意識を外した。

しかし何を思ったのかもう一度オレの方へと視線を戻してきた。

「綾小路」

名前を呼ばれ、一度南雲と見つめあう沈黙の時間ができる。

「生徒会の仕事は思った以上にある。山ほどな。だが、それもだいぶ落ち着いてきた頃だ。夏頃からはしばらく後輩たちにも時間を割いてやるつもりだ」

その発言にはどんな意味があるのか。

こちらがそれを追及せずとも、自ら口にする。

「遊んでやるから楽しみにしてろ」

これは宣戦布告、なんてレベルのものではないだろう。

強者が弱者に対し指南する程度のもの。

「坂柳《さかやなぎ》や一之瀬《いちのせ》、龍園《りゅうえん》辺りは泣いて喜ぶかも知れませんね」

そう答えると、今度こそ南雲の意識は完全にオレから外れた。

「ところで桐山。この場に参加したのはどういう風の吹きまわしだ？」

「……と言うと？」

「この間、1年生2人が生徒会入りを希望してきたときは俺に同席を求めなかった。なのに、今回堀北鈴音《ほりきたすずね》が会いたいと進言してきたときだけこうして顔を見せた。変だろ？」

いよいよ話し合いも終わりという頃、そんな話を南雲《なぐも》がする。

まるで帰ろうとするオレに聞かせるかのように。最後の最後、これまでの流れを断ち切るような不意打ちの発言。もちろん、オレは桐山《きりやま》がこの場に同席した理由など知る由《よし》もないが、桐山は明らかに動揺した。

「単に堀北先輩の妹である点が気になっただけだ。それがどうかしたのか」

冷静さを取り繕うように返答した桐山ではあったものの、声が少しうわずる。

それが面白かったのか、南雲は愉快そうに笑った。

「いやいや、どうもしない。気にするなよ」

その反応だけで十分だというように、南雲は深い追及をしない。

「それじゃあ鈴音、早速だが手続きついでに桐山以外の生徒会メンバーも紹介したいと思う。ここに残ってくれ」

「分かりました」

生徒会入りを断ったオレが、もうこの場に残る理由はないだろう。

堀北と南雲を残し、オレはこの場を去ることにした。

2

生徒会室を出て、その足で玄関の方へと向かう。

桐山は南雲を蹴落とそうと足掻《あが》いていた人物だからな。学《まなぶ》を支持し、1年生だったオレに接触してまで方法を画策していた。諦めかけていたところに学の妹である堀北が生徒会に入るであろう気配を察知して何かしらのアクションを起こそうとしたのかも知れない。

だが今日の様子を見る限り、既に南雲と桐山の戦いは決着がついている。

もはや覆《くつがえ》すことはできないほどの差が出来ていることを感じさせるものだった。

まあ、もし桐山がまだ諦めていないのであれば、いずれ何か起こすだろう。

「さて、と」

オレはオレで、今日はもう頭を使うことはしたくない。

真《ま》っ直《す》ぐ帰り着いて、今日はゆっくりと残りの一日を消化するとしよう。

携帯を取り出して、時刻を確認する。

『あのさ、特に予定がなかったらなんだけど……部屋に遊びに行ってもいい？』

生徒会でのやり取りを見ていて気がつかなかったが、恵《けい》からメッセージが入っていた。

既に送信されてから30分以上経《た》っていたが、メッセージが取り消されていないことや、続きの文章がないことから、まだ待っている可能性があった。

この後の予定は特になかったため、今からでもと返事をすることにした。

オレたちは付き合っていると言っても、そのことをまだ表には出していない。

誰にも見つからずに2人きりになれるのは、極めて限られた場所だけだ。

とは言え寮もけして安全なわけじゃない。

むしろ一度見られてしまえば、決定的な一打にだってなりかねないだろう。

その時はその時で、お互いに割り切るだけなんだろうが。

『部屋に来るか？』そう返すと、1秒もしないうちに既読が付く。

たまたま携帯を触っていたのか、ずっと返事を待っていたのか。

『行く！』という短い返事。

『今から行っていい⁉』

立て続けに、そんなメッセージも飛んでくる。これから帰るので、20分後くらいからないつでもいいと返しておいた。あとはいつもの要領で部屋に来てもらうだけ。

もし同じフロアに誰かいても、恵《けい》はある程度上手《うま》く立ち回るはずだ。

10分ほどで寮に帰り着く。そのまま玄関の鍵は開けておき、軽く部屋の中を掃除して時間を潰《つぶ》していると、激しい3回のノックが聞こえてきた。

オレと恵は密会の合図を幾《いく》つか決めている。基本的にはチャイムでやり取りをするが、やや緊急時には3回ノックを使うよう頼んでいる。生徒の出入りが激しい寮であるだけに、ゆっくりと開閉している場合じゃない時もある。そう読んでの取り決め。

そして極めて急いでいる、危険な状態ではこちらの合図なしに入ることを認めている。

「入るからっ！」

慌てた様子で、恵が潜り込みながらそう答える。

そして自ら力強く扉を押して閉めると、自分自身を落ち着けるように息を吐いた。

「エレベーターが4階で止まったのが分かってさ、慌てた～！」

心拍数が上がったのか、胸元に手を当てる。

廊下だとやり過ごすのが困難だからな、慌てるのも無理はない。

「いつまでも隠し通すのは不可能だぞ」

「それは、分かってるけどさあ……」

オレは恵の靴をシューズクローゼットに仕舞《しま》う。

それから念のために鍵をかけ、さらにU字ロックもしておく。

こうすれば万が一誰かが訪ねてきても、中に上げることなく帰すことが出来る。

ただ、早い時間帯でU字ロックを使うのはやや不自然でもある。

本来はここまでするつもりはなかったが、天沢《あまさわ》という前例を作ってしまったからな。

不用意に部屋に入れてしまい、恵との二人きりを見られるよりはいいだろう。

もし緊急性を問われたとしても、こっちが出かける準備さえしておけば大丈夫だ。

部屋が散らかっているからとでも言って外で待機させ、すぐオレが出ればいい。

そして客と一緒に立ち去った後で、恵には静かに部屋を出てもらう。

「はー。ホッとした……」

ベッドに座った恵《けい》が、そう言って胸をなでおろす。

「それは良かった」

夕方は特に、帰宅してくる生徒たちでごった返すからな。

ただ、真夜中に招き入れるのはもっとリスクが高くなる。出入りこそ少なくなるものの、夜中に女子を部屋に上げていることを知られた時の問題は大きいからだ。

それなら言い訳の立つ休日の昼間や平日の夕方がいい。

関係性がバレたとしても、健全な行動の1つでしかない。

「何か飲むか？」

落ち着きを取り戻した恵にそう声をかけると、慌ててリビングから台所に駆けてくる。

「あたしがやる」

「なんだ、どういう風の吹きまわしだ？　普段そんなことしないだろ」

「左手怪我《けが》した状態じゃ大変でしょ。あたしにもお湯くらい沸かせるしさ」

どうやら怪我を気遣って申し出てくれたようだ。

「じゃあ任せたいと思うが……」

「うんうん。あたしは紅茶にするけど、清隆《きよたか》は何が飲みたい？」

「そうだな……恵と同じものでいい」

少しでも負担を軽くしてやろうと思って合わせるつもりだったが、逆効果だったのか不満そうな顔をする。

「あたしが信用できないっての？」

「……分かった。それならコーヒーを」

「任せて。確かこっちの棚に入ってたよね？」

そう言って、恵が台所の戸棚を開ける。

そしてオレの視線に気が付いたのか、リビングで待っているよう指示される。

怒らせると面倒なので、オレは大人しくテレビでも見て待つことにした。

「そうだ。会ったら話そうと思ってたんだけど、清隆の責任は結構大きいんだからね？」

テレビのリモコンを手に取ったところで、台所からそんな言葉が飛んできた。

「急になんだ」

「数学で満点なんて取るから、付き合ってること余計言い出しにくくなったし」

何のことかと思ったら、そういうことか。

確かに今の段階で恵がオレたちのことを表にすると角が立つ可能性は高いが……。

「今付き合ってるなんて大っぴらに言ったら、もうどうなるか……」

「ならしばらくは同じような状況が続くのか」

「仕方ないじゃん……。なんかヤだし、ステータスで付き合ったみたいな」

「ステータスで付き合うことは悪いことなのか？」

「や、悪いこととは言わないけどさぁ……」

「たとえば外見の可愛《かわい》い女子と付き合うことは男子にとってステータスだろ？　それを求

めるなというのは少し酷じゃないか？」

もちろん外見の好みは千差万別であって、絶対的なものはないわけだが。

ただそれでも、広く一般的にそういうものであることは大体学習している。

オレがステータス目的の件でやや否定的な意見を出したが、返事がない。どう反論するのかを考えているのかと思っていたら、ゆっくりと顔だけこちらに出してきた。

「あ、あたし可愛《かわい》い？」

どうやら反論を考えていたのではない様子。

外見の可愛い女子と付き合う、という部分を抜き出してきたようだ。

「可愛くない相手と付き合いたいと思うのか？」

唇を変な尖《とが》らせ方した恵《けい》は、合わせてきていた視線を泳がせるように逃がした。

沸き始めたポットのお湯が煮立ち音を立て始める。

相手を可愛いと思うのは、何も外見だけに限った話じゃない。性格や体型、声や仕草、家柄や教養。様々な要因が折り重なって愛《いと》しいと感じるようになる。

「あ……あたしも、超カッコいいと思ってるからね。清隆《きよたか》のこと」

同じような答えを求めたわけじゃなかったが、恵はそう言って台所に引っ込んだ。

完全に沸いたお湯の音と、それをカップに注ぐ音を聞きながらテレビのチャンネルを大した意味もなくコロコロと回す。

それから程なくして戻ってきた恵が、自慢げな顔でコーヒーの入ったカップをテーブルに置いた。恵の飲み物は紅茶と言っていたが、何故《なぜ》かカフェオレに変わっていた。

「ありがとう」

「どういたしまして」

オレたちは机の上に1年生の時の教科書を広げる。

そしてノートとペンを用意して、勉強していたという状況を作り出す。

もし、想定外な事態が起きたとしても、これなら勉強をしていたという言い訳も立つ。

出来ればそんな展開にはなってほしくないものだが。

入室からここに至るまで、全ては天沢《あまさわ》を招き入れてしまったことによる防衛策だ。

それからは、他愛《たわい》もない話に時間を使う。

今日学校で会ったことから始まり、先日のことに遡《さかのぼ》る。

ゴールデンウィーク中は誰と会っていたか、どんなテレビを見たか。

恵が撮った写真を見せてもらったりしながら時間を浪費していく。

様々な話題は、長かったり短かったり。ときにはすぐに切り替わったり。

一見無駄とも思える時間を共有する。だが、これはけして悪いことじゃない。

何となく、オレにも恋愛というものが少しずつだが分かり始めてきた。

そうして笑ったり怒ったり、様々な顔を見せてくれる恵との室内デート。

やがて話題が消化されて口数が自然と少なくなると、何気ない雑談は鳴りを潜めて沈黙の時間が増え始める。明らかに室内の空気が先ほどまでと変わり始めていた。

お互いがお互いに、何かを感じ始める。
何かを意識し始めている。
いや、何か、ではない。
もうそんなことは分かっている。
お互いに触れたいと思い求めたいと思う感情が、膨れ上がっている。
だけど、けして口にすることはない。
目と目だけが、語り合っている。
だがその1歩を踏み出すのはけして簡単なことじゃない。
どれだけ相手を読み切っているつもりでも、万が一、というリスクを考える。
双方同じ方角を向いているはずだと思いつつも、そうではない可能性を思慮する。
もし拒絶されたら、というネガティブな感情が間欠泉のように飛び出す。
それでも――
逃げようとする恵《けい》の目を、オレは追いかけて離さない。
いいよな？　でも、だけど……という気持ちをぶつけ合う。
やがて観念したかのように、恵は逃げることを止《や》めた。
時が凍り付くほど、ゆっくりと流れている感覚を確かに身体《からだ》に感じながら……。
オレたちは身体と身体を、そして顔と顔を、距離を縮めていく。
やがて吐息が相手の肌にかかりそうなほどの距離にまで近づいた。

恵の口からコーヒーとミルクの混ざり合った香りが届く。

あと2秒、いや1秒で唇と唇が重なり合う。

――ピンポーン

2人だけの時間を無情にも止めたのは、玄関を鳴らすチャイムの音。

薄皮1枚を残して触れ合うことのなかった唇同士。

飛ばしかけていた意識が急激に現実へと引き戻される。

「あ、え、玄関……ッ？」

慌てた様子で距離を取った恵の頬《ほお》は真っ赤に染まっていたが、じっくりと眺めているだけの猶予《ゆうよ》はない。そう。ロビーからではなく玄関からの来訪者だからだ。

インターフォンには玄関からの呼び出しである通知もハッキリと出ている。ロビーとは違いカメラは付いていないので、誰が訪ねてきたかを一方的に知ることは出来ない。居留守を使うことも出来たが、もし恵が部屋に入るのを見られていたのなら悪手となる。

ここは誰がどんな目的で訪ねてきたのか、知っておく方がいいだろう。

「待っててくれ」

「う、うん」

やや緊張した面持ちで恵は頷《うなず》く。前回の天沢《あまさわ》とのやり取りも踏まえ、既に恵の靴はシユーズクローゼットに入れているため一見すると室内にはオレしかいないように見える。

ただこの方法は必ずしもメリットだけとは限らない。

ちょっとした玄関での立ち話なら最善の方法だが、もし上がらせてくれと頼まれると急激に怪しい方向に進む。わざわざ靴を隠して女子を部屋に連れ込んでいる、という図式が完成してしまうからだ。

万が一のために、玄関のU字ロックをかけた状態にしておいて正解だったな。

これなら相手が覗《のぞ》き込《こ》んでみても靴は確認できないうえ、簡単に上がらせないで済む。

鍵をかけている理由を相手に合わせ用意することで時間を作ることも出来る。

その上で後日にしたり、こちらから相手の部屋に移動してもいい。

しかしオレの部屋を直接訪ねて来た人物は誰だろうか。

堀北《ほりきた》？　あるいは男子の誰か？　そんな絞り切れない予想をしながら、オレは覗き穴から来訪者が誰であるかを確かめる。

最初に視界に飛び込んできたのは赤く染まった髪。

「せぇんぱい」

そして甘い声だった。

まるでこちらが覗き穴を覗き込んだのを察知したかのように。

「あたしだよ」

扉越しに聞こえてくるその声は、こちらが部屋にいることを確信している。

私服に身を包んだ笑顔の少女。

特に何も持っておらず手ぶらな様子。

オレはゆっくりと鍵を開け、扉を開いた。

4月末以降、一度として絡むことのなかった1年Aクラスの天沢一夏《あまさわいちか》だ。

向こうからの接触はないと踏んでいただけに、意外な登場といえる。

宝泉《ほうせん》のためにオレの部屋から同じナイフを持ち出したことで、宝泉に加担していたことがオレの知る所となった今、天沢は一定の距離をとると思っていた。

だがこうして再びオレの前に現れた天沢は、何一つ悪びれた様子を見せていない。

まさか、まだ自分が関与したことがバレていないと思っている？

いや、宝泉のプランが発動した時点で天沢の関与はほぼ漏れるものだ。

「どうやって寮に入ったんだ？」

「たまたま帰って来る他の先輩がいたから、一緒に入っただけ。驚かせようと思って」

ロビーのインターフォンでは、どうしても来訪者が誰だか知られてしまう。

それを避けるために他の生徒を利用したか。

「それで？」

「手の怪我《けが》大丈夫かなぁって。心配になって様子見に来ちゃいました」

知恵の回る天沢が、関与に気づかれていないなどと甘く考えるはずもないか。

むしろ関与を自分から仄《ほの》めかすような態度だ。

天沢《あまさわ》はねっとりとした動きで、U字ロックに右手の人差し指で触れる。

「コレ、外してもらえません？」

小悪魔のように笑いつつ、その視線は玄関に置かれた靴を確認している。

U字ロックを見て誰か来ていることを予測したか、それとも……。

「もう夕方だし明日にしないか？　用件もなく後輩を部屋に上げると問題だからな」

本当に手の様子を見に来ただけなら、それで帰ってくれるはずだ。

しかし天沢はその場から動こうとはしなかった。

左手を自らの唇に持っていき、考えるような仕草を作る。

「先輩1人みたいだし、ついでにご飯も食べさせてもらおうかな」

何とかして上がり込むためか、天沢は話の方向性を変える。

「あたしには作ってもらえる権利があるからね。須藤《すどう》先輩と組んであげたこと、忘れてないよね？」

強引に上がり込もうとするなら、その手を使ってくるであろうことは予測できた。

それなら、こちらはそれに合わせて動くだけ。

「悪いな、今食材を切らしてるんだ。冷蔵庫には何も入ってない」

「えー。そうなんですかー？　ちゃんと備蓄《びちく》しておいてくださいよ～」

困ったようなそうでないような顔を見せて天沢が不満を言う。

「もし、どうしても今日だって言うなら、準備をして一緒に買い出しに行くか？」

恵《けい》とのデートは終わってしまうが、余計な茶々を入れられることはない。

一度顔合わせをしているからといって、頻繁に部屋に招いているという情報を与えることはしたくない。

「そっか、食材ないんだ～。残念だな～」

ちょっと面白そうに笑った天沢《あまさわ》。

「扉、閉めないでくださいね？」

そう言って、天沢は一度オレの視界から消える。

そして——ガサッ、と廊下の床に置いていたと思われるビニール袋を左手で持ち上げ隙間から見せてきた。扉についた覗《のぞ》き穴を見た時、手ぶらだったことは確認している。仮に足元に置いていたとしても、レンズには見えにくくても映っていただろう。

オレの視界からは見えない位置に食材の入ったビニール袋を置いていたようだ。

こちらがどんな逃げ口上を使うか、完全に読み切った行動。

食材が不足しているから部屋に入れないという理由を封殺《ふうさつ》されてしまう。

天沢の頭がキレることは分かっていたことだが、想像以上だな。

こうなった以上、嘘《うそ》を認めて追い返す方向に舵《かじ》を切るか？

今日はどうしても気分が乗らないから、断りたくて嘘をついたというだけでいい。

天沢との経験を経て行った数々の対策だが、それを一番最初に試す相手が天沢とは。

しかし、それで天沢が納得するかは別だ。

他の生徒には通じる自信があるが、天沢はオレと恵のことを知っているからな。

「あたしを部屋に上げたくなくて、嘘をついたんですか？」

1秒にも満たない沈黙で、天沢はオレを逃がさないよう更に回り込んできた。

こうなると、天沢が今日このタイミングで訪ねてきたのは偶然じゃない。

「先輩1人じゃないよね？」

「どうしてそう思う」

やはり、恵がオレの部屋に訪ねてきていることを確信しての行動だった。

どこかで見張られていたと見るべきだろう。

「だって見てたから。軽井沢《かるいざわ》先輩が寮に戻った時からずーっと、ね」

それを裏付けるように天沢がその事実を口にする。部屋に恵が上がり込んだのを密《ひそ》かに確認したあとで、食材を買い出しに行ったのだろう。2回オートロックを潜《くぐ》り抜《ぬ》けるリスクを負って、戦略を立ててきたようだ。

「彼女の靴を隠してまで居ないように見せてるなんて、イヤらしいことでもしてたんだ？」

「交際のことはまだ誰にも話してないからな。念のために隠しておいただけだ」

「あ、ついに認めちゃうんだ？　まあ隠したい気持ちは分からなくもないけど、あたしにはバレてるんだから嘘つかなくても良くない？」

隠されたことが不満だったようで、少し拗《す》ねた顔を見せる。

「一応、善意から秘密にしておいたけど……バラしちゃおうかなあ？」

こちらがオープンに付き合っていないことは、天沢《あまさわ》もリサーチ済みだろう。

そうでなければ、交渉材料に使ってくるはずがない。

つまりこの会話も形式上でのもの。

ここで拒んだら天沢は本当に話してしまう恐れがある。

天沢から付き合っていることが漏れてしまうのは、恵《けい》の今後を考えると得策じゃない。

あくまで自発的に付き合っていると開示していくことが望ましいからだ。こうなっては観念するしかないだろう。不利なディフェンスに徹《てつ》していたオレは敗北を認める。

「ちょっと待ってくれ。ロックを外す」

「はーい」

素直に返事をした天沢。オレは扉を閉めるなり室内から不安そうに顔を覗《のぞ》かせた恵に大丈夫だと視線を送る。ここまで堂々と乗り込まれたら、こちらも正面から受けて立つしかない。U字ロックを外し、天沢を迎え入れる。

顔だけ見せていた恵と視線が合うなり、ニッコリと笑って見せる天沢。

一方の恵は、苦虫を噛《か》み潰《つぶ》したような顔で受けて立っていた。

「いけないいんだ。うら若き男女がカギを閉めて二人きりなんてさ」

もう上がる気満々の天沢が、靴を脱ぎながらそんなことを言う。

「別にいけなくないし。付き合ってるカップルなんて、あちこち溢《あふ》れてんじゃないの」

「まぁそうなんだけどねー。なんか2人を見てるといやらしい感じするんで」

根拠を示して欲しいところだが、キスしそうな雰囲気だったことを思えばあながち天沢の指摘を怒れないところだ。

リビングに入るなりベッドに目を配らせる。

「着衣の乱れはなし。ベッドも乱れてないみたいだし、何かしてたわけじゃないんだね」

「あ、当たり前でしょ！　ってか何なのよ急に来て！」

天沢の登場によって、先ほどまでしおらしかった恵は怒り心頭《いか》だ。

この怒りには少し焦りのようなものも含まれているだろう。

天沢の機嫌を損ねると、関係をバラされるってことは聞こえていたはず。

「てっきり、不純異性交遊……エッチなことでもしてるのかと思ったのに」

やや下ネタ気味な会話だったが、更に踏み込んだことを天沢が言う。

しかもオレにではなく恵に対して。

思わず声を詰まらせ、恵は赤面するというよりもその1歩向こう先。

コイツは何を言ってるんだといったような歪《いびつ》な感情を含んだ顔を見せる。

天沢は終始こちらを探るような真似《まね》をし、そして都度チェックしているのは恵の様子。

オレからは探れないことを理解した上で恵から情報を集めている。

これ以上、恵に負担をかけるわけにもいかないのでオレは口を挟む。

「校則で禁止されてることだ」

努めて冷静な対応をすることで乱れた恵の心を落ち着ける狙い。

しかし天沢《あまさわ》はこちらの言葉を受けてもひるむ様子を見せることはなかった。

「校則違反なんて単なるお飾りじゃないですか。露骨に付き合ってイチャイチャしてるカップルなんて学校中にわんさかいるし。コンビニに行けば避妊具だって置いてる。実際に買おうとしてみたけど、店員さんは見て見ぬ振りだったし？　まあ、何もかも禁止禁止にした状態で若者が暴走……果てに妊娠なんてしたら、それこそ大問題だし？」

そう言って、天沢はビニールの中から避妊具を左手で取り出しテーブルに置いた。

実際に購入して証明してみせた、ということらしい。

確かにこの手の商品が存在していない場合、不純異性交遊の果てには妊娠という道筋。

学校側としては表向き禁止としつつも、するなら必ずバレないように、そして避妊しろという暗黙《けい》のルールみたいなものなのだろう。

もはや恵は言葉を完全に失い、天沢とオレ、そして避妊具と視線が彷徨《さまよ》う。

「これ、あたしからのプレゼント……じゃなくて、今回の場合はお詫《わ》び、かな」

「詫びられる覚えがないな」

「またまた。その手の怪我《けが》、あたしが関係してるでしょ？　宝泉《ほうせん》くんに協力したから」

悪びれることもなく言い放つ。

認めさせるまでもなく自分から自白するか。

「そ、そうなの？」

話を聞いていた恵が思わず仰天する。

今、恵には余計な発言を慎《つつし》んでもらいたいところだ。

驚いた発言ひとつで、相手に情報を渡してしまうことになる。

オレがどれだけの内容を恵に話しているのか、話すに足る相手なのかを判断できる。

「綾小路《あやのこうじ》先輩、あたしのこと勘違いしてるんじゃないかなって思って」

「勘違い？」

「あたしは綾小路先輩の敵じゃないってこと」

「気づいているようだから言わせてもらうが、とても信じられない言葉だな」

「そう？　あたしが宝泉くんに入れ知恵したから？」

もし天沢がオレに接触していなければ、今回の事件は違ったものになっていた。

宝泉の自傷《じしょう》行為をオレの責任とするには弱く、自爆という形で終わっていただろう。

いや、流石《さすが》に宝泉自身何か別の手を考えていたとは思われるが、どちらにせよ天沢がかかわったことで1つの確立した戦略に昇華したことは疑いようがない。

「今先輩が考えてること、当ててあげようか。宝泉くんの考えた綾小路先輩の退学プランに手を加えて、退学させる可能性を上げた。そんな奴《やつ》が敵じゃないないなんて笑わせるな。こんなところでしょ？　あたしの評価、甘く見られちゃってるなあ」

「甘く見た覚えはないな。十分に評価してる」

「そうかなぁ。あたしにはそうは思えないなぁ」

呆然《ぼうぜん》としていた恵だったが、天沢との会話を聞いて一部冷静さを取り戻す。

「ちょ、ちょっと待ってよ。清隆《きよたか》を退学させようとしたって……え、どういうこと？」

左手を怪我《けが》したことは恵《けい》にも伝わっているが、その詳細までは話していない。

「へえ」

そんな慌てた恵の反応を見て、天沢《あまさわ》は興味深く微笑《ほほえ》む。

「綾小路《あやのこうじ》先輩、彼女には話してないいんだ。じゃあ2000万の賞金のことも？」

「何、何なの？　2000万って？」

意図的にこの話をして、こちらの関係を探ってきたと見て間違いないだろう。

「詳しくは後で彼氏さんにでも聞くといいんじゃないかな。ねえ、先輩？」

こう言われてしまっては、この後で恵に説明をしないわけにもいかない。

「あたしと宝泉《ほうせん》くんがナイフを使って綾小路先輩を退学に追い込もうとした──その事実に先輩が気づいたのは、一緒に買い出しに行った時のことだよね？」

ここまで天沢が話したところでオレは考えを改めさせられ始めた。

「この学校で初めて見るはずのキッチン用品。なのにナイフを選ぶ動きに迷いはなかった。そして後日店員さんに確認したら、同じナイフを買おうとしていた人間がいることが分かった。だから、咄嗟《とっさ》に判断して宝泉くんの自傷《じしょう》行為を防ぐことが出来た……でしょ？」

オレがあの答えにたどり着いたのは、天沢の残した痕跡《こんせき》を辿《たど》ったもの。

しかし、それはあえて消さずに残していた痕跡ということだ。

オレが正解にたどり着き、未然に宝泉の戦略を防ぐと踏んでのこと。

確かに天沢が完璧に演じ切っていたのなら、状況は変わっていたかも知れない。

「随分《ずいぶん》と優しいんだな」

「突然賞金首にされて、訳も分からず退学させられるのは可哀想《かわいそう》だと思って」

普通の高校1年生にここまで頭が回るだろうか、ということに疑問を抱く。


天沢一夏《いちか》。


彼女の思考を照らし合わせていくとホワイトルーム生と言われても納得がいく。

だが、そうだとすればここまで踏み込んだ話をするのは正体を知ってくれと言ってるようなもの。今、ここで正体を知らせるとしたらメリットは何だ。

もしくは坂柳《さかやなぎ》と同じようにホワイトルームとは関係ないところで才能を磨《みが》いてきたか。

どちらにせよ、オレの中で天沢の注意すべき人間としてのランクは上がった。

「あー喉渇いちゃったなー。コーヒーとか飲みたいなー」

何かを求めるように、天沢は猫撫《ねこな》で声《ごえ》で飲み物を要求してきた。

その声と態度を見て恵が隠そうともしない露骨な嫌悪感を表情でぶつける。

「天沢にコーヒーを淹《い》れてやってくれ」

「えーあたしが⁉」

「嫌ならオレが淹れる。天沢と話でもしててくれ」

「……あたしが淹《い》れるわよ」

淹れる係と話す係、どちらが良いかを天秤《てんびん》にかけてそっちを選んだらしい。

立ち上がって台所に向かう恵《けい》の背中に天沢《あまさわ》が注文を付ける。

「砂糖とミルクもお願いしまーす」

「ッ！　はいはい！」

猛烈に頰《ほお》を膨らませながら受け入れる恵に、更に天沢が言う。

「あたしが嫌いだからって、汚水とかゴミとか入れないでくださいね？」

「そんなことしないわよ！」

あえて怒らせるような発言をして、愉快そうに天沢が笑う。

紛《まぎ》れもない小悪魔……いや、小を外して悪魔かも知れないな。

一時的に視界から恵が消えて二人きりになるリビング。天沢はテーブルの上に置かれた教科書とノートに視線を向ける。

「なーんか、取ってつけたような勉強道具だね」

「色々と決めつけてるおまえには、そう見えるんだろうな」

最初からこちらのやることを全て疑っている以上、取り繕っても無駄だ。

「えーっと何々？　１９７２年にユネスコ総会で採択された条約は何か」

天沢は問題を見て、空白状態のノートに、左手でシャープペンシルを握ると『世界遺産条約』と綺麗《きれい》な字で書き込んだ。

自分で解答し、自分に拍手を送る天沢。

「正解正解～」

「ちょっと、あたしのノートに勝手に書かないでよ！」

様子が気になった恵が顔を覗《のぞ》かせ、ノートに許可なく書いた天沢を注意した。

「いいじゃないですかー、ちょっとくらい」

「よくない！」

怒って顔を引っ込める。

「先輩の彼女って……ちょっと怒りっぽいね」

ボソッと耳打ちしてくるが、恵にそんな姿を見られるだけでも問題になる。

何とかその姿は見られずに済み、恵は不機嫌さを隠すこともなくカップにコーヒーを淹れて戻って来た。キチンと砂糖とミルクが添えられている。

「ど、う、ぞ！」

「ありがとうございますぅ、軽井沢《かるいざわ》せぇんぱいっ」

にっこりと微笑《ほほえ》んだ天沢。

しかしそのコーヒーを飲もうとはせず、立ち上がる。

「それじゃ、お詫《わ》びの品も渡したことだし帰ろうかな。食材はどうぞご自由に」

目的はそれだったと言い、天沢はオレたちに背を向けた。

「は？　なにそれ、飲んでいかないわけ!?　あたしに淹れさせておいて!?」

「別にゆっくりしていってもいいんですけど、そっちの方がいいんですかぁ？」

「……そ、それは……帰ってほしいけど」

「ですよねー？　ということで帰りまーす」

どうやら恵《けい》をからかって遊ぶために、わざわざコーヒーを淹《い》れさせたようだ。

怖いもの知らずとはこのことか。

さっと立つと、風のように去っていく。

天沢《あまさわ》が立ち去ると、途端に静けさの戻る室内。

だがさっきまでの甘い雰囲気はどこへやら、やけに重苦しい。

「清隆《きよたか》、何なのあの子！」

「それはオレも聞きたい」

「……もう、ほんっと腹立つ！」

カリカリしていた恵だが、いつまでも天沢の話をしていても仕方がない。

自分でも早く話題を変えたかったのか、方向性を変える。

「説明してよ、2000万の賞金って何？　清隆のその怪我《けが》と関係あるの？」

黙っていたのは秘密にしたかったわけではない。

こんなことを話して無駄に恵に心労を与えたくなかったからだ。

そうも言ってられない状況になったが。

オレは恵に、今起こっている状況を伝えることを決める。

○近づく夏、激戦の予感

6月も中旬が近づいてきた。4月末の特別試験以降、新たな特別試験が始まることもなく普通の学校生活が繰り返されていた。オレを狙っているであろうホワイトルーム生の動きも変わらず見られない。

こちらに不都合なことが起こったのは天沢の来訪によるあの1度きりで、退学にかかわるような差し迫る危機はなかった。

しかしあの時のハプニングが色濃かったせいでキスのタイミングは未《いま》だに逸《いっ》したまま。どことなく良い雰囲気になり始めても、見えない壁がオレたちを隔《へだ》てる状況が続いていた。その壁を取り除き進展させたい気持ちはありつつも焦る必要はないだろう。時間と共に恵が自分で壁を取り除き、次のステップに自然と進んでいくはずだ。その方が恵の心の成長を促す意味で効果的と言える。

高校生としては充実すぎるほどの日常と共に、季節は着実に夏に向かっている。外の気温はじんわりと上がり始め例年並みの気温。快晴の日には30度ほどを記録する日も出始めていた。まさに春と夏の季節の変わり目だ。

何気ない学校生活を長い間送っていると、度々耳にする話題がある。

どの季節が1番好きかという他愛《たわい》のない話題。だが意外と奥深く面白い話題でもある。

同じ場所に生まれ、同じように育った者たちでも好きな四季は様々だ。

オレはこの学校で四季の全てを経験したことで、改めて暑くなる季節を心待ちにしていた。そんな自分を思うに、夏が1番好きなのだと認識している。

そのせいなのか、青空はこの季節が1番綺麗《きれい》に輝いて見えるのだ。

「おはようございます、綾小路《あやのこうじ》先輩」

青空に視線を向けながら歩いていると、前方から声をかけられる。

相手は1年Dクラスの生徒七瀬《ななせ》翼《つばさ》だった。

彼女は1人で通学していたようで、周辺に友達らしき存在はない。

「ああ、おはよう」

オレの先を歩いていたことを考えると、たまたま後ろを振り返りこちらを見つけたか。あるいはオレに用があって待ち構えていたかのどちらかだ。

「空に何かあるんですか？」

七瀬の存在を認識していなかったのは青空を見ることに集中していたからだが、そのことに気が付いている辺り、しっかりとこちらを観察していたようだ。

「何も。ただ青空を見てただけだ」

「青空を、ですか」

横並びになった七瀬も、オレと同じように視線を空の方へと向けた。

今日は雲ひとつない青空が広がっている。

「良い天気、ですもんね」

「そうだな。それにしても久しぶりだな」

すれ違うことはあっても、こうして会話を交わすことは久しくなかった。

「はい。1か月半ほどご無沙汰していました」

七瀬は宝泉《ほうせん》と結託してオレを退学に追い込むプランを立てていた。天沢《あまさわ》と同じく、普通であればオレに近寄りがたいと感じていても不思議じゃない。

「綾小路先輩には申し訳ないことをしたと思っています」

青空の方に視線を向けたまま、七瀬はそう口にした。

どうやらオレが想像していたよりは、彼女に思うところがあったようだ。

「恨んでいますか？　私のこと」

「恨む理由はどこにもない。特別試験だったわけだろ？　仕方のないことだ。それに、七瀬はオレに対して庇《かば》う姿勢も見せてくれたからな」

宝泉に加担していた七瀬ではあったが、最終的には危険を顧《かえり》みず前に飛びだした。そして敵意を向ける宝泉と対峙《たいじ》してくれたことはよく覚えている。

「あの特別試験はもう終わったのか？　期限を聞いていなかったな」

「いいえ、継続しています。期限は2学期が始まるまでです」

つまり今のところはしばらくの間、特別試験が続けられるのか。しかしそうなると、七瀬や宝泉がこの1か月半沈黙していたことに少し引っかかりを覚える。

「私が接触してこなかったことが気がかりじゃありませんか?」

「気にならないと言えば嘘《うそ》になるな。何か裏で画策してるんじゃないかと不安にもなる」

「策を講じても簡単には通用しないことが前回で確信出来ましたから。目的を知られた以上、日常生活で綾小路《あやのこうじ》先輩を追い込むことは極めて難しいですし」

「他学年が絡む特別試験を待ってるところ、か。けど他の生徒はどうなんだろうな」

「何かしら宝泉《ほうせん》くんが仕掛けたことは、知られていることと思います」

「その宝泉が失敗した以上、不用意には動けないと判断したと? 怪我《けが》の功名だな」

「左手の代償《だいしょう》に釣り合っているかどうかは分かりませんが」

1年生の中でも宝泉和臣《かずおみ》は、良くも悪くも注目を集めている生徒の1人。

その宝泉が一番最初に行動に移したのは、ある種幸運でもあったのかも知れない。

問題はこの裏の特別試験に関して誰が把握しているかだ。

七瀬《ななせ》に問いかけるのは簡単だが……。

何度か視線を向けてみたが、逸《そ》らされ続けたため諦めて前を向き直す。こちらが質問を投げかけたとしても、七瀬が答えることはないな。残る3クラスは、正体を悟られないように今尚《いまなお》その存在を伏している。平等を維持するために売り渡す真似《まね》はしないだろう。七瀬はあくまでも特別試験の存在を認知させ、Dクラスの不利を帳消しにしただけ。

「私の意思を汲《く》んでくれて感謝します」

こちらが沈黙を続けたことで、七瀬は理解したかのようにそう口にした。

どうせ一緒に学校に行くのならと、オレは全く関係のない話題をすることにした。

「学校にはすっかり慣れたみたいだな」

立ち振る舞いのようなものも、初々しさが抜け学校に溶け込んでいるようだ。

「はい。私を含め同級生たちも特殊な状況に耐性がついてきたと思います。先輩がどこまでご存じか分かりませんが、1年生は5月末に2度目の特別試験がありました」

2年生には2年生の戦いがあるように、1年生には1年生の戦いがある。

「直接誰かに聞いたってわけじゃないが耳には届いてる。退学者が出たみたいだな」

その特別試験で1名の退学者が出たことは2年生にも聞こえてきていた。

「流石《さすが》にご存じのようですね。1年Cクラスから男子が1人退学しました」

OAAのリストからはその生徒の存在も消えているからな。

学力Aを持つ生徒だったが、何かしらのペナルティを踏んでしまったのだろう。

「退学が絡むとどうしても噂《うわさ》になる」

「この学校では、昨日まで笑いあっていた友達が無慈悲《むじひ》にいなくなることもある。後悔しないよう学校生活を過ごす必要があると、改めて強く認識させられました」

今はまだ対岸の火事だが、1年Dクラスにもいつその時が訪れるかは分からない。

七瀬のように危機感を持つことはとても大切なことだ。

とはいえ、他学年のクラスポイントの状況までは流石に何も知らない。

そのため勝った負けたという話であれば、情報は皆無だ。

「その特別試験でDクラスの結果はどうだったんだ？」

「前回は最下位、今回は3位と残念ながら結果は振るいませんでした。ただ今回は上位のA、Bクラスとは肉薄した戦いだったので、クラスポイントの開きは僅《わず》かで済んでいます」

AクラスBクラスを相手に、引き離されず食らいつけた手ごたえを感じているようだ。

一方でCクラスが最下位に沈んだのは退学者が出たことが大きな原因だろう。

「宝泉《ほうせん》の方も最近は大人しくしてるのか？　それとも——」

「問題行動がないと言えば嘘《うそ》になります。ですが今回の退学騒動には絡んでいません。宝泉くんは綾小路《あやのこうじ》先輩に夢中なようですから」

ずっと空を見ていた七瀬《ななせ》が、ここで初めて苦笑いしながらこちらを向いた。

「強引な結果論ではありますが、綾小路先輩のおかげで少し大人しくなったと思います。1年生たちにだけ向けられていた宝泉くんの強い感情が、先輩にも向けられたと言いますか。最近口癖のように『早く2年とヤらせろ』と言っているので。良かったです」

それは——確かに1年生たちにとっては良い話だ。大柄で目立つ宝泉とは時々すれ違う時に視線が合っていたが、思い返せば早くヤろうぜという視線だったな。

「いずれは1年生たちとも戦う時が来るかも知れないな」

今は1度手を取り合っただけ。

南雲《なぐも》の方針が強く推奨されていけば、競い合う日もそう遠くないだろう。

「私は、悔いのない学校生活を送るつもりです」

「それがいい」

まさに七瀬が言っていたように、笑いあっていた友人たちが翌日にはいなくなる。

そんなことが起こりうる学校だ。

だからこそ1日1日が過ぎるのを当たり前と思わず大切に過ごさなければならない。

後ろに過ぎ去った1日は、確定した過去として戻って来ることはないのだから。

「綾小路先輩も、どうか悔いのない学校生活を送るようにしてください」

まるで、この先オレの学校生活が残り少ないことを暗示するように七瀬は言った。

こちらを見ていた目には、確固たる意志が含まれているようだ。

「もちろん、悔いが残らないようにするさ」

そう答えると、七瀬は満足したように大きく頷《うなず》くのだった。

「これで失礼します」

校舎が近づくと、七瀬はそう言って頭を下げ別れた。

1

1年生が5月末に2度目の特別試験を受けたことを考えれば、2年生である自分たちもいつ特別試験が発表されてもおかしくない。そんな覚悟を決めていた時期だっただろう。

その覚悟を試すかのように、いつもと違う朝のホームルームが始まる。

「全員揃《そろ》っているようで何よりだ」

出欠を確認した茶柱《ちゃばしら》が、モニターに映像を映すためかタブレットの操作を始めた。

程なくして準備が整ったのか、真っ白な画面に切り替わると生徒たちに向き直る。

「おまえたちとの付き合いも長くなってきた。何となく察していることだろう」

新しい特別試験が始まる。

誰もが喉元までその言葉が出かけたが、次の茶柱の発言を待つ。

一部を除く多くの生徒の視線を集めると、沈黙後に茶柱は少しだけ笑った。

「確かにこの後特別試験に関する話を行うことになっている。だが、そのお楽しみは長くなるため後に取っておこう。まずは夏休みに関して話をしておく」

そう言うと茶柱はタブレットに視線を落とす。そしてモニターに映像が映し出される。

一番最初に表示されたのは1枚の豪華客船の写真だった。

オレたちDクラスは、これと似たような船に見覚えがある。

「おまえたちに、一足早い夏休みのバカンスについて説明する」

一瞬、顔を見合わせた生徒たちは甘い言葉に喜びを表現しそうになる。

だが船とバカンスの組み合わせにはどうしても違う記憶の方が深く刷り込まれている。

この学校が、甘い蜜だけを吸わせてくれるはずがない、と。それが思い起こされつつある中、モニターの写真は船外から船内へ。日程も同様に表示される。

「8月4日から8月11日までの7泊8日間、おまえたちはこの豪華客船で自由に夏休みを満喫することが出来る。劇を見るのも、食事に舌鼓を打つのもいいだろう。そして、船上で特別試験を行うようなことも一切しない」

つまり純粋な、まさにバカンスが約1週間約束されているということだ。

疑いを強く持っていた生徒たちの心に僅《わず》かな緩《ゆる》みが生じた。

しかし、その緩みは映像がブラックアウトしたことと同時に消失する。

まるで目に毒だとでも言うように。

「しかしこの船旅を存分に楽しむには、次の特別試験を無事に終えなければならない」

僅かな時間夢見心地にさせた後、急速に現実へと引き戻されるクラスメイトたち。

持ち上げてから落とす行為は、通常なら大きな落胆《らくたん》になる。

だが、生徒たちは瞬時に頭を切り替え、戦いを受け入れる態勢へと移行している。

「流石《さすが》に学習しているようだな」

感心するように、茶柱は納得のいく笑みを浮かべた。

単なる意地の悪さから、バカンスの話を一番最初に持ってきたわけではない。

同じDクラスでも、1年前のDクラスとは異なることを証明させたかったのだろう。

繰り返される試練の連続で、気の引き締め方を学んでいるからだ。

「特別試験はいつから始まるんですか」

一番前、中央の席に座る堀北《ほりきた》からの質問が飛ぶ。

「今日明日にでも始まる、いつもならそういう流れだが残念ながらしばらく先だ。次回の特別試験は夏休みに行われる」

学校が1学期を終了した後、夏休みを利用しての特別試験か。

気になるのは前もって説明するにしてもあまりに早すぎる時期であること。まだ1か月以上も先にもかかわらずの告知にはどんな意味があるのか。

ともかくここまでの流れを見れば、否《いや》が応《おう》でも生徒たちの脳裏に浮かんでくる特別試験が1つある。恐らく全員の思考が一致したと思われるタイミングで、茶柱《ちゃばしら》の言葉によってそれが具現化された。

「おまえたちには『無人島サバイバル』に参加し、競い合ってもらう」

特別試験、無人島サバイバル。1年生の夏休みに行われた、クラス別の戦いはしっかりと脳裏に焼き付けられている。各クラスが与えられた限りあるクラスポイントを上手《うま》く使って競い合い、クラスのリーダーが誰であるかを当てたり、拠点の占有でのポイント取得などのルールを用いた特別試験。

「今年もアレをやるのか……」

普段は大人しく特別試験の説明を聞いている啓誠《けいせい》が、思い出したように呟《つぶや》く。

Dクラスは男子と女子で壮絶な内輪揉《うちわも》めをして、苦労をしたからな。

「全員去年の無人島サバイバル試験を思い出しているだろうが、今年行われるモノはこれまでとは一線を画したもの。どの特別試験よりも過酷かつ厳しいものになるだろう。無論得られるクラスポイント、プライベートポイントは極めて大きなものになる」

去年の無人島サバイバルはどう戦うのも自由。勝ちにこだわるのであれば徹底した節約が求められたし、勝ちを放棄《ほうき》するのであれば比較的自由に過ごすことも許される、そんな内容だった。また退学などの厳しい措置《そち》も、重要なルール違反さえ犯さなければ無いに等しいものだった。

過酷かつ厳しいものになるとのことだが、去年と比べどんな変化が加わるのか。

その答えは焦らずとも、茶柱がすぐに運んでくることになるだろう。

「まずは日程から詳しく説明していこう。後ほどおまえたちの端末でもダウンロード、確認ができるようになるため、この場でメモを取る必要はない」

茶柱はそう指示を出し、再び点灯したモニターに特別試験に関する日程を表示する。

7月19日　グラウンドに集合し、バスで出発　港より客船に乗り込み移動

7月20日　特別試験開始　試験の説明、及び物資の受け渡しなど

8月3日　特別試験終了　順位の発表を船内にて行い、それに合わせて報酬《ほうしゅう》を支給

※8月のプライベートポイントは無人島試験の結果を適用後支給する

8月4日　船上クルージングで終日自由行動
8月11日　港に到着　学校へと戻り解散

1学期の終わりを告げる終業式が16日の金曜日。その3日後に出発する日程だった。

しかも特別試験の期間は前回の倍、2週間にも及ぶことが分かる。

「先生、その日程だと夏休みがめっちゃ短くなると思うんですけどどうなるんですか？」

疑問に思った西村《にしむら》から質問の矢が飛ぶ。夏休みは一般的に40日前後とされているが、船上クルージングを夏休みとしてカウントしても24日程度しか与えられない。生徒たちから不満が出るのも無理ないことだ。

「残念ながら補填《ほてん》されることはない。夏休みが短くなってしまうのは確定事項だ」

生徒の放った矢を、正面から受け止める学校側。

もちろんちょっとしたブーイングが起こることは避けられない。

多くの学生たちにとって、休日は学校で学ぶ1日よりも貴重な1日だからだ。

「しかし、その代わりとして豪華客船で1週間のクルージングが行われる。この1週間は考え方によっては失われる2週間以上の価値をおまえたちにもたらすだろう。先ほども言ったが、そのクルージングは純粋な休みとして満喫できる」

それを励みに頑張れ、ということらしい。

去年もオレたちは豪華客船に乗ったが、あの時は満喫できる時間はごく僅《わず》かだったからな。無人島サバイバルが終わった後は干支《えと》試験に追われたことを思い出す。

学校の敷地内で生活をしているオレたちにとって、外の世界は新鮮で刺激的だ。船の中とは言え、普段と異なる生活が出来るのはこの上ない夏休みと言えるだろう。不満を漏らしていた生徒たちも、それで多少納得した様子を見せる。納得しなければ前に進むことも出来ない。

それに今年は去年と違い、ある程度充実したプライベートポイントもあるため、船上で不自由な思いをすることはない。それも生徒たちにとってストレスの少ない要因だろう。

「さて話を本題に移そう。去年も行った無人島サバイバル試験だが、もっとも異なる点は『規模』の違いと言える。試験期間が２週間であることに加え、使用する無人島は以前より面積も大きい」

海上に浮かぶ上空から撮影された無人島が映し出される。

「そして、同学年だけでなく全学年で競い合う形を取る」

つまり様々な面で前回を上回る規模で行われる。

「戦わなければならない相手も、過去最大級の数ということになるな」

まさかの展開だが、全学年を巻き込んでのサバイバル試験。

しかも戦う相手は同学年だけじゃない。これが特に意外な部分だ。

「それは……1年生は純粋に不利になりますし、3年生は有利じゃありませんか?」

不平等を嫌う平田《ひらた》からの質問。他学年と組むような試験であれば全員が平等だが、今回はそうじゃないみたいだからな。となれば、年齢による身体能力や経験の違いは相当なハンデキャップを生みだす。

「言いたいことは分かるが、どんな試験も100%平等に行うことなど不可能であることは最初に言っておく。おまえたち2年生に限った話にしても、4月生まれと3月生まれで1年近い差を抱えながらも同じ舞台で戦っているだろう?」

だが言い換えれば、学年は1年差でも年齢で見れば2年近いハンデを背負うケースもあるわけだ。

「1年生にアドバイスを求められることがあれば、先輩として最低限答えてやるのが上級生というものだが、どう話すかは個人の自由だ。同様に3年生に意見を求めるのもな」

必要なら存分に話し合っても構わないようだが、敵に塩を送ることにもなる。

「学年別によるハンデキャップも多少設けられるが、基本的には同じ土俵で戦うことになる。ではどのようにして学年の差を埋めるかだが、低学年になるにつれ受け取れる報酬《ほうしゅう》が増え、受けるペナルティは少なくなることで補われる」

学年が上であるほど少ない報酬になり、重たいペナルティになるわけか。4月に行われたパートナーを決める特別試験の一部を汲《く》み取《と》っている形のようだ。あの試験では同じ試験内容でも受けるペナルティは2年生が退学、1年生はプライベートポイントの徴収と大きな違いがあった。

「それらを踏まえた上で次に進もう。無人島サバイバルの新たなルール、その概要の『一部』をこれから説明する」

一部、という単語に生徒たちが顔を見合わせる。

「今日この場では、ルールの全てを明らかにしないということだ」

まずは大人しく説明を聞けと指示を出して、モニターの映像を切り替える。

モニターを見ると『グループ』という文字が大きく目立つ。

「無人島サバイバルでのルールを知っていくには、グループに関することを理解してもらう必要があるだろう」

今回の特別試験の前置きは、これまでになく長いものになりそうだ。

それはこの先に待つ無人島サバイバルの厳しさを暗示しているようにも思えた。

「次の特別試験、つまり無人島サバイバルでは最大6人までの大グループを組み、協力できるルールを採用している。そして大グループは同学年であればクラスを問わず組むことが可能だという点を最初に覚えておかなければならない」

「それは……2年生は味方である、ということ……？」

自分たちのクラス以外は全員敵だと思い込んでいた堀北《ほりきた》の独り言が室内に響く。

その独り言は確かに茶柱《ちゃばしら》の耳に届いただろうが、答えず話を続ける。

「おまえたちは今日から7月16日金曜日いっぱいまでの約4週間の間、2年生には好きな相手を2人まで選び大グループの元である最大3人の小グループを作る権利が与えられる。ただし、好きな相手と組めるとは言ったが決まり事は存在する。1つは既に言ったように、組むメンバーは同学年の生徒からしか選ぶことが出来ないこと。1年生や3年生とはグループを組めない決まりだ」

2年Aクラスの生徒や2年Cクラスの生徒と組んでも構わないということだ。

1年生は4人まで、3年生は2年生と同じく3人までの小グループが作れるらしい。学年別に用意されたハンデキャップの1つだろう。そのことがモニターにしっかりと表示される。全クラスが協力し合い最強のグループを作って戦うことも視野に入るかも知れない。もし理想的なグループを自由に組めたなら、当然勝機は見えてくる。むしろ他学年もベストな人選でグループを組んでくるのならこちらも対抗するには総力を結集する必要があるだろう。

「そして次に男女の割合だ。男女混合の場合3分の2以上を女子が占める必要がある」

男2人女1人、あるいは男女それぞれ1人ずつというグループは不可なのか。

可能なグループの組み合わせパターンがモニターに表示される。

『男子1人』『男子2人』『男子3人』

『女子1人』『女子2人』『女子3人』

『男子1人、女子2人』

この7パターン。逆に『男子2人、女子1人』『男子1人、女子1人』の2つはグループとして成立せず却下されるということだ。

「グループを作らない……あるいは作れない場合にはどうなるんでしょうか」

「組み合わせ可能な一覧にもあるように、グループは1人のままでも成立する。メリットは減るが特段問題は生じない。次の特別試験はグループの人数に関係なく行うことが出来るようになっているからな。1人で挑みたい者は男女問わず許可される仕組みだ」

グループの人数は多いに越したことはないが、1人であっても差し支えなく特別試験は行えるということか。

「1人の方が気楽だと考える生徒もいるだろうが、グループの人数は多いに越したことはない。単純に人数の多い方が有利であるのに加え特典も用意されている。1人で戦うという選択肢は最後まで選ばないことをお勧めしておこう」

気楽に戦えるなら1人も良いんじゃないかと思ったが、グループを組めなかった生徒は不利な状態で試験を行わなければならない現実が突きつけられる。こうなると普通の生徒は3人グループを作ることがスタートラインに立つ最低条件のようなものだな。

「メリットだらけのグループ作りにも注意事項がある。それは一度グループが確定した後は如何《いか》なる理由があろうとも他のグループへと移動することは出来ないということだ」

組んだが最後、特別試験が終わるまでは仲間として過ごすようだ。

「グループの変更はできないそうですが、特別試験では最大6人までのグループが作れるんですよね？　ですが、これから作ることが出来るのは小グループの最大3人まで。その辺はどうなっているんでしょうか」

平田《ひらた》からの質問が茶柱《ちゃばしら》に向けられる。

「そうだな、それは重要なポイントだ。特別試験が始まると今度は小グループ同士が集まることが解禁される。3人グループ2つでも、2人グループが3つでも、あるいは単独グループが6つ集まっても構わない。しかしグループを組む条件はそこでも存在する。4人以上の大グループでは女子の割合が5割以上を占めている必要がある」

3分の2以上から、2分の1以上は女子である必要がある、というルールに変更されるようだ。制限がついて回るのなら、1人あるいは2人の小グループで留《とど》めておくというのも戦略として見えてくる。

「ここまで聞けば、特別試験が始まってからグループを組めば良いと考える生徒もいるかも知れないが、一筋縄では行かないことになっている。自由に組むことが認められているグループ作りだが、試験本番中に希望の大グループを組む難易度は非常に高い。最大6人のグループを望んでも作ることすら出来ない、そんなケースも多数出てくることだろう」

少数でいることにメリットが全くないわけじゃなさそうだが、最初から最後まで1人きりで無人島サバイバルを乗り切らなければならないこともあるリスクを考えると、やはり今の段階で3人グループを作っておくのが無難か。

退学者を考慮しなければ全学年、各クラス40名。それぞれ学年毎に4クラスのため1学年160人。最大6人までのグループを組めると明言していることから、本試験では全学年合わせて最少でも81組。本番中に6人グループを組める保証はないようなので、場合によっては3桁にもなるであろうグループが競い合うことになる。

「さあ好きに小グループを組めと言われても困惑することは分かっている。どんな試験内容か分からなければ必要な人材を絞り込むことも出来ないからな」

誰しもその思考にたどり着くことは承知の上だろう、茶柱はこう続ける。

「次の特別試験の内容は教えることが出来ない。しかしどんな能力が必要になるか、という点に関しては少し触れておこう」

そう言ってから、茶柱は硬く表情を結んでいる生徒たちを見る。

「去年の無人島サバイバルでは、自身の持つポテンシャルを発揮できず、やきもきした気持ちになった生徒も多かっただろう。しかし今年の試験では『全ての能力』が必要になると思っておいていい。学力、身体能力、精神力、コミュニケーション能力。今挙げた能力以外にも、自分が得意とする能力を生かせる可能性は大いにある」

勉強が出来るだけでも、スポーツが出来るだけでもダメ。

得意なことが多い生徒が有利になるだろう、ということか。

無人島＝勉強の繋《つな》がりは一見持ちにくいが、方法は幾《いく》らでもある。

たとえば問題に正解しないと食料が貰《もら》えない、みたいなルールが作られる場合だ。

体力自慢だけで結成したグループが呆気《あっけ》なく敗退することも考えられる。

「入魂《じっこん》の仲《なか》である生徒同士で組むのも重要な要素だが、グループの総合力はそのまま特別試験での成績に繋《つな》がる可能性も高い。適材適所を考えて組むことをお勧めしよう」

総合力の高い生徒同士で組むのは単純に有利に働く確率が高いということだ。

だが、茶柱《ちゃばしら》の言うように仲の良い生徒を選ぶことも無視できないポイントだろう。

どんな試験内容か分からない以上、連携がモノを言う可能性も十分ある。

「人数が多いほど有利と言ったが、その最大の理由は身体《からだ》が6つあることでも頭が6つあることでもない。試験が脱落方式を採用しているルールがあるからだ。もし平田《ひらた》が1人だけで本試験に最後まで挑んだ場合と、平田、須藤《すどう》、本堂《ほんどう》の3人グループで最後まで挑んだ場合とを比較しよう」

タブレットに何かを打ち込み終わるとモニターが切り替わり、平田だけのグループと、平田を含む3人グループの名前が表示される。それぞれ名前の枠内が青で塗りつぶされている。

「特別試験の最中、平田が試験を続けられない何かしらのアクシデントに見舞われ、続行が不可能になったと仮定しよう。当然1人で試験に参加していた場合は、その時点でグループが失格となりペナルティを受ける」

平田個人の方は名前が赤くなり、失格を表す。

「一方、3人グループを結成した状態で平田が途中リタイアしたらどうなるか……」

平田の名前は赤くなったものの、他の2名は青のままだった。

「失格となった平田は船内に戻ってもらうことになるが、残りの2名は何事もなく試験を続けることが出来る。そしてそのグループが最後まで勝ち残り1位を獲得した場合、平田も当然グループの一員のため1位の扱いとされる」

個人が脱落してもグループが生き残っていれば良いということか。

とはいえ基本的にグループの人数が欠けることはデメリットにしかならない。

「途中で何人欠けようとも、グループは最後の1人になるまで不都合なく機能する。つまり人数が多いほど単純に残機も多いということだ」

なるほど。グループの重要性はかなり大きなものであることが確定する。

いくら有能な生徒であっても、怪我《けが》や病気でのアクシデントはつきものだ。

そのリスクを分散させる意味でも、6人グループの編成は勝つ上で必要不可欠。

「グループの重要性がよく分かったところで報酬《ほうしゅう》について説明をしよう」

ここで初めて、今回の無人島サバイバルがクラスに与える影響がオープンになる。

○報酬
1位のグループ
300クラスポイント、100万プライベートポイント、1プロテクトポイント
2位のグループ
200クラスポイント、50万プライベートポイント

3位のグループ
100クラスポイント、25万プライベートポイント
上位50％（1位〜3位含む）に入賞したグループ
5万プライベートポイント
上位70％（1位〜3位含む）に入賞したグループ
1万プライベートポイント

※上位3グループが得るクラスポイントは下位3グループの学年から移動される
クラスポイントに関しては人数に関係なくクラス数で均等に分配される（四捨五入）

モニターに表示された報酬《ほうしゅう》は、クラスポイントもプライベートポイントもかなり高額だ。もしも3位までを独占すればとてつもない変動が起こるが、奇怪《きっかい》な注意書きがある。

「これが今回の報酬一覧だ。注意が必要となるのは、今回は同学年以外でグループを組めないため、必然的に学年別の争いにはなる。しかし報酬やペナルティの影響は『グループ毎』に行われるという点だ。つまりDクラスだけで結成されたグループが1位を取れば1

位の報酬は全てDクラスのもの。逆に4クラス混合のグループが1位を取れば4クラスで均等に報酬を分けることになる。各クラスから最強の生徒をかき集めたグループを作れれば勝率は上がるかも知れないが、クラスポイントは何一つ変動しないことになる」

人数差による重複がないため均等に300ポイントを4クラスで分け合うだけ。

それでは1位を取ったところでクラスポイントの差が詰まることはない。いや、そもそも3人までの小グループしか作れない今の段階では、どこかのクラスは交ざることが出来ない。これでは理想的な話し合いなど不可能だろう。

「それから——この上位3グループに与えられる合計で600にも上る膨大なクラスポイントは、下位3グループに沈んだ学年から均等に徴収することになっている。もし1位が2年生のグループで、最下位が1年生のグループであれば、1年生の各クラスからクラスポイントが回収される仕組みだ。2位の場合は下位から2番目、3位の場合は下位から3番目のグループと学年が比較される」

他学年による奪い合いに発展する可能性も大いにあるということか。

「次に比較対象となる上位と下位のグループが、同学年同士だった場合の説明をしておく。この場合は少々特殊な形になるが、最下位グループに含まれたクラスは100、下位から2番目には66、下位から3番目には33のクラスポイントを上位に支払ってもらう。1クラス単独で1位を取れば300ポイントを得られることに変わりはないが、同時に単独最下位に沈めば100ポイントが差し引かれ200ポイントしか得られない」

4クラス混合のグループが勝つと貰《もら》えるクラスポイントは1クラスあたり75。いくら1位をとっても自分たちのクラスの生徒が含まれるグループが最下位などに沈んでしまったら、損をするケースも出てくるということか。

「なお徴収するクラスポイントが報酬《ほうしゆう》額に満たない場合、残りは学校が補填《ほてん》する決まりでもある。これは他学年から徴収する際も同様のルールが適用される」

支払うクラスポイントが不足している場合でも、報酬はしっかり保証されるらしい。

「また、もし4クラス混合のグループが下位を取った場合は支払うクラスポイントが少しだけだが低減される。最下位が75ポイント、下位から2番目は50ポイント、下位から3番目は25ポイントに減る。均等な負担というヤツだな」

協力し合うことが難しい試験での、ちょっとしたボーナスみたいなものだろうか。

「そして下位に沈んだグループには当然ペナルティが与えられる。奪われるクラスポイントは下位3グループの結果から参照される分だけだが、それだけでは済まない。下位5グループに属する結果になってしまった生徒たちには退学してもらうことになる」

生徒たちが、息を呑《の》む。

5グループ、最大30人が退学のターゲットになる。

「も、もし2年Dクラスだけが退学の対象になったら……」

「最悪の場合9人になってしまうだろうな。だが、その心配はまずない。万が一ペナルティを受けてしまった場合、600万プライベートポイントを支払うことで救済とする。この金額はグループの人数で割られるため、6人グループであれば1人当たり100万プライベートポイントで済む」

万が一ペナルティの対象になってしまっても、助かる手段は残されているようだ。

「試験が始まってからはプライベートポイントの貸し借りが出来ないため、乗船前の段階で自身の携帯に必要な救済ポイントを所持していることが条件だ」

あとで助け合う、といった選択肢は取れず特別試験前に調達しておく必要があるのか。

「ペナルティを受けるグループ内でも、出せる生徒出せない生徒が出るかと思いますが、1人でも残金が足らない場合、どうなるんでしょうか」

「その点は安心しろ。6人の内5人の残金が不足していても、所持金の足りている生徒はそのまま100万のプライベートポイントを支払うことで救済される」

人数さえ揃《そろ》っていれば足を引っ張られる心配はないようだ。

「よろしいですか」

手を挙げたのは茶柱《ちゃばしら》の目の前に座っている堀北《ほりきた》だ。

「他クラスと組めば、その分報酬を均等に分け合うルール。これでは結局自分たちのクラスだけで組む選択肢を選ぶことになるんじゃありませんか？」

頑張って勝ち残っても複数のクラスでポイントを分ければ意味がないという堀北。

「メリットがないと判断したのならクラスメイトだけで組めば良い。それだけだ」

どうするかは自分たちで考えろ、と茶柱は返した。

この問題に確実な正解はないだろう。だが1つ確かなのは報酬《ほうしゅう》を独占しようと思いグループ作りをクラス内だけで行えば、残った寄せ集めのグループが苦戦を強いられ、結果退学に近いグループも同時に作ってしまうことになる。一方でクラスの数を増やせば報酬こそ減るが、より幅広いグループが作りやすい上にペナルティを受けるリスクコントロールも可能になって来る。もちろん、別のリスクも生まれるが。

無人島サバイバルのためのグループ作り。

ここまで出てきた茶柱《ちゃばしら》の情報をまとめるとこうだ。

・無人島で最大2週間のサバイバルを行う
・求められる能力は多種多様で、総合力が高い方が有利だが結束力も無視できない
・上位グループにはクラスポイント、プライベートポイント、プロテクトポイントといった特別な報酬が与えられる（ただしクラスポイントはクラス数で均等に割られる）
・最小1人〜最大6人で1つのグループとなり行われるもので、人数が多いほど有利
（グループの順位は最後に脱落した生徒で決まる）
・下位グループはペナルティを受け、退学も起こりうる
・ルールに沿った上、学年内で自由に小グループ（最大3人）が作れる
・試験中に大グループを作るのは容易ではない

ざっくりとこんなところだが、このルール説明だけでは全容は見えてこない。

「ここまでも色々と面倒な説明だったが、まだ説明することが残っている」

一息ついた茶柱は、この先に続く説明へと移っていく。

「これを見てもらおう」

黒板のモニターが切り替わり、８項目が表示される。

基本カード一覧
先行……試験開始時に使えるポイントが１・５倍される
追加……所有者の得るプライベートポイント報酬を２倍にする
半減……ペナルティ時に支払うプライベートポイントを半減させる
　このカードを所持する生徒のみ反映される
便乗……試験開始時に指定したグループのプライベートポイント報酬の半分を追加で得る
　指定したグループと自身が合流した場合効果は消滅する
保険……試験中に体調不良で失格した際、所有者は一日だけ回復の猶予《ゆうよ》を得る

不正による失格などは無効とする

特殊カード一覧

増員……このカードを所有する生徒は7人目としてグループに存在できる
　本試験開始後から効力が発揮され、男女の割合にも左右されない

無効……ペナルティ時に支払うプライベートポイントを0にする
　このカードを所持する生徒のみ反映される

試練……特別試験のクラスポイント報酬《ほうしゅう》を1・5倍にする権利を得る
　ただし上位30％のグループに入れなかった場合グループはペナルティを受ける
　また増加分の報酬は学校側が補填《ほてん》するものとする

「な、なんですかこれ」

「これは無人島サバイバル特別試験に影響を与える、個人個人に1枚ずつ与えられる言わばアイテムみたいなものだ。一部を除き持っていて損をすることはないものだ。その効力は説明文を見れば大体理解できるだろう」

特別試験を優位に進めるカードから、自分を守ることに特化させたカードなど全8種類

のラインナップだ。後者は自分を保護するうえでは役に立つが、敗北に備えるためのものであることを踏まえると評価は分かれそうだ。トリッキーなのが、唯一所持するデメリットを含んだ『試練カード』だろう。上手《うま》く利用できればどの報酬よりもポテンシャルが高いが、上位30％に食い込むのは簡単じゃない。

「各生徒はこの8種の中から1枚をランダムに得る。配布のタイミングは明日の朝で、得たカードは特別試験開始までの間、他のクラスの同じ学年に限り譲渡やトレードすることが出来る。誰が何を所持しているかはＯＡＡで誰でも閲覧可能だ。買い取りたい生徒に売るもよし、買い集め１人で複数所持することも可能だ。ただし同じ効果の倍増はしないため、同じカードを２枚持つ意味は全くない」

カード概要とルール

基本カード、特殊カード共に同一学年でトレードが可能

クラス内でのトレードは不可であり、一度所有者を変更させると再トレードは不可能

同じカードを複数使っても効果は倍増しない

つまり最大８種を同時に持ち、１人の生徒が行使できるということか。

だがプラスとマイナスに作用するものが存在するため全ての効果を発揮させることは出来ない。あくまでもどちらに転んでも有効な手立てを得るだけ。

「また特殊カード3種は学年毎に1枚ずつしか存在せずランダム配布だ。そのため1つのクラスが偶然特殊カードを3枚持つといったことも確率としては起こるだろう。以上だ」

無人島の試験説明に、報酬《ほうしゅう》ペナルティの説明。

そしてカードと呼ばれるアイテムの配布説明。

これで長かった無人島サバイバルの概要を聞き終えたことになる。

「今回の説明では全てを理解できなかった者もいるだろうが、昼休みまでには自動的にタブレットに特別試験用マニュアルが配布されるため、そこで確認が可能だ」

全ての説明を終えた茶柱《ちゃばしら》。キリ良くチャイムが鳴り1時間目の授業が終了する。

「どういったグループ戦略を立てていくかゆっくりと考えることだ。時間はある」

アドバイスを残し、茶柱は教室を後にする。その後生徒たちは一斉に集まりだした。

そんな中、一つ空席を挟みオレの左側に座る高円寺《こうえんじ》は席を立つと廊下に出ていこうとする。毎度お馴染《なじ》みの単なる身勝手な行動にも見えるが、いつもよりも足取りが速い。

オレはそんな高円寺の行動に違和感を覚え、後をつけることにした。

悟られないように足音などの気配を出来うる限り消す。とはいえここは無人島のように無限の遮蔽物があるわけじゃないためあまり出来ることはない。

しかし普通の人間は、普段つけられることを意識して生活などしていない。仮に素人が素人を尾行しても、中途半端なことで気取られることはないだろう。

程なくして曲がり角の向こうから、茶柱と高円寺の声が耳に届いてきた。

オレは曲がり角で息を潜め、２人の会話に耳を傾けることに。

「それで、話とはなんだ高円寺」

「どうにもティーチャーからは、肝心な説明を受けていなかったと思ってね」

対面していると思われる茶柱が、高円寺の質問を待つ。

「肝心な説明？」

「単身で特別試験を迎えた者が当日体調不良だった場合、結果はどうなるのかね？」

「何を言うかと思えば、下らない話だな」

姿形は見えないが、茶柱がどこか愉快そうに笑った。

「おまえは昨年、病欠によってリタイアしたんだったな。残念だが今年はそれが通用しない。特殊な措置《そち》が取られることもなくペナルティが課せられる。つまり６００万ポイントの支払いだ。おまえの手持ちではどうにも出来ない」

「フフ、確かにその通りだ。私は宵越《よいご》しの金は持たない主義なので困ったものだよ」

今回の無人島試験でも高円寺は相変わらずリタイアを画策していたようだ。

１人で挑む無人島サバイバルに、逃げ道は用意されていない。

「それならどうする？　自由を貫き通して退学するか？」

「さてどうするだろうねぇ。もう行ってくれて構わないよティーチャー」

高円寺は茶柱の回答に満足したのか、そう言って茶柱に去るよう告げる。足音が聞こえだし、すぐに遠ざかると聞こえなくなった。

高円寺《こうえんじ》もすぐに動き出すだろう。となれば長居は無用か。

音を立てないようこの場から去ることを決める。

しかし――――

「ところで、私の様子を隠れて窺《うかが》っているのはどこの誰かな?」

隠れて見ていたオレの気配に気づいていた高円寺が、声の響き方で振り返ったのが分かる。

「出てくるも出てこないも自由だがね」

気まぐれに発した言葉じゃないだろう。まるで動物並みの感覚だな……。

姿を見せず教室に戻ることも出来るが、ここは素直に姿を見せることにする。

「綾小路《あやのこうじ》ボーイか。何か私に用かい?」

驚いた様子もなく、淡々《たんたん》とオレの存在を受け入れている。

予測していたというよりも、誰であったとしても構わないというような姿勢だ。

「堀北《ほりきた》に見張るよう言われてるんだ。高円寺はどう行動するか見えない、とな」

「ふむ」

まるで値踏みするような目でオレを見る高円寺は、ゆっくりとこちらに歩き出す。

「君は何かを隠《かく》れ蓑《みの》にするのが得意なようだねぇ。しかし、真実と嘘《うそ》、綾小路ボーイからはそのどちらも見えてこない。私はそのような人間の言葉を信用したりはしないよ」

「おまえが誰かを信じるようなタイプには見えないけどな」

「フフフ、確かにその通りだ。私は私以外の者など誰一人信用してはいない。というよりも興味すらないと言った方が正しいか」

真横まで来た高円寺は、一度足を止める。

「それは対象が君でも同じことだよ、綾小路ボーイ」

オレが数学で満点を取ろうと、高円寺は表情一つ変えることなく教室を立ち去った。

その後、詳しい話を誰かに聞いた素振りも全くない。

高円寺の言っていることには全くの嘘が見当たらない。

「今度の特別試験ではどう立ち回るつもりだ？」

「そうだねぇ……。物は相談なのだが、私を君のグループに入れてはもらえないかな？」

どう返答するのかと思ったが、なるほどそういうことか。

誰か1人とでも組めれば、高円寺は悠々と開幕でリタイアすることが出来る。

「悪いが断る。開幕で離脱することが確定している人間を囲い込むほど余裕はない」

「フフフ、そうかそれなら仕方ないな」

「けどその考えでいいのか？　どこか入れてくれるグループが見つかったとしても、結局は退学の命運を他人に預けることになるぞ」

「私が何もせずにリタイアするなら、確かにそうなるねぇ」

高円寺は止めていた歩みを再開させ、通り過ぎていく。

「どう乗り切るのか、本番までにじっくりと考えておくさ」

そう言い残し、高円寺《こうえんじ》は教室へと先に戻っていった。

2

「2年続けて無人島での特別試験。考えていなかったわけではないけれど……」

「来るべきものが来た、って感じだね」

教室に戻ると、特別試験幕開けに合わせた恒例とも言える話し合いが始まっていた。

堀北《ほりきた》の座る前列の席付近に集まった洋介《ようすけ》と共に、状況整理から行っているようだ。

高円寺も自分の席に戻っており、愛用の手鏡に自身を映してうっとりしている。

「今回特に重要な部分は、一定の条件はありつつも同学年なら誰とグループを組んでも良いってことだね」

これまでの特別試験にはなかった新しいルールなのは間違いない。

そもそも、このようなルールが出てくることは想定の範囲外だったはずだ。

「けど、勝った時のクラスポイントは分配なんだろ？　ごちゃごちゃセンコーは言ってたから理屈は分かるんだけどよ、他クラスと組んでも旨《うま》みがねーよな」

そう。須藤《すどう》がその点に突っ込みを入れるのは至極《しごく》当然のことだ。今回の特別試験は学年別の戦いでもあり、同学年のクラス別の戦いでもある。自分たちのクラスだけで構成したグループが1位を取ることが、効率良く試験を終える唯一の方法だ。

それにしても、面白いルールを学校側も用意してきたものだ。

多人数グループかつ学年内から選《よ》りすぐって結成した方が上位入賞を狙いやすく、リスクも分散できるが旨みが薄い。ローリスクローリターン。一方でクラスを絞って結成すれば、ハイリスクハイリターンのチャンスか。

一番理想的なのは、同じクラスで3人のグループを2つ作り、あとで合流すること。

しかし、特別試験が始まってしまうとグループの編成は容易ではないとの触れ込み。それ以前に自由に組める保証もないとなれば、失敗したときのダメージは大きい。だがそれでいて、この特別試験はとんでもない破壊力を秘めたものなのも事実だ。仮に上位3グループを1つのクラスで独占したならば、得られるクラスポイントは600ポイントにも上る。仮に2年Dクラスがそれを達成すれば一気にBクラスに上昇する夢の特急券だ。

「だけど自分たちのクラスだけじゃ補いきれない人材も補填《ほてん》されるんじゃないかな。それに僕たちのクラスだけでグループを作ったとして……もし他所《よそ》のクラスが手を取り合ったら？　最悪の場合Dクラスだけが引き離されることになるかも」

Dクラスだけで勝つのが理想なのは言うまでもないが、あくまでも理想でしかない。どこか1つのクラスが単独で戦うことを選べば、3クラスに手を組まれるリスクが生まれる。負けてしまえばハイリターンも何もあったものじゃない。

「勝てないだけならともかく、早期離脱は退学のリスクも背負うことになる。つまり、余程の自信……いや勝てる根拠がない限り、他クラスを交えた6人グループを作るのは必須条件だよ」

　他クラスに対して味方と敵、両方の側面を持った今回の特別試験は、これまでにないものになりそうだ。

　そう考えると、最初から他クラスの生徒を交え目的を1つにし、組んでいくのも大切な戦略になるか。しかし簡単に他クラスと足並みが揃《そろ》う保証はどこにもない。結局自クラスだけで組むことに有利性が見えないと分かっていても、大きなクラスポイントが動く以上、出来れば他クラスを出し抜きたいと考えるのが普通。それが下位クラスなら余計に。

　そのためグループ作りを始める大前提でどちらに舵《かじ》を切るのかがスタートとなる。

「坂柳《さかやなぎ》さんや龍園《りゅうえん》くん、一之瀬《いちのせ》さんはどう出るかしら」

　それを決めるため、堀北《ほりきた》は洋介《ようすけ》を基点に話をクラス全体に広げていく。

「独走状態にあるAクラスは、クラスが混合する分には困らないんじゃないかな。どのグループが勝ってもクラスポイントさえ縮められなければ問題はないわけだしね。逆に僕らも含め下位の3クラスとしては、何とか差を縮めたいところだよね」

「じゃあ3クラスで同盟組むってのはどうだよ。Aクラスとの距離だけ開いてんなら、まずはBクラスからDクラスで協力し合って、差を詰めるのも悪くねえよな」

　話を聞いていた須藤《すどう》から、悪くないアイデアが飛び出す。

　共通の敵を作ることで、協力してAクラスを取り囲むという考え。

「敵の敵は味方、というわけね。Aクラスを孤立させる狙いは悪くない。一之瀬さんならこの提案に乗ってくれる可能性は十分あるでしょうし」

「だけど僕らからAクラスを孤立させる提案をすれば、恨まれることも視野に入れないといけないよ。坂柳さんの性格を考えれば最下位のDクラスにも容赦《ようしゃ》ないリソースを割いてくると思うんだ」

普通は、追ってくる2位のBクラスを蹴落とすことに集中する。

しかし洋介の言うように坂柳は決めた獲物をしつこく狙う傾向にあるからな。

「出来る限り、僕らは静かに上位クラスに詰め寄る必要があるんじゃないかな」

「3クラスが共闘するとしても、発案者は私たちじゃない方が良いわけね」

他の代弁者を立て、坂柳率いるAクラスのヘイトを引き受けてもらう考え。

口で言うのに苦労はしないが実行するとなると大変だ。

この特別試験の厄介なところは、クラス内だけの話し合いで全てが解決しないことだ。

ここでどれだけ白熱した議論をしようと、何一つ前には進まない。実際にBクラスやCクラスが何を考えているか把握し、意思を統一して実行できないと、机上の空論で終わってしまう。

かと言って、安直に3クラスが談合を開こうとしても簡単にはいかないだろう。

一之瀬はともかく、龍園が素直に応じるとも考えにくい。

それに情報を察知すれば、坂柳も当然手を打ってくる。

「難しい判断が迫られることになりそうね……」

グループ作りの猶予《ゆうよ》期間は1か月以上たっぷりとあるが、ゆっくりしていれば続々とグループ結成に向けた動きは活性化していくだろう。どっしりと構えることはできない。

「どこか、別のクラスから似たような提案があると助かるんだけどね……」

頭を悩ませるDクラスの生徒たち。

「グループをどんな風に作るかだけでも、相当頭を悩ませるところだわ」

重要なグループ作り、それに付け加えてやるべきことはまだある。

それは様々な効果を持ったカードの存在だ。明日の朝、全生徒に1枚ずつ付与される特別なもので、クラスメイト同士での譲渡は不可能。しかも1度譲渡したアイテムは固定されるため二度と自分の手元には戻らない。つまり他クラスの生徒と純粋なトレードをするか、売買によって手に入れるしか方法がない。

「実際にみんなが動き出すのは、明日からの可能性が高そうだね」

「そうね。有効なカードをグループに集めることも、ポイントになるもの」

次回の特別試験のグループ作りが解禁されたこの日。

当然ながら、Dクラスを含め大きく状況が動き出すことだろう。

3

放課後になると、学力、あるいは身体能力で優等生に分類される生徒たちの携帯が一斉に鳴り始めた。堀北《ほりきた》はその様子を見ながらこちらに近づいてくる。

「早速動き始めたようね。自分のところに優秀な生徒を引き入れようとするのは自然のことだわ」

自分の所属するクラスの方針がどうであれ、仮押さえを始めておいて誰にも損はない。

「堀北のところに着信はないのか？」

「ないわね」

「そうか。おまえの連絡先を知ってる人間は極めて限られてたな」

「分かっていたのに、わざわざそんな煽《あお》りを言ってきたのなら性格が悪いわね。で、あなたのところに連絡はあったのかしら、数学満点の綾小路《あやのこうじ》くん。随分《ずいぶん》と携帯は静かみたいだけれど？」

煽り返されたので、一応鳴らない携帯を見てみることにした。

「残念ながらバッテリー切れだ。ここ2、3日充電してなかったからな」

「携帯を頻繁に使わないと、充電する頻度も少なくなるものね」

いや、そんなことはないと否定したいところだが間違ってはいない。あまり使わないような日が続いた場合は、つい充電を疎《おろそ》かにしてしまう。

「クラスメイトに色々と注意しておかなくていいのか？　不用意にグループを組まれると後で大変だぞ」

「説明するも何も、もうとっくに指示は出してあるわ。分かりやすく文章にまとめて全員に送っているもの。電源の切れていたあなたは気づかなかったようだけれどね」

そう言って自分の携帯画面をこちらに向ける。

・Dクラスで話がまとまるまで、グループを確定させないこと
・どうしても早急にグループを決める必要がある場合には堀北《ほりきた》に連絡をすること

堀北はこうなることを見越し、最低限のルールを設けたようだ。

「強制力はないけれどね。最終的には個人の裁量に任せるしかないから」

誰と組むのも組まないのも、確かに個人が決めることだ。個人の相性などに関しては口出しできないし、退学もかかっている。もし4クラスが一丸となって手を取り合ったとしても、誰も退学しない理想の組み合わせなど存在しない。

そういう意味ではアドバイス程度しか出すことは出来ないだろう。

モバイルバッテリーは常に持ち歩いているため、ケーブルを差しつつ席を立つ。

教室の中でこちらに対し盗み聞きしていると思われる生徒がいたからだ。

「一之瀬《いちのせ》から連絡は？　学年で協力しようって案が出てきても不思議じゃないが」

「今のところは誰のところにも連絡はないみたいね。AクラスやBクラスからも提案は上がってきていない。もし2年生全体が1つになろうという意思があるなら、この段階で何かしらの意思疎通を図ってきているとみるべきよね」

好き勝手にグループが出来上がっていけば、だんだんと連携は難しくなる。初手で話し合いを持たないということは、それは事実上2年生同士でも争っていくという主張に他ならない。堀北もクラス間で協力をするつもりなら動いているはずだ。

こちらが席を立ったことに特に不満を示さず、堀北が後をついてくる。

どうやらまだ話の続きがあるようだ。

廊下に出て、誰も周辺にいないことを確認した上で話しかけてくる。

「今度の無人島試験……あなたが単独で1位を獲得してもらえないかしら？」

「無茶《むちゃ》言うなよ。無人島の特別試験ってことしか分かってない状況だぞ」

「数学で満点を取ったあなたなら、グループも不要なんじゃないかと思ったの」

どんな理屈だそれは。ないものねだりでとりあえず言うだけ言ってみたんだろうが。

「1位さえ取ってしまえば、私たちDクラスはプラスが確定する。2位と3位の座は1年生や3年生に取ってもらってもいいわ。他の2年生クラスに取られるよりね」

言うは易《やす》く、行うは難《かた》しだな。

「そうなればグループも退学を避けるための編成を中心に組み立てられるし楽になるのだけど……」

勝つための強いグループ作りに舵《かじ》を切れば、弱いグループが必然的に生まれる。

「全員が救済のプライベートポイントを払えるわけじゃないからな」

「ええ。不安の残る生徒には出来る限りプライベートポイントを集めておきたいところだけど、ポイントを貸した生徒が退学のペナルティを受ければ目も当てられないわ」

他人を救い自分が転げ落ちることほど、虚《むな》しいものはない。

「それが嫌なら、余剰金を持ってる生徒にだけお願いするしかないだろうな」

それなら確実だが、その場合フォローできる生徒はかなり限られてしまう。

「退学者を出さずに済む方法もあるにはあるが、誰もやりたがらないだろうからな」

「わざと開幕でリタイアを出させる案?」

どうやら堀北《ほりきた》もこの試験のちょっとした穴には既に気が付いているようだ。ルール上退学させられるのは最初にリタイアする5組だけ。それなら人柱となるグループを5つ用意してわざとリタイアさせれば、それ以降の生徒たちが退学する心配はなくなる。だがそのためには合計3000万ものプライベートポイントを用意しなければならないし、何より下位に沈んだ学年は上位3組の学年にクラスポイントを吸い上げられてしまう。同学年でも報酬《ほうしゆう》が減るのだから損な役回りになることは避けられない。上位3組と下位3組が紐《ひも》づけされているのは、安易な不正を学校側が防ぐためだと考えられる。

「なんとか自力で生き残るしかないな」

「本当にその通りよ。また相談させてもらえるかしら」

足を止めた堀北がそんなことを言う。

「出来る範囲ならな」

「それで十分よ、ありがとう」

どうやら、堀北は教室に戻り何かしらの話し合いをするようだ。

オレはそんな堀北の背中を見送ってから、昇降口に向かうことにした。

4

廊下を歩いて玄関に向かう途中。

「よう！」

電源が入る前の真っ暗な画面を見ていたオレに声をかけたのは、2年Bクラスの生徒である石崎大地《いしざきだいち》だった。満面の笑みを浮かべている。何か良いことでもあったのだろうか。

「連絡しても携帯に反応がないから直接来たぜ」

「悪い、ちょうど電源が切れてたところなんだ」

「まあいいや。ちょっとツラ貸してくれよ、いいだろ？」

「オレはカツアゲでもされるのか？」

「なんだそれ、面白い冗談だな。おまえにカツアゲできるヤツなんて学校にいるかよ」

冗談に冗談で返してきた石崎。

「もしかして用事があるのか？」

「いや、これから帰るところだった」

「だよな？　それなら問題ないっつーことで、来いよ」

有無を言わさぬ笑みと大声で手招きして歩き出す石崎《いしざき》は、どんどんと進んでいく。

このまま見送ればあっという間に見失ってしまうだろう。

下手にここで話そうとして騒がれても、注目を集めるだけだしな。

時間もあることだし、石崎の後を追うことにした。

しかし角を曲がるといきなり、あるはずのない大きな壁が目の前に現れた。

いや、そうじゃない。石崎と同じクラスメイトの山田《やまだ》アルベルトだ。

サングラスをかけ、威圧的な空気をまとった男の右手がオレの肩に置かれる。

「Ｈｅｙ」

「……Ｈｅｙ」

状況がよく分からず、一応同じ言葉で返すが何が起こっているのか。

冗談のつもりだったカツアゲが少しだけ現実味を帯びてくる。

「こんにちは綾小路《あやのこうじ》くん」

そんな壁とも思える巨体のアルベルト、その傍《そば》にはひよりの姿もあった。

「ちょっと珍しい組み合わせだな」

「そうかも知れません」

てっきり龍園《りゅうえん》が姿でも見せるのかと思ったが、そういうわけじゃないらしい。

「ここじゃ何だし、移動しようぜ」

「移動？　どこに」

「んーそうだな……特に考えてなかったぜ」

へへ、と少し恥ずかしそうに笑った石崎《いしざき》が、左手の人差し指で鼻の下を擦る。

「嫌な予感がしてきたから、やっぱり帰ってもいいか？」

どうにも、ろくな展開にならない気がしてきたので撤退許可を求める。

「んだよ暇なんだろ？　帰さねーぞ」

「帰さないって……なんだ？」

オレの背後に回ったアルベルトが、その巨体の力を惜しげもなく使い羽交い絞めにする。

そして更にひよりがオレの腕を自らに引き込んで二人がかりでオレを捕獲する。

「ごめんなさい綾小路《あやのこうじ》くん。逃がすわけにはいかないんです」

「は……？」

いよいよもって、カツアゲ説が有力になって来る。

……ってその冗談はもういいか。

ともかく、この3人はオレを連れてこの場を去るつもりらしい。

「ここでは目立ちますし、移動しましょうか石崎くん」

「そうだな。で、どこに行く？」

「そうですねぇ……では石崎くんのお部屋はどうでしょうか？」

そんなひよりの何気ない提案。

「え？　お、俺の部屋？　い、いやそれはちょっと……！　無理だ無理！」

移動先に自分の部屋を指定されると、慌てたように拒否する石崎。

「どうしたんですか？　何か不都合が？」

「そ、そりゃその、色々あるだろ。急に言われても……」

「お部屋が少し散らかってるくらいなら気にしませんよ？　そう思いませんか？」

同意を求められたアルベルトも、大きな顔を縦にゆっくりと動かす。

……日本語、理解してるってことでいいんだよな？

試験や授業も受けているので間違いないだろうが、一度くらい日本語を聞いてみたい。

「そ、そう。少しじゃなくてすげー散らかってんだよ！　もう足の踏み場のないくらいでさ！　いやー残念だぜ！」

「ご心配なく。必要でしたらお掃除手伝いますよ」

「いやいやいや！　ティッシュとかアレとか、女子に掃除なんてさせられねえし！」

散らかっているものについて、思わずそう口にする。

「ティッシュ……ですか？　アレとはなんでしょう？」

それがどうかしたのかと、不思議そうに首を傾《かし》げるひより。

「とにかく俺の部屋はちょっと！　そ、そうだアルベルトの部屋にしようぜ！」

石崎はしまったと慌てつつ、話を逸《そ》らす。

「そうだ、アルベルトの部屋でいいじゃねえか！　な？　な！」

何かから逃げるように、石崎はそう提案する。

「ＯＫ」

やっぱり日本語を理解しているのだろう、アルベルトは短く許諾の返事をした。

アルベルトがオレを抱えながら移動を始める。

「しかし……オレはこのまま連行されるのか？」

「大丈夫です。山田《やまだ》くんは力持ちですから」

いや、そういう問題じゃない。

むしろ異様に目立つ形になると思うのだが……。

「いいんです。ある種、これもアピールみたいなものですから」

そう言ってひよりは、いつものように優しく微笑《ほほえ》むと、リードするように歩き出す。

「おぉなるほど、さすが椎名《しいな》だぜ！　名案名案！」

一体オレを連れこんで何をするつもりなのか。

そんな疑問を抱きながら、オレは寮の方に連れていかれることになった。

5

初めて訪れるアルベルトの部屋。

図体《ずうたい》はオレたちよりもずっと大きいが、部屋の間取りや作りは当然同じだ。

ただ部屋のコーディネートが違うだけなのだが、それがまた少し独特だった。

大きな星条旗と日本の国旗が部屋の中央に大きく飾られている。それだけじゃない、中国やイタリア、アフリカなど数えきれないほどの国々の国旗が、サイズこそ小さいが辺り一面に飾られている。単なる紙の印刷ではなく、きちんとした布である辺り、情熱のようなものを感じる。

「アルベルトのヤツ国旗マニアなんだよ。驚いただろ？」

何度も部屋に上がったことがあるのだろう、落ち着いた様子で石崎《いしざき》が説明する。

「どうやらそうみたいだな」

解放されたオレは、適当に座るようアルベルトに促される。

4人が着座したのを確認した後、オレは目的を聞き出すことにした。

「それで……3人で何の用なんだ？」

顔を見合わせた3人。

何故《なぜ》か嬉《うれ》しそうな楽しそうな顔を共通して見せる。

そして代表して石崎がオレに言った。

「ズバリ、これは俺の発案なんだけどよ……。次の特別試験でグループを組もうぜ！」

予想の1つには入っていたが、やはり特別試験に関する内容だった。

「組む……というのは？　具体的に聞かせてくれ」

「具体的にも何も、そのままだろ」

「いや、全然そのままじゃない。オレが誰と具体的に組むのかが全く見えてこない」

この場に居る人数だけでも4人。1人溢《あふ》れることになる。というより、女子であるひよりは割合的に参加できないため必然的にオレと石崎《いしざき》とアルベルトが組むことになるのだが、そういうつもりで話したのかも言ってもらわなければ分からない。

「別に今は誰とでもいいんじゃね？　俺でもアルベルトでも、椎名《しいな》でも。とにかく俺たちBクラスの中の誰かと組んでくれってことだよ」

なんとも豪快かつ大胆な相談事だ。

ある意味石崎だからこそ、提案できる内容と言ってもいい。

「つまりBクラス2人の中に、オレが入ると？」

「おう。そんで試験が始まったら残りのBクラス3人とグループを組んで6人にすれば完璧だな。Bクラス5人と綾小路《あやのこうじ》の6人で1位を狙おうぜ」

素敵な提案に涙が出そうになるが、冷静に話をしていく必要が大いにありそうだ。

「ひより……石崎には特別試験のルールをちゃんと噛《か》み砕《くだ》いて説明したのか？」

「いいえ？」

サラッと、していないという反応が返ってくる。

「私が口出ししてしまうと、5秒で訂正しなければならない箇所が出てきてしまう感じでしたので。それなら勢いに任せてみるのもいいかなと思いまして」

いいかな、じゃない。

確かに5秒で分からない部分が出てきたことは間違いないが……。

「幾《いく》つも質問したいことはあるが、２点……いやひとまず３点に絞ろうと思う。まず特別試験が始まった後、意中のグループと簡単に組める保証はないぞ」

事実、担任教師からは簡単じゃないことを既に通達されている。

もし『組みましょう』『そうしましょう』の２つ返事で組めるようなら、今の段階で無理やり３人までのグループ作りをする意味はない。むしろデメリットになってしまう。

本番中に組むことが難しいからこそ、自由な選択を今させてもらっている。

「そうなのか？」

全く分かっていなかった石崎が、不思議そうに首を傾《かし》げひよりに解答を求める。

「説明を整理していくと、そうなりますね。場合によっては、組むことを考えていなかったグループと協力し合わなければならないことも十分あるかと」

「何だよそれ。全然意味が分かんねーんだけど」

「試験中にグループ同士が組むのに何らかの必要条件が出る、といったケースがあるな」

「その何らかってなんだよ」

それが分かるのなら苦労しない。

「詳細は不明だ。学校側の説明からすると、間違いなく簡単にはいかないだろうな」

「けどよ……条件があるにしても、組むことを前提に準備するもんだろ？」

「まあ、それを言われたらそうなるな」

「だったらいいじゃねえか。試験に向けて俺の提案通り準備進めておけばよ」

ここまでシンプルに物事を考えられるのは、少し尊敬すべき部分だ。

ひよりも、石崎《いしざき》の提案を面白そうに聞き入っている。

「よくわかってねえこと心配してもしょうがねえじゃん」

これも石崎大地《だいち》が持つ魅力ってことにしておいていいのだろうか？

「じゃあ、そうだな……２つ目」

今の点については理解が得られそうにないと思ったので次に進む。

「オレ以外には誰に声をかけた？　あるいはかける予定なんだ？」

「別に誰にも声をかけてねーし、かけるつもりもねえよ。な？」

２人が石崎に同意するように頷《うなず》く。

「つまりオレだけ、と。その理由は？」

「そんなの決まってるだろ。俺はおまえが龍園《りゅうえん》さんと同じくらい凄《すご》い……いや、あえて強く言うなら今は龍園さんよりも凄い男だと思ってるからだ。喧嘩《けんか》はバカみたいに強《つえ》えし、頭の回転の速さみたいなもんは龍園さんのお墨付き。おまけに春の試験じゃ数学で満点を取るなんてとんでもないことをしたんだ。綾小路《あやのこうじ》を制する者は特別試験を制す。誘わないわけないじゃねえか」

「べた褒《ぼ》めされてますね、綾小路くん。ですが私の意見も同じです」

アルベルトも、迷わずというか素早く頷いた。

３つ質問するといったが、４つ目にアルベルトは日本語がどれくらい分かるのか、しゃべれるのかを聞いてみたい気がしてきた。授業風景を見たことがあるわけじゃないが、まあ日本語で学んでいるだろうと思うが……。

オレを買ってくれていることを否定するつもりはないが……。

「じゃあ３つ目……それ、オレにメリットはあるのか？　全員Ｂクラスで囲われるってことは仮に上位に食い込んだと仮定したら、得するのはそっちだけだ」

クラスポイントは平等でも、得るプライベートポイントには大きな隔《へだ》たりが生まれる。

「んだよ、おまえだけに損させるわけないだろ？　俺たちがＡクラスに上がったら、綾小路に２０００万ポイント渡してクラスに迎え入れてやるよ。なあ？」

自信満々な様子で答えた石崎は更に続ける。

「つまりおまえは、自分のクラスがＡクラスになってもいいし、俺たちのクラスがＡクラスになっても良い。50%の確率で無事にＡクラスで卒業できるってわけだ」

どうだ、とこれ以上ない会心のスマイルで提案される。

確かに４クラスが均等にＡクラスに上がる可能性があるなら確率は４分の２で50%だが、実際はそうじゃない。それぞれに戦力差があるので、正確な数値を導き出すのは難しい。

もちろん、移動できるクラスが１つ増えるだけでも有利に働くのは間違いないが。

「ひよりやアルベルトも同じ意見なのか？」

「はい。大歓迎します」

「ＹＥＳ」

石崎《いしざき》の提案をぶっ飛んだものだと2人は理解しつつ楽しく乗っかってみた、そんなところか。ひとまず、この滅茶苦茶《めちゃくちゃ》な提案をある程度受け入れるとして、重要な部分に触れないわけにはいかない。3つ目以降も質問を続ける。

「オレを誘うことを決めたのは龍園《りゅうえん》なのか？　それとも石崎の独断なのか？」

ここまで軽い様子で答えていた石崎が、初めて表情を引き締める。

「俺の独断だ。龍園さんは何も知らねぇ」

どうやら石崎が独断で考え、決めたことらしい。

そうだとは思っていたが、中々無茶《むちゃ》なことをしたものだ。

しかし、これならいつも石崎と行動しているイメージのある伊吹《いぶき》がいないのも頷《うなず》ける。

石崎の賛同者がアルベルトとひよりということか。

「このことが龍園にバレたらどうなるかは考えたのか？」

「考えてねえ！　つか考えられねえ！　それも……覚悟のうちだっ」

少しビビりながらも、石崎は懸命に強気さをアピールする。

「それにルール上は他クラスと組むことは問題ないわけだろ。俺が綾小路《あやのこうじ》を必要だと判断して誘うのに、おかしなところはないじゃんかよ」

確かにな。自分たちのクラスだけでグループを作る、そんな方針でもない限り龍園が石崎に不満を言う資格は本来ない。

「今回の特別試験の肝《きも》は2年生の保有するクラスポイントを取られないようにすることで

す。当然ながら総合順位で上位を狙う必要がありますよね。そのために必要不可欠なのが綾小路くんです」

「そういうことだ」

「とりあえず、気になる点はまだまだあるが……言いたいことは分かった」

「なら組んでくれるのか？」

「誘ってくれたことに対して悪い気はしないが、今の段階じゃイエスとは言えないな」

「な、なんでだよ」

「綾小路くんには綾小路くんのクラスの事情があるから、ですね？」

石崎のプランを推しているひよりだが、オレが断る理由を確認するまでもなくよく分かっている。

「それに、綾小路くんに対して提示する条件が弱いと思います」

「弱いって……2000万ポイントじゃ足らないってのか？」

「そういうことではないです。金額だけで言えばもちろん、破格だと思います。ですが、実質私たちのクラスに移動できる権利を譲るだけですよね？」

「そ、そりゃ2000万渡して坂柳のクラスに移動させるわけにはいかないだろ」

石崎たちに貰《もら》う金を自由に使っていいのなら、当然最終的にAクラス確実なところに行かれてしまうもの。道中でオレを迎え入れての戦力補強を石崎たちは出来ない。

「それに綾小路くんにはBクラスの誰と組んでもいいじゃないかと石崎くんは言いました

が、それも問題です。無人島サバイバルは個人戦ではありません。本当に上位を狙うのであれば強力なメンバーと組んでいただくことが勝率を高めることになります」

ここまで概《おおむ》ね話を聞くだけだったひよりからの厳しい指摘が次々と入る。

そのたびに石崎《いしざき》は汗をかくように、慌て始めた。

「そ、それじゃ誰ならいいんだよ！」

「もし私が今グループを組む上で選ぶなら……そうですね。龍園《りゅうえん》くん、金田《かねだ》くん、そして綾小路《あやのこうじ》くんの3名にするでしょうか。金田くんのところが山田《やまだ》くんでも構いませんが、やはり龍園くんは欠かせない存在です」

学年内でも屈指の統率力と、反則も厭《いと》わない策略を打てる度胸。昨年の無人島でも1人だけ島に残り、誰にも気づかれず潜伏し続けた体力と精神力を持つ龍園は絶対に外せない。もう1人はクラス内トップクラスの学力を持つ金田か、剛腕を誇るアルベルト。

確かに勝率を最大限まで高めるのなら、その3人の中の2人を選ぶ必要がある。

「無茶《むちゃ》言うなよ！　俺の作戦なんかに、龍園さんが賛同してくれると思うか⁉」

「二つ返事とは行かないと思います」

「だろ！」

「金田くんも、龍園くんを無視して不用意な戦略には加担しないでしょうし」

「だったらどうすればいいんだよ」

「どうにも出来ないんじゃないでしょうか。少なくとも今のところは」

「うぐ……それじゃ困るんだよ……」

腕を組み必死に知恵を振り絞ろうとする石崎だが、当然画期的なアイデアは出ない。

「今日のところは、石崎くんや私たちの想《おも》いを伝える場にできた、ということで満足しておくべきです」

どうやら、ひよりがこの場にまでついてきた目的はそこにあったようだ。

元々簡単にオレがグループを組まない、組めないことを分かっているからこそ、組みたいという意思を見せておくことが重要だと判断した。

アルベルトも無茶なことは分かっていたのか、優しく石崎の肩を叩《たた》く。

「……分かったよ。とりあえず、そういうことなら仕方ねえよな……」

渋々ではあったが、2人の言葉を受けて石崎も表面上は納得した様子を見せた。

「期待に沿えるかは分からないが、検討はさせてもらうさ」

この場では、オレもそう答えておくことがベストだと判断した。

とはいえ今のところ、オレは誰かとグループを組むつもりはない。

それは、月城《つきしろ》と1年生の中に潜んでいるであろうホワイトルーム生が関係している。

もはや1学期も終わりが近づいてきた。

このまま、ずるずると学校生活を送らせ続けてくれるはずがない。

恐らく次の特別試験が、オレと月城の最終的な戦いの場になるだろう。

つまりなりふり構わない攻撃を仕掛けてくる可能性がある。

グループを組めば、そういった事情に巻き込んでしまう恐れもある。

もしもの時はオレの退学だけにとどめておくことは最低限のマナーのようなもの。

オレは改めて、そのことを自分の中で再確認した。

6

翌日の朝。

オレは学校に行くための身支度を済ませた後、携帯を開いた。

個人のメールに学校からの通知が届いてる。

そしてそこには『試練』と書かれたアイテムが与えられたことが記載されていた。

「まさか特殊カードを引き当てることになるとは……」

数学満点による悪目立ちも、やっと鳴りを潜めてきたと思ったらこれだ。諸刃の剣とはいえ強力な効果を持つ試練のカードを所持したことで再注目を受ける可能性がありそうだ。

このカードを必要としている生徒とトレードするのが安全で望ましいが、試練のカードは中途半端に強力な効果を持つだけに他クラスと安易なトレードには踏み切れない。渡した相手のグループが1位を取ればその責任の所在はオレにも生まれるだろう。

月城《つきしろ》がオレを退学させるために紛《まぎ》れ込《こ》ませた可能性もあるにはあるが、譲渡出来るカードであることを踏まえると、追い込むための戦略としてはあまりに弱すぎる。単純に引き当てたと解釈する方が自然だ。残り2枚存在する特殊カードの行方だが『増員』はCクラスの網倉麻子《あみくらまこ》に『無効』はAクラスの矢野小春《やのこはる》の手に渡ったようだ。程よくバラけてくれたのは幸いだろう。

この後どう行動していくか思案しながら、いつもより少しだけ早く寮を出た。

するとエレベーターで篠原《しのはら》と乗り合わせる。

「おはよ」

「おはよう」

クラスメイトだが特に親しくもないので、それ以上の会話はない。簡単な挨拶だけを交わしロビーへと降りていく。

そんな時間もほんの僅《わず》か。1階に着くとオレは開ボタンを押し先に篠原を降ろす。

ロビーには登校が比較的遅い池《いけ》が、落ち着かない様子でこちらを見ていた。

須藤《すどう》辺りを待っているのかとも思ったが、どうやらそうではないらしい。

横切っていく篠原と軽く挨拶をした後に見送ったが、すぐにそのあとを追いかける。

オレは何となく歩みをゆっくりにしながら、邪魔しない程度の距離を保つことに。

「なあ篠原」

「何よ」

外に出ると、池と篠原の会話が風に乗って、小さくだが聞こえてくる。

「その、アレだ。今度の無人島試験でのグループなんだけどさ……誰かと組もうとか、そ

「いう話はしたのかよ」

「別に、まだだけど……。それがどうかした?」

「別にどうもしねーよ。何となく聞いてみただけだし」

「あっそ。……あんたの方は? どうせ須藤くんや本堂くんでしょ?」

「悪いかよ。あいつらとだったら楽しくやれるだろうしな」

「でしょうね～」

どこかバカにした様子で笑う篠原だったが、池は気にも留めない。

何か言いたいことがあるようで、それを絞り出すのに必死な様子だ。

「けど、男はまあ、ほっといても何とかなるっつーかさ……健《けん》は力もあるし、男手って意味じゃ十分足りてると思うんだよな」

「ふーん」

やや冷たい反応を見せる篠原だったが、けして池との会話が嫌なわけではなさそうだ。

「なんていうかな。俺は必要とされるところに手を貸すべきッていうか……。だからよ、困るようなら俺が……その、おまえとグループを組んでやってもいいぜ？」

「何それ。めっちゃ偉そうじゃない」

「去年見てただろ。俺、あの手の試験に強いんだよ」

自分の武器を最大限生かせると、篠原にアピールする。

要は、理由をつけて篠原と組みたいだけのようだ。

「まあ、考えてあげてもいいけどさ……私と同じグループになりたいわけ？」

「バ、へ、変な勘違いすんなよ？　ほらおまえって退学になりそうな危なっかしい奴《やつ》じゃん？　だから心優しい俺が犠牲になって、守ってやるって言ってんだよ」

素直になれない池が、嫌われてしまいそうなワードを引っ張り出してしまう。

「はあ？　何が犠牲よ。別に頼んでないし！」

当然、そんな言い方をされた篠原が快くグループに加わることをお願いするはずもない。

険悪なムードに変わり始める。

「あ、おはよー池くん。ちょっといいかなー？」

重い雰囲気だったところに、後ろから駆けてきた櫛田《くしだ》が池に声をかけた。

その瞬間、池は篠原から視線を外し興奮した様子で手を振る。

「なになに!?　今超暇してたとこ！」

そう言って、池は篠原を置いて櫛田の方へと駆け寄っていった。

その様子を篠原はどこか冷めた目で見送る。

「実はCクラスの小橋《こばし》さんから、池くんをグループに誘いたいって声があって。もう学校にいるみたいなんだけど、相談に乗ってもらってもいいかな？」

「マジで!?　いこいこ！　今すぐいこ！」

女の子から頼られたことを知った池が、猛烈な興奮を見せる。

「あ、でも今篠原さんと話してたみたいだけど……大丈夫？」

櫛田《くしだ》は篠原《しのはら》の方に確認を取る。

「全然いいの、話しかけられて迷惑してたところだし。連れてっちゃって」

「こっちが迷惑してたっての」

売り言葉に買い言葉。主に池《いけ》が悪いが、櫛田と共にスキップで歩き出す。

それを立ち止まりどこか寂しそうに見送る篠原。

すぐにオレは篠原に追い付き、追い抜いていくことに。

なんていうか、池はお調子者だからな。

女の子からの誘いに浮き立ったようだが、それで大きなものを逃している気がする。

「さつき」

突如、背後から篠原を下の名前で呼ぶ生徒の声が聞こえ、思わず少し振り向く。

「あ、小宮《こみや》くん……おはよ」

誰かと思えば、2年Bクラスの小宮叶吾《きょうご》だった。

「どうした。泣いてるのか？」

「え？　ど、どうして？」

「いや目が赤いからさ」

「あ、バレちゃった？　さっき目にゴミが入っちゃって……いたた」

そんな演技をしつつ、篠原は自らの感情を誤魔化《ごまか》すように言った。

「それよりさ、須藤《すどう》くんに聞いたんだけどレギュラー取れそうなんだって？」

「いっつも遅くまで練習してたもんね、報われなきゃ嘘《うそ》だよ」

足を止めて話している篠原との距離が開いていき、やがて声は聞こえなくなった。

「ああ、やっとだけどな」

7
「あなたも災難続きね、試練のカードを引き当てるなんて。再注目されてるはずよ」

教室に顔を出すなり登校していた堀北《ほりきた》がオレにそんなことを言ってきた。

「朝同じことで苦悩したばかりだ」

「クラス内で自由にトレードできるなら良かったのだけれど。試練のカードは勝てる自信のない生徒は絶対に受け取らないでしょうし、勝てる自信があるような生徒には渡せないというネックがあるわよね」

そんな堀北が引き当てたカードは『半減』。ペナルティ時には役立つカードだが、上位を目指す生徒にしてみれば効果はないに等しい。

「こうなった以上あなたは頑張って上位30%以上、出来れば入賞をするしかないわね」

「他人事みたいだな。クラスメイトとして心配してくれないのか？」

「どうしても私に頼りたいというならもちろん手を貸すけれど」

堀北も段々と図太くなってきたというか、扱いが以前より難しくなってきたな。

どうしてほしい？という挑発的な目をされると頼りたくなくなってくる。

「悪いが引き取り手が見つかったら、譲渡するかも知れないぞ」

「何を選択するかはあなたの自由よ。引き取り手が簡単に見つかればいいけれど。試練のカードは所有者だけじゃなくそれを持つグループ全体に影響を与える。危険なリスクを背負うことになるもの」

丁寧に説明してくれてるのはいいが、単純な嫌味にしか聞こえない。

「一応言っておくと嫌味を込めて言っているから」

「だろうな」

「日ごろあなたに虐《いじ》められることが多いから、その仕返しよ」

「虐めた覚えはないけどな」

試練のカードは厄介な存在ではあるものの、ちょっとしたお守りにもなる。考えなしにオレと組みたいと申し出てくる生徒が減ることが予想されるからだ。最悪このカードを持った状態かつ単独で無人島試験を始めることも視野に入れなければならない。

「あなたのことだから上手《うま》くやるということでいいわね？」

クラスのリーダーである堀北《ほりきた》に頼ることも出来るが、それ以外にフォローしなければならない生徒は必ず出てくるからな。負担は極力軽い方がいい。

「ま、それなりにやってみる」

自力で乗り切ることを告げ、それから自分の席に着いた。誰がどんなカードを引き当てたのかを検索していると、遅れて教室にやってきた池《いけ》から大声が上がる。

「は？　おまえ、え……組む相手を見つけた⁉」

「そうよ何か悪い？」

どうやら篠原《しのはら》は池不在の間にグループを組むことを決めたようだ。

その相手は恐らく――

「だって、ついさっき俺が誘ってやったばかりじゃん！　つか、堀北の許可なく組むのは禁止されてるだろ！」

「禁止も何もまだ正式に確定させてないし。ま、今日確定するつもりだけど」

「なっ……」

「というか何が誘ってやったよ。鼻の下伸ばして私を無視してったのはどこの誰？」

「あ、アレはそんなんじゃねえし！　おまえのために断ってやったのによ！」

「断ってやった？　あームカつく。やっぱあんたって最低な人間よね」

「グループ……誰と組むことにしたんだよ」

「関係ないでしょ？」

「別に関係ねーけど、一応気になるだろ」

「Bクラスの小宮《こみや》くんよ。昨日特別試験が始まった直後からグループに誘われてたし」

やはり小宮だったか。一緒に通学する中でどちらかが声をかけたんだろう。

「は？　小宮？　小宮ってあのバスケ部のチャラいヤツかよ。マジありえねー」

どこか、篠原《しのはら》は自分とグループを組んでくれるんじゃないか。

そんな驕《おご》りが池《いけ》の中にはあったんじゃないだろうか。

「別にチャラくないし、放課後にカフェで打ち合わせするんだから」

そう言って篠原は池から顔を背ける。教室で聞き耳を立てていた生徒にしてみればいつもの喧嘩《けんか》、その延長上にしか捉えていない出来事だっただろう。

それから放課後になると、宣言通り篠原は足早に教室を出ていく。

そんな篠原を池は静かに見送ったが、何かを決意したような目ですぐ教室を出る。

「ちょっといいかな」

その様子を眺めていた洋介《ようすけ》は、池が出て行った後オレに声をかけてくる。

聞かれたくない話の内容なのか廊下で話したいと希望され、それに従う。

「池くんのことなんだけど、このまま放っておくのは良くないと思うんだ」

「そうだな。驕りがあるとはいえ無人島試験で池の知識や経験が役立つことは明白だ。篠原の一件でポテンシャルが発揮できない恐れもある」

「うん。あの様子だと篠原さんと小宮《こみや》くんの話し合いを見たらどうなるか心配なんだ」

危惧《きぐ》する洋介の気持ちはよく分かる。

今の時期にBクラスと揉《も》め事《ごと》を起こすのは得策じゃない。

「様子を見に行きたいんだけど、良かったら付き合ってもらえないかな。僕は池くんにはあまり好かれていないから」

それを言い出したらオレだって池には好かれていないが。

とはいえ洋介が心細く感じるのも無理はない。

「篠原さんはカフェで小宮くんと打ち合わせだと言ってたよね」

「ああ。一応様子を見に行ってみるか」

「うん」

オレは洋介と共にケヤキモールのカフェに向かうことを決める。

その移動の最中、今回のグループ作りについて少し話す流れに。

「僕としては2年生全体で協力して1年生や3年生と戦うプランを推奨したかったんだけど、どうも他のクラスはまとまる気配がなさそうだね。どこのクラスも満遍なくグループを組むために動き出してるみたいなんだ。2年生だけ絶対に退学者を出さないって方向でまとまるなら不可能じゃないけど、伴う痛みはけして少なくないからね」

昨日堀北《ほりきた》とも話したことだが、意図的に敗退することで学校から誰一人退学者を出さないようにすることは出来る。しかしそれを実行した学年はどうしても手痛いダメージを負うことになる。かといって全学年で痛みを分け合うなんて展開は現実味が薄い。

だからこそ丸一日経《た》っても、そんな夢物語を訴えてくる生徒は出てきていない。

「悔いの残らないグループ作りをするしかない」

「そうだね……」

「洋介の方は相当な人数に誘われてるんじゃないか?」

男女共に人気が高く、能力も申し分ない洋介《ようすけ》に声がかからないはずはない。

「僕としてはDクラスの中から2人を選びたいと思ってる。上位入賞を目指すというよりも、ペナルティを受けずに済む戦い方をしたいからね」

どうせ守るのなら他クラスの生徒ではなくDクラスの生徒を守る。当然の考えだ。実力や人気のある生徒なら組む相手に困らないだろうが、クラス内でも下位の実力しかない生徒たちは他所《よそ》に助けを求めることもままならない。

「佐倉《さくら》さんは大丈夫？」

身近なオレのグループで、もっとも実力が不足しているであろう愛里《あいり》を心配する洋介。

「今のところ明人《あきと》と波瑠加《はるか》がグループを作る流れになってる」

「三宅《みやけ》くんは運動神経も良いしバランスは悪くなさそうだね」

啓誠《けいせい》が余る形だが、頭脳面を買われて他クラスからのスカウトが何件か来ている。不安の残る体力面をカバーする生徒を選んでおけば手堅いだろう。

だが池《いけ》を追いかけていくにあたって1つの問題点が浮上してきた。

それはオレたちの背後をつけてくる1人の存在だ。以前は見つからないよう最大限の配慮をしていたその人物は、今回は見つかることを覚悟でつけている様子。ケヤキモールに向かって真っすぐ向かっていく池。それをオレと洋介、その後をつける人物。二重尾行のような状態が続いていた。無視することは難しいことじゃないが、今後も似たようなことを続けられても困る。

ケヤキモールが近づいてきたところで、オレは一度立ち止まった。

「悪い洋介。先に行っててくれないか」

「どうしたの？」

「ちょっと片づけなきゃならない用件を思い出した。10分前後で追いつけると思う」

「分かった。何かあったら携帯で連絡するね」

詳しい事情を聞いてくることもなく、洋介はケヤキモールの中へと消えていく。

すると頃合いだと思ったのか、オレたちの後をつけてきていた生徒が近づいてきた。

クラスメイトの松下千秋《まつしたちあき》だ。

「驚いてないね。最初からつけてることに気づいてた？」

「驚きが顔に出てないだけだ」

こうして松下と二人きりで話すのは、春休み以来か。

いや、二人きりという条件を設けなくてもあの時期から一度も話をしていなかった。

「平田《ひらた》くんとはどんな話をしてたの？　池くんのこと？　今度の無人島試験に関して？」

横並びしてきた松下が、こちらの様子を窺《うかが》いながら顔を上げる。

「それが松下に関係あるのか？」

「私に関係あるというより私『たち』に関係があるかな。綾小路《あやのこうじ》くんはAクラスに上がるための重要な存在だからね」

随分《ずいぶん》と高くオレを買ってくれてるようだが、何が狙いだろうか。

松下《まつした》の頭の回転の速さなら、ちょっとした懐柔《かいじゅう》が通用しないことは分かっているはず。

だが今回の接近が全く無意味なものだとも思えない。

「警戒しないで。今日は早い段階で伝えておくことがあったから接触しただけ」

「伝えておくこと？」

「試練のカードは凄《すご》く強い効果を持ったアイテムだよね。だけど扱いが難しいよね。もし困ってるなら私は綾小路《あやのこうじ》くんをフォローしてあげたいと思ってる。どうかな？」

こちらの考えや思惑は別として、味方だからいつでも手伝うよという意思を示してきた。

それに対してオレが口を開かないでいると少しだけ困った顔を見せる。

「ストレートに言わないと答えてくれないかな」

意地悪をしているわけではないが、あまり往来で突っ込んだ話をしたくなかった。放課後になったことで周囲には様々な生徒の姿が見え始めているからだ。そのことに松下も気づいていないわけじゃないだろう。オレの回答を待たずして話し始める。

「ペナルティを無効にするためには上位に残る必要があるから、グループを組んでくれる人を見つけるのは難しいんじゃない？　だから困ったら私を頼って欲しいなって」

そう答えた後、重要なことを言い忘れたと付け加える。

「もちろん試験中は、全部綾小路くんの指示に従うつもり」

それが、わざわざ追いかけてきて伝えたかったことらしい。

「協力すると言ってくれるのは素直に嬉《うれ》しいが、上位30％に入れなかったらペナルティを受けるんだ。松下《まつした》にもそのリスクがあることは分かってるのか？」

「分かってる。だから綾小路《あやのこうじ》くんを助ける意味で協力することが重要だと思ってる」

松下に善意がないとは思わない。だが1番の本質は別のところにあるはずだ。

オレは洋介《ようすけ》の方へ急ぎたい気持ちを抑えつつ隣を歩く松下に目を向ける。

「オレとグループを組むことが、1番生き残る勝率が高いと判断したか」

通常は試練のカードを持つグループが単純な退学率が高くなる。にもかかわらず松下は危険を顧《かえり》みず協力を申し出てきた。それが善意だけだと解釈することは出来ない。

「……バレた？」

松下は目を細めて笑うと、早々に白旗をあげる。

「綾小路くんなら上位グループに残るのは難しくないと思ってる。表彰台には届かなかったとしても、30％に食い込むのはほぼ間違いないって。下手に友達を優先して中途半端なグループに入る方が危険だからね」

これが松下の本音だ。自分が組みうる生徒たちと天秤《てんびん》にかけオレを選んだということ。

「綾小路くんが売り切れちゃうかもと思ってさ」

早い段階で声をかける。つまり相手を評価しているという図式は分かりやすい。

ありがたい話だが、ここで結論を出すつもりは最初からなかった。

これは松下が悪いわけではなく、相手が誰であっても同じこと。

「少なくとも月内にグループを決めることはしない」

「じっくり腰を据《す》えて、様子を見るってこと？」

「他クラスの出方も窺《うかが》いたいしな」

もっともなことを言っておく。

だがオレが気にしているのは、普通の生徒が気にする部分とは異なる。

大掛かりな準備が必要となる無人島の特別試験。

これに月城《つきしろ》が関与していないことは、まず考えられない。

前回の特別試験から早くも1か月半が経《た》とうとしているが、目立った動きはない。

4月の内にオレを退学させようという目論見《もくろみ》から、日増しに遠ざかっている。

ホワイトルーム生の独断による行動での、歯車の狂い。

前哨戦《ぜんしょうせん》ともいえるグループ決めの段階で何かアクションを起こすこともあるだろう。

松下にも読み切れない危険要素。巻き込んでしまえば只《ただ》では済まないだろう。

「ここじゃ良い返事はもらえそうにないね。分かった、じゃあ考えておいて」

強くプッシュするつもりはハナからないためか、すぐに手を振り別れようとする。

「あ、そうだ。これ私の個人的な連絡先」

予《あらかじ》め用意していたようで、ＩＤの書かれた紙を手渡された。

「それじゃあ、伝えることは伝えたから」

無駄なくスピーディーに話を展開した松下は踵《きびす》を返して寮へ歩き出した。

「女の子の連絡先が増えるのは悪い気はしないが」

この先、松下《まつした》の期待に応えられるかどうかは今のところ不明だ。

オレはその後ケヤキモール内で洋介《ようすけ》に合流する。

「状況は？」

「最悪の展開にはならない感じだけど……」

洋介の視線の先を追うと、カフェで楽しそうに談笑する篠原《しのはら》と小宮《こみや》の2人がいる。

そこから更に離れたところ、静かに見つめ続ける池《いけ》の沈んだ様子の背中も見つけた。

「どうするべきかな」

「ひとまず、暴走して突っ込む気配がないならこの場は様子見でいいんじゃないか。下手に池に声をかけても解決策を提示できるわけでもないし」

同意するように洋介が頷《うなず》く。

「とりあえず小宮のことで当たってみようと思う。小宮がどういうつもりで篠原をグループに誘ったのか、それを確定させないことには動きようもないだろうしな」

「僕は池くんが篠原さんと組めなかったときに誰と組むのが最適かを考えておくよ」

「頼んだ」

互いに手分けして情報を集めることで合意する。

8

洋介と別れた後、オレは小宮と同じクラスの石崎《いしざき》に1本の電話を入れ呼び出した。

まだ校内に残っているとのことだったので、こちらから近くまで足を運ぶ。

「おう！　俺たちと組む気になってくれたのか!?」

合流するなり凄《すご》い笑顔と勢いで絡んでくる。

「いやその件はまだ検討中だ。今日は申し訳ないが別件になる」

そう言うと、石崎は少し残念そうな顔をしたがすぐに切り替える。

「なんだよ俺に相談って」

オレはすぐにでも相談を切り出したいところだったが、石崎に近づいてくる1人の女子に視線を向ける。2年Bクラスの西野武子《にしのたけこ》だ。

「何だ、用事って綾小路《あやのこうじ》くんに会うことだったたんだ」

「お、おい西野ついてくんなって言ったろ？　悪いな綾小路」

そう言って謝ると、石崎は西野に先にケヤキモールに行くよう促す。

ところが西野は聞く耳を持たずオレに近づいてくる。

「石崎と仲いいんだ。なんか意外な組み合わせよね」

クラスメイトの石崎を呼び捨てにしながら、西野が観察するような目を向けてくる。

「おま、人の話全然聞いてねぇな！　だからハブられんだよ！」

「ハブられる？」

「あぁいや、こいつ今クラスで孤立しててよ。ちょっと問題になってんだ」

「孤立？　私は別に困ってないし」

孤立と言えば伊吹《いぶき》なんかも一匹狼《いっぴきおおかみ》なところがあるが、西野《にしの》もその仲間らしい。

「とにかく先に行ってろって。な？」

「ヤダ」

「ヤ、ヤダっておまえ……すまん綾小路《あやのこうじ》ちょっと待ってくれ。今追い出すから」

「なんで石崎《いしざき》が綾小路くんとコソコソ会ってるか興味あるんだけど」

西野とは話したことがなかったが、思ったことは迷わず口にするタイプらしい。

確かにこの手の人間は敵を多く作りがちだ。ただ、オレと石崎が2人で会っていれば不思議に思うのも無理はない。何も教えず追い返すだけでは逆効果かも知れない。そう判断し相談内容を西野にも伝えることにする。

「去年の合宿で同じグループになってから、そこで仲良くなったんだ」

まずは下地があったことをしっかりと伝えておき、そしてそのまま本題へ。

「Bクラスの小宮《こみや》のことで少し話を聞かせて欲しくて石崎に連絡を取ったんだ。あまり人に聞かせる話じゃないから、こんな場所で落ち合うことにさせてもらった」

「小宮くんのことで？　どういうこと？」

小宮に関しては呼び捨てじゃないんだな。そんな感想を抱きつつ理由を説明する。

「ウチのクラスの篠原《しのはら》とグループを組む約束をしたたって聞いたんだが知ってたか？」

「いや初耳だな。けど別におかしなことじゃないだろ？」

他クラスと組もうとすることは、けしておかしな話じゃない。

石崎が不思議そうにするのも無理ないことだ。

「それがどうしたんだよ」

「篠原はお世辞にも無人島試験で活躍できるタイプじゃないからな。小宮と組んで問題がないかウチのクラスとしても心配してるところだ。どんな人間か知っておきたい」

「あいつは普通に良い奴《やつ》だぜ？　結構手先も器用だしバスケ部だから体力もあるしよ」

なあ、と西野に確認する。同意見なのか問題なく頷《うなず》いて答える。

「グループを組もうとどちらかが誘ったらしいんだが付き合ったりしてるのか？」

「え？　ど、どうなんだろうな……」

「そんなこと石崎に聞いても分かるわけないじゃん。恋愛なんて全く分かんないでしょ」

「っせぇな！　だったらおまえは分かんのかよ」

「少なくともあんたよりはね。付き合ってるってことはないけど、小宮くんが篠原さんを好きなのは間違いないんじゃない？」

「え、マジで小宮が篠原を？　あぁでも、確かに他クラスに好きな子がいるとは言ってたかもな……何となくの記憶しかねえけど」

石崎も思い当たる節があったのか、そんなことを言った。

グループを組む以上、もちろん相手にはそれなりのものを求める。

能力、あるいは仲の良さ。もしくは恋愛感情などの要素。西野の言うように、小宮が篠《しの》原《はら》に好意を寄せているのであればグループを組む流れになるのも頷《うなず》ける。

「でもなんでそんなこと気にするんだよ」

「今朝その2人が一緒のところを見た。小宮《こみや》が篠原《しのはら》のことを下の名前で呼んでて親しげだったからな。もしかしてと思ったんだ」

「へー。……え、何。もしかして綾小路《あやのこうじ》……おまえ篠原のことが好きなのか？」

「違う」

すぐに否定するが、石崎《いしざき》は勝手にスイッチが入ったようで嬉《うれ》しそうにニヤニヤする。

「んだよ。朴念仁みたいなフリして好きな女いたのか、そうかそうか」

「違うって否定したんだが」

「隠すなって。俺とおまえの仲だろ？」

いや、合宿辺りまでは全く親しくなかったと思うんだが……。

確かに最近では、中途半端なクラスメイトよりも気心は知れているが。

「けどおまえだったらもっと可愛《かわい》い子狙えそうだけどな」

このままだと勘違いの噂《うわさ》が広まってしまう可能性もあるな。

そうなると、池《いけ》と篠原の関係も更にこじれてしまうかも知れない。

「池だ。ウチのクラスの池が、篠原のことを気にかけてる」

「あ？　んだよ、綾小路じゃないのか」

「それで探りを入れてるところだ」

「事情は分かったけどよ、恋愛ってのは他人が口を挟むことじゃないんじゃねえの」

「私もそれには賛成。余計なことするのはルール違反でしょ」

「本来ならそうだな。けどウチのクラスにとっては、ちょっと無視できない状況だ。池の活躍はDクラスに必要不可欠なものだからな」

関係がこじれればこじれるほど、池が変な方向に暴走する恐れがある。

折角《せっかく》才能を生かせる無人島試験が近づいている中で、好ましくない展開。とはいえ、この話はBクラスにとって何のメリットもないこと。むしろ敵に塩を送るようなもの。あまり協力したいことではないだろう。

そう思ったのだが――

「おっし、必要なら手を貸してやるよ。どうすればいい？」

石崎は嫌がることもなく、そう言って協力を申し出てきた。

「ちょっと石崎、本気？　あんた小宮の親友でしょ」

「だからって目の前で困ってる綾小路を放っておけるかよ」

「いや放っておかなきゃダメでしょ。仲が良いのは分かったけど敵同士なんだから」

「昨日の敵は明日の友って言うだろ？」

正確には今日の友だが、そこは普通にスルーして聞き流す。

「ありがたい話だが見返りを求められても困るぞ？」

「見返り？　要求なんてしねえよ、友達が困ってたら助けるのは普通のことだしな」

目の前の石崎《いしざき》は嘘《うそ》をつくのが得意じゃない。無償で相談に乗ってくれるようだ。

ありがたい話だが、小宮《こみや》の友人であることも考えれば無理な提案は出来ない。

下手に小宮と篠原《しのはら》を引き離そうとすると、特に西野《にしの》から顰蹙《ひんしゅく》を買うだろう。

「それなら、そうだな……。小宮の気持ちをうまく聞き出してみてくれないか」

「篠原のことが本当に好きなのかが分かればいいんだな？」

「もちろん誰かが知りたがっているっていうのは伏せてもらった上でだ」

「そりゃもちろんだけどよ、どうやって確認すっかなー。アイデアはあるか？」

聞き出す動機が無いと困り顔の石崎に、西野が助け舟を出す。

「2人が楽しそうにしてるのを綾小路《あやのこうじ》くん見たんでしょ？　だったらそれを石崎が目撃したことにして、付き合ってるのか探るのが良いんじゃない？　モテない男として友人に先を越されるのは気になるもんでしょ？」

そんな西野の案を、持っている材料が少ないだけに石崎はすぐに採用する。

「な、なんか動機として虚《むな》しい気もするが事実だな……。よ、よし、それでやってみるぜ。ちょっと待ってくれ。まだ部活は始まってないし——」

多分通じるだろ、と言って石崎は小宮に電話を始めた。

「……あ、小宮か？　部活前に悪いな。あぁいや、ちょっと聞きたいことがあってよ。今日の朝おまえDクラスの篠原と話してなかったか？　……やっぱり。いやさ、俺たち彼女がいない同盟を組んでたのに、抜け駆けしたんじゃないかと思ってさ」

予想よりも上手《うま》く、石崎が小宮に対して篠原のことを聞く。

「別に付き合ってないって？　本当だろうな。後で嘘だったら問題だぜ？」

小宮と篠原が付き合っていないことを確認し、右手でオッケーを作る石崎。

ところが、少し表情が変わる。

「え……マジで？　お、おう。なるほど、へー……」

オレにも分かるように質問していた石崎から、急に情報が少なくなる。

そして電話の向こうで話しているであろう小宮の話に強く耳を傾けた。

「……そうか。なるほど、いや分かった。おまえもついに男になる時が来たってことだよな。もちろん応援してるぜ。結果が分かったら教えてくれよな」

何となく会話の方向性から、小宮が石崎に伝えたことが分かってきた。

通話を終えると、石崎が気まずそうにオレを見る。

「小宮のヤツ、篠原に告るつもりだ。無人島で実行するってよ」

「なるほど——」

グループを組めば四六時中共に行動することになる。告白をする絶好のタイミングは幾《いく》らでも訪れるだろうからな。

「どうするよ。流石《さすが》に止められないぜ？」

もちろんその通りだ。告白する正当な権利は小宮にある。

そもそも、池《いけ》と篠原はお互いに気になりつつも1歩を踏み出せていない。ゴール手前で差し切られたとしたら、それはそういう運命だったということ。あるいは小宮《こみや》がゴールした後、池《いけ》が最終的に奪い返すこともあるだろうが……。

「ともかく助かった。このことは堀北《ほりきた》と相談してみようと思う。もし西野《にしの》のグループ作りに難航するようなら相談してくれ。何か手助けができるかも知れない」

「見返りはいらねーって」

「困ったときはお互い様だからな。出来る範囲なら協力する」

「ありがとよ、おまえも色々大変だろうけど頑張れよ」

労《ねぎら》いの言葉を石崎《いしざき》にもらい、オレは堀北にこの件について報告しておくことにした。

9

その日の夕方、オレは堀北を食堂に呼び出した。

雑多の中での話なら、周囲で聞き耳を立てる生徒がいても、会話を拾うことは難しい。

池が篠原《しのはら》に好意を寄せているが、中々1歩を踏み出せないこと。小宮が篠原に好意を抱いており、告白手前であること。そしてそれらが次の無人島試験に影響を与えるのではないかという懸念を伝える。

報告を受けての堀北の反応は……。

「放っておけばいいじゃない」

半ば想像していた通り、冷たい反応が戻ってきた。

「あなたから相談があるというから何事かと思えば……他人が関与するようなことじゃないわ。それに池くんのキャンプ能力は私も評価している。私情を挟まず最適な配置をするべきよ」

「どうかな。池は篠原のことが気になって仕方がないみたいだしな。場合によっちゃ去年のようなパフォーマンスを発揮できない可能性もある。それだけならいいが、篠原のことが気になってグループの足を引っ張ることも考えられる」

「恋に振り回されて退学の恐れもあると？」

「絶対にないとは言い切れないな」

「……だとしたら厄介ね。とても愚かなことだわ」

頭を抱えるように、堀北は辛辣《しんらつ》なため息をつく。

「小宮と篠原はグループを作る約束をしたみたいだが、堀北の言いつけもあって実行はしていない。だが許可が出れば十中八九グループになる。おまえは今やDクラスのリーダーだ。戦略的に小宮と組むことがマイナスだと伝えれば篠原も強硬は出来ない」

「阻止《そし》する必要があると。けれどグループを阻止したら小宮くんも告白のタイミングを変えるんじゃないかしら。場合によっては即日実行するかも」

「その可能性は拭いきれないな」

「この件は言うよりも面倒ね。ただ私たちに彼氏彼女の事情まで見ることは不可能よ」

「ならどうするべきだと思う」

「いっそ池《いけ》くんに告白でもさせたら？　篠原《しのはら》さんがそれを受ければ、池くんはどのグループでも奮闘して退学しないように頑張るでしょう？　逆に振られたなら、彼女のことを忘れて試験に集中することが出来るもの」

前者はその通りだと思うが、振られた場合の後者はどうなるか分からない。

同じくして自暴自棄になってしまう恐れもある。

が、これは言い出すとキリのない話。

確かに早い段階で池に白黒つけさせることが、最短距離かも知れないな。

「色々得意なことが多いあなたも、恋愛面に関しては全くダメみたいね」

「鋭意勉強中だ」

「全く……。分かったわ、何とかしてみる。とりあえず池くんと篠原さんが組めるよう誘導していけばいいのね？」

食事中ではあるが、堀北《ほりきた》は携帯を取り出してOAAを立ち上げる。

しかしここで思いもよらない事実が判明してしまう。

「残念だけど、もう手遅れみたいよ」

携帯をテーブルでスライドさせ、オレに画面を見せてくる。OAA上では結成したグループを見ることが出来るが、早くもそこに篠原と小宮《こみや》の両名がグループになったことが記されていた。グループの3人目はBクラスの木下美野里《きのしたみのり》だった。

「こうなった以上、池くんにはモチベーションを下げないための措置《そち》を講じないといけないわね」

「その辺は洋介《ようすけ》にも相談しよう。今最適な組み合わせを考えてもらってるところだ」

無人島試験に向けたグループ作りは前途多難だ。

10

夕方になると恒例にもなりつつあった、恵《けい》との自宅デートが始まる。

今日の話題は池と篠原が喧嘩《けんか》ごとによる物別れから始まり、グループの話が中心だ。

「あのさ……清隆《きよたか》、無人島試験では誰とグループ組むつもりなわけ？」

どこかテレたような仕草を見せつつ、恵は見上げてこちらに質問をぶつける。

「今のところ、誰とも組む予定はない」

「え？　ど、どうして？」

恵はオレとグループを組むことを希望している感じだが、恐らくグループを組んでもオレの有利に働くことはない。能力不足というよりも対月城《つきしろ》を考えると不向きだからだ。

「グループを組むことの優位性は間違いない。ただ、だからと言って必ずしも1人で勝てないわけじゃない。むしろ他人に左右されることなく自由に立ち回れるメリットもあるからな。それに状況次第では他グループの救済に回ることも出来る。脱落してしまいそうなグループがあれば、入り込んでカバーすることも可能だ」

「1人の方が総じて臨機応変に動けるってことね……」

男子にしても女子にしても単独で参加すること自体は認められている。つまり万能であると自負する生徒にしてみれば、1人で勝ち上がるチャンスでもある。

「もし単独の生徒が1位を取れば、それだけでクラスポイントが300も詰まる」

「もしかして清隆《きよたか》なら1位取れる？」

「おまえはどう思う？」

聞き返すと目が合い、しばらくの間見つめあったまま恵《けい》が硬直し考える。

「す、涼しい顔して1位……取っちゃう気がする。え、でもちょっと待って。そんなことしたらますます付き合ってることが言いにくくなっちゃうんですけど!?」

途端に未来を想像して慌てだす恵。

「清隆が1人で1位取っちゃったら気絶するくらい嬉《うれ》しいしカッコいいと思うけど、でもでも、あー、どうなるのが1番の理想か分かんない！」

「勝手に盛り上がりすぎだ。心配しなくても1位を取るのは簡単なことじゃない」

「じゃ、じゃあ清隆も勝てないと思ってるの？」

「半々ということにしておこうか」

「半分可能性があるって答えるだけでも、とんでもないことじゃん……」

「ともかく、恵が気にすべきポイントは誰と組むかって部分じゃない」

「え？　そこが重要なんじゃないの？　下手したら退学しちゃうし」

「そう、今回の特別試験には退学が絡んでくる。下位5グループになれば強制的にペナルティを受けるからな。だが組む相手は自由に選べない」

「うん。だからあたし、清隆と組みたかった……守ってもらいたいよ」

遠回しに誘っていた恵がここで素直に白状する。

「オレが守らなくても助かる方法があるだろ？　救済に必要なプライベートポイントを保持しておくことだ」

「それはそうだけど……」

高額なプライベートポイントが必要ではあるものの、逆を言えばポイントさえ持っていれば絶対に退学になることはない。

「それはそうだけど、試験中に6人グループを組めても退学を回避するには100万ポイントもいるんでしょ？　あたしそんなに持ってない」

「今の残金は？」

「えっと……24万ポイント……こ、これでも最近は結構貯《た》めてる方なんだから！」

別に、そのことについて責めるような発言はしていない。

こちらも似たようなもので、責められるはずもないが。

「不足金が76万か」

オレの手持ちは25万ほど。全部渡しても50万以上足らない計算だ。

「恵《けい》、おまえの持ってるカードは便乗だったな」

「うん。これって価値としてはどうなの？」

「正直良い方とは言えないだろうな。良くも悪くも自分自身に影響を与える要素が1番少ない。努力することでプラスされるわけでも、ミスした時に助けてもらえるようなカードでもない」

勝てそうなグループにベットすることしかできず、単純な価値なら1番下とも言える。

「……だよね」

どことなく分かっていたと、恵は落胆《らくたん》気味にため息をつく。

「清隆《きよたか》のカードは確か試練だったよね？　勝った時は凄《すご》い効力だけど、負けたら逆に悲惨なカードよね……あ、もちろん清隆は全然問題ないのは分かってるんだけどね。あたしは半減とか無効が欲しかったなぁ」

恵のような生徒にしてみれば、試練のようなカードより救済カードの方がありがたみを強く感じるのは当然だ。

「便乗でも望みがないわけじゃない。半減や無効のカードは無価値と考える生徒だって少なくないはずだ。そういった生徒にしてみれば便乗にも価値は生まれる」

先行や追加のカードと異なり自分に自信のある生徒には響かないが、逆に言えば勝ちきれないと思っている中間層の生徒たちは狙い目だ。しかも中間層が1番生徒数も多いであろうことから、トレード希望者を探しやすい。ただし、半減などのカードは中間層の一部と下位層には喉から手が出るほど望まれるものでもある。持つ者によっては無価値なカードが、一転ゴールドカードのように輝きを見せる。

「金はオレが用意する」

「え、用意するって……どうやって？」

「方法は幾《いく》つかあるが、試練のカードを売却して資金を得るという手もある」

「だけど、試練を手放しちゃうことになるかも知れないじゃん……いいの？」

「おまえを退学しないようにしておくことの方が重要なことだ」

「う、うん……あ、ありがと」

そう言って顔を赤らめる恵。

その後は夏休みの話に移行しそれなりに盛り上がるも、新しい進展は先送りとなった。

11

夏の特別試験までに与えられた、3人までグループを組むことが出来る制度。

しかし、それだけではない今後を見据《みす》えた話し合いがここでも行われていた。

「来て下さったようですね、一之瀬《いちのせ》さん」

「お待たせ、坂柳《さかやなぎ》さん」

グループ作りが解禁されてから初めての週末である金曜日の放課後。

坂柳《さかやなぎ》は一之瀬《いちのせ》に連絡を入れ、カフェに呼び出していた。

「お時間は大丈夫でしたか？　急なお願いでしたので断られることも覚悟していました」

「坂柳さんから連絡をもらえると思ってなくて正直少しびっくりしちゃったけど、全然大丈夫だよ」

この日、坂柳はカフェで待ち合わせる1時間前という急なタイミングで声をかけた。

予定が埋まっていれば、当然一之瀬に断りを入れられても不思議じゃない。

「どうしても今日、一之瀬さんとお会いしてお話ししたかったものですから」

それは坂柳の嘘《うそ》。

当日、前触れなく一之瀬を誘うことで考える時間を与えないための戦略の1つだった。

予《あらかじ》め何日か前に約束していれば、一之瀬は何の話だろうと考える。

場合によっては神崎《かんざき》などのクラスメイトに助力を求めることもありうる。

それを未然に防ぐためのもの。

「それにしても、どうして急なお願いを受けてくれたのです？」

「どうして？　今日は特に予定も入れてなかったから」

「そうではありません。私は以前、一之瀬さんに対して少々酷《ひど》いことをしてしまいました。嫌われていてもおかしくありませんから」

坂柳は一之瀬を陥《おとし》れるため、密《ひそ》かに一之瀬の過去を聞き出した。

知られたくないであろう過去を大勢にバラし、苦しめた。

信頼して話したはずの相手に裏切られれば、大勢がその人間を嫌いになる。嫌いにはならずとも、強い不信感を抱き距離を置きたがるものだ。

しかし一之瀬は坂柳の急な呼び出しにもすぐに応えた上、坂柳に恨みを抱いているような印象を少しも抱かせない。

「んー、私は坂柳さんが特別酷いことをしてきたとは思ってないよ。確かに中学時代のことは反省しなきゃいけないものだし、恥ずかしい行為だったと思ってる。だけど、その秘密を誰にも話さないでってお願いしたわけでもないし、責任を向けるのは違うよ」

あくまでも一之瀬は、過去を話した自分の問題だと言う。

「やはり一之瀬さんは紛《まぎ》れもなく善人のようですね」

「それはどうかなぁ。自分ではよく分からないよ」

どこか気恥ずかしそうに頬《ほお》を軽くかくと、優しく見つめる坂柳と目を合わせていられなくなったのか一度視線を外す。

「それで……私に話って何かな？」

この話題が続くと、居心地が悪いと思ったのか一之瀬が本題を話すよう促す。

「では希望に応じて本題に入りますが、本題の方が一之瀬さんにとっては居心地が悪いかも知れません」

そんな前置きをされ、一之瀬は小さくお手柔らかに、と呟《つぶや》く。

「率直に申し上げて、このままではAクラスはおろかBクラスへの再浮上も危ういと感じております。そのあたりについて、お考えを聞かせていただけませんか？」

遠慮することもなく、坂柳《さかやなぎ》は一之瀬《いちのせ》の置かれている現状を指摘した。

「あはは……本当に率直だね」

少しだけ頭が真っ白になりつつも、一之瀬は苦笑いを浮かべ手をうちわ代わりにして扇《あお》ぐ。

あえて坂柳は微笑《ほほえ》むだけで返答を待つ様子を見せた。

「確かに私たちが置かれてる状況は、けして良くないからね」

5月1日の時点で、一之瀬が追いかける龍園《りゅうえん》率いるBクラスとのクラスポイントの差はたったの26ポイントだった。毎月の遅刻欠席などにも左右されるため、特別試験がなければ追い付ける可能性があると考えていた。事実、この1年間のクラスポイントの推移では、そういった日ごろの行いによる微々たるポイントの積み重ねが大きかったからだ。

ところが、クラスが入れ替わり龍園たちがBクラスに上がってからは一切の隙を見せなくなった。6月を迎え僅《わず》かに距離を縮めたものの、僅か2ポイントのみ。絶対に抜かせないという龍園たちの強い意志を感じることとなった。

そのことは口にするまでもなく龍園に追われる坂柳も感じ取っている。

「手強《てごわ》い相手だってことは、十分分かってるつもりだよ」

「分かっていても、どうにもならないことはあるのではありませんか？　騒がしい龍園くんのクラスとは思えないほど、最近は問題行動を起こしていません。私生活で追いつくことが出来ないとしたら、後はもう特別試験で奮起する以外に方法はありません」

小さく頷《うなず》く一之瀬。それに対し坂柳はけして甘い言葉を囁《ささや》かない。

「彼は一筋縄ではいかないでしょう。正攻法で戦う一之瀬さんにとっては、ある意味1番戦いにくい相手と言っても過言ではありませんから」

そのことについては、学年末試験で龍園と直接対決した一之瀬がよく理解している。

強引かつ変則的、そして反則をも厭《いと》わない龍園。

出来れば戦いたくないというのが、一之瀬の本音だろう。

「でも、上にあがっていくためには避けては通れない道だよ。それに、龍園くんが戦いにくい相手なのは事実だけど、坂柳さんを簡単に倒せるわけでもないしね」

同じAクラスの葛城《かつらぎ》と一時揉《も》めていたとはいえ、Aクラスは龍園のBクラスとダブルスコアに近い差を作っている、紛《まぎ》れもない独走態勢。1度や2度負かせることが出来たとしても、1位を崩すことは難しい。

「200ポイント以上の差があるとはいえ、今勢いのあるDクラスはどうですか？　追い抜かれない自信は？」

「堀北《ほりきた》さんたちのクラスも、めきめきと力をつけてきてる。個々の実力で言えば、どのクラスにも負けない人たちが揃《そろ》ってる……。こう見ると、本当に余裕はないね」

「確かに、Dクラスは面白い逸材が何人かいらっしゃいますよね。平田《ひらた》くんと櫛田《くしだ》さんを始めとしたコミュニケーション能力に長《た》け、かつバランスの良い成績のお二人を筆頭に、身体能力ではただ1人A+を獲得している須藤《すどう》くん。難問が出された数学で満点を取る伏兵的な動きを見せた綾小路《あやのこうじ》くん。実力の底が見えない高円寺《こうえんじ》くんも危険人物です」

あえて口にすることで、改めて2年Dクラスの層の厚さが感じ取れる。

「そして、そんな彼らをまとめ上げるリーダーの堀北《ほりきた》さん。彼女は学力も身体能力も優秀で、この間はついに生徒会にも入られたとか」

一之瀬《いちのせ》の置かれた状況を再確認させる坂柳《さかやなぎ》。

「厳しいお言葉を続けて恐縮ですが、一之瀬さんのクラスがDクラスに転落するのは時間の問題だと私は考えています」

「今、そういう評価を受けても仕方ないと思ってる。でも——」

「努力と友情で何とかしてみせる、と抽象的なことでも仰《おっしゃ》りますか？」

先回りした坂柳の正確な言葉に、出かけていた言葉を呑《の》み込まされる一之瀬。

「そんな曖昧《あいまい》なことでは、到底勝つことは不可能でしょう。どのクラスもこの1年間で明確に力をつけてきているのに、一之瀬さんのクラスには大きな成長を感じません」

「それは……そんなことはないよ。みんな、ちゃんと成長してる」

「成長していないとは言っていません。その幅の問題だということです」

「坂柳さんには理解してもらえないかも知れないけど、私は負けてないと思う」

薄く笑った坂柳は、ゆっくりと首を左右に小さく振った。

「OAAを見れば一目瞭然。1年生の時の総合力と2年生の今を比較して見ると、4クラスの中で1番低い伸びだったのは、紛《まぎ》れもなく一之瀬さんのクラスです。この程度のチェックは一之瀬さんもしていたと思っていましたが……知っていた上で気づかないフリをしていたのか、それとも調べるのが怖くてチェックできなかったのか……」

一之瀬は、以前坂柳と二人きりになった時のことを強く思い出していた。

まるで大人と子供。

言い負かされるのは当たり前で、どんどんと隅に追いやられていく感覚。

的確に弱点を突いてくる坂柳に対し、言い返すことを封じられてしまう。

「あなたは頭の良い生徒です。対等かつ真っ当な話し合いであれば、けして私に引けを取ることはないでしょう。しかし劣勢な環境ではその実力をまるで発揮できない。前回も今回も、弱みを突かれて黙り込むしかない。しかし、あなたがこれから相手にする龍園《りゅうえん》くんや私は劣勢な環境でも牙を剥《む》きますよ？」

「そう……そうだね」

両名は、如何《いか》なる状況でも強者《つわもの》である自分を疑ったりはしないだろう。

「今の一之瀬さんに勝ち目は一切ない、そう断言してもよい状況と言えるでしょう」

「そのことを話すために、私を呼んだの？」

「単に嫌がらせのためだけならどこでも出来ること、貴重な時間は潰《つぶ》しませんよ」

ここで坂柳は、今日一之瀬を呼び出した本当の狙いを話すことにした。

「私と手を組みませんか？　一之瀬さん」

「え……？」

意外過ぎる提案に、一之瀬《いちのせ》は想定していなかった対応を迫られ言葉を詰まらせる。

「あなたが私たちAクラスに追い付くための、唯一の方法はそれだけです」

「や、でもそれは——」

「クラス同士が協力関係になることは悪いことではありません。現に一之瀬さんは1年生の時、Dクラスの堀北《ほりきた》さんと似たような関係にあったのではないですか？」

協力関係にあったことが坂柳《さかやなぎ》に伝わっていても不思議じゃない。

「これは私の勝手な想像ですが、既にDクラスの堀北さんたちとは協力関係を解除されたと思っています。最下位とは言え、どのクラスよりもクラスポイントを1年間で貯《た》め、今勢いに乗っている状態。それに比べ、一之瀬さんたちは1歩後退しCクラスに落ちた。堀北さんたちにしてみれば、一之瀬さんと手を組み続けることはメリットばかりではありません」

まるで、直接一之瀬と堀北とのやり取りを見ていたかのような坂柳の完璧な指摘。

否定することもできず、一之瀬は半ば認める形で答える。

「そうだね……。協力関係はいつまでも続けられるものじゃないから」

「ええ。協力関係を維持させるには『ある条件』が必要になる。一之瀬さんと堀北さんのクラスは去年それを満たしていたからこそ、無益に争うことなく良い関係を構築できた」

一之瀬は同意するように小さく頷《うなず》く。

「そのある条件とは……クラスポイントの差」

事実、一之瀬と堀北のクラスが敵対をやめたのも、まさにクラスポイントに開きがあったからだ。

「不本意なことではあると思いますが、私たちAクラスと一之瀬さんたちCクラスにも十分な開きが出来ている。つまり、手を組むことも不可能ではないと考えているんです」

「嬉《うれ》しい提案って思えないのが悲しいところだね。私たちのクラスは、坂柳さんにとっては警戒するに値しない、取るに足らない存在だってことを暗に言われているものだし」

「遠慮なく申し上げるなら、その通りです」

坂柳から容赦《ようしゃ》のない現実を叩《たた》きつけられる一之瀬。

しかし笑顔は崩さない。感情での否定は簡単でも、事実としてクラスが追い込まれている現実から目を背けられない。

「私たちのクラスと組むメリットが、坂柳さんにあるとは思えないな」

「いいえ、そんなことはありません。確かに戦力としてだけ見れば、物足りないのは事実としてあります。しかしどのクラスも持ち合わせていない強力な武器も持っています」

そう言って坂柳は微笑《ほほえ》む。

「それは——『信頼』です。一之瀬さんたちのクラスは手を取り合っている間だけは、何があっても裏切ることはないと言い切れる。これは仲間にするうえでとても重要な要素です」

安心して背中を向けられる相手。それだけで組む価値があると坂柳《さかやなぎ》は言う。

「嬉《うれ》しい評価だけど、私たちだってなりふり構わなくなってる状況だよ？」

「それでも、です。これまで積み上げてきた信頼という名の武器を一之瀬《いちのせ》さんが手放すと私は考えていません。もし手放し裏切るようなことがあったとすれば、それは考えを見誤った私の責任です」

これが坂柳の罠《わな》だとしても、信頼を寄せてくれることを悪いように一之瀬は感じない。

しかし、油断できない相手であることは既に織り込み済み。

「もう少し具体的な話をしてもらってもいいかな？」

「それは協力関係を前向きに捉えて頂けるということでしょうか？」

「……そうだね」

「それならお話ししましょう」

坂柳は、一之瀬率いる2年Cクラスを傘下に収めるべく、行動を始める。

「次に行われる無人島サバイバル試験は、少々厄介なルールになっています。同学年でしかグループを作ることが出来ず、報酬《ほうしゅう》は平等に分配される。つまり選《よ》りすぐりのメンバーを各クラスから集められたとしてもクラスポイントによる開きは一切生まれません」

「そうだね。だから、必然的に自分たちのクラスで勝ち残れるグループを作ることになるんじゃないのかな」

「しかし、それでは選りすぐりのグループとは呼べないでしょう。どうしても自分たちの

クラスだけでは賄《まかな》いきれない部分も出てくる……。ですが、2クラスになればどうです？79人のメンバーから自由に選び出すことが出来れば話は変わって来るでしょう」

「坂柳《さかやなぎ》さんのクラスと私のクラスが組む……」

「私たちAクラスとの差は縮まらないことになりますが、龍園《りゅうえん》くんのクラスを追い抜き、そしてDクラスに対して差を作ることが出来る」

「でも——坂柳さんのクラスに追い付くための機会は1度失うことになるよ」

「2学期3学期に向け、まずは安定した地位に戻ることが最優先ではありませんか？　仮にここで私の手を取ることを拒んだとして、必ずしも勝てるわけではない。違いますか？」

「それは……」

「逆に他クラスに負けてしまえば、一之瀬《いちのせ》さんはDクラスに落ちる。クラスポイントも大きく失い、極めて苦しい状況に立たされる。こうなってしまってはAクラスを目指すことは不可能に近くなるでしょう」

坂柳の言葉に、一之瀬はまたも言い返すことが出来ず沈黙した。

「私を疑う気持ちはまだあると思います。しかし、他クラス同士で組むチャンスはそう多くないと思いますよ。DクラスもBクラスも、Aクラスに追い付くため私と組むことは絶対にしないでしょう。あるとしたら3クラスが徒党を組んでAクラスに勝負を挑む選択肢だけ。これなら強力なグループを作れますからね」

いくら強いAクラスとはいえ、BクラスからDクラスが連携すれば勝ち目は薄くなる。

「考えてなかったと言えば嘘《うそ》になるね」

「それはそうでしょう。ですがその3クラスで組む戦略は現実的ではありません。グループが組むことを解禁されてから早数日、一之瀬さんたちに声はかかりましたか？」

一之瀬は目を伏せ、ゆっくりと首を左右に振った。

「3クラスで組めば報酬《ほうしゅう》のクラスポイントは分配されてしまう。必死の思いで1位を取ることが出来ても、詰まる差は100ポイントに過ぎません。2位なら67ポイント。3位だとたったの33ポイントです」

表彰台を2年BCDグループが独占しても、その差が詰まるのは僅《わず》か200ポイント。けして小さいものではないが、そもそも表彰台を独占することが難しい特別試験。

「単独で300ポイント、400ポイントと差を詰めたいと考えるのは自然なことです」

「でも私と坂柳さんが完全に組んだら、堀北《ほりきた》さんと龍園くんも手を組むかも……。それに私たちのクラスも含めてグループは作られつつあるよね？」

「ええ。むしろグループ作りが始まるのを待っていました。どこもクラス単位では協力し合わないという流れの中、主力だけで組むことを提案します」

「その主力というのは？」

「私は去年同様、この足では無人島で動き回ることはできません。しかし、参加することは認めていただきました。少々特殊な立ち位置にはなってしまいますが」

「特殊？」

「試験開始時点で体調不良などにより参加できない生徒は最初からリタイアの枠に入りますよね？　ですが私は『半リタイア』という形で参加することになったんです」

「半リタイア？」

「足が不自由なため島を自由に歩くことは出来ませんが、スタート地点に留《とど》まり皆さんと同じようにルール内で戦うという権利です。つまり意見を求められれば答えることが出来ますし、難題に対して共に取り組むことも可能だということです。もっとも、私がグループの最後の１人になってしまった時にはその時点でグループの敗退が決まりますが」

「坂柳《さかやなぎ》さんは、その特殊な枠で参加できるってことだね」

連絡を取り合う手段は必要になるものの、頭脳として坂柳が機能するのは大きい要素だと一之瀬《いちのせ》にもすぐ理解できた。

「こちらからは私を含め橋本《はしもと》くん、鬼頭《きとう》くん、真澄《ますみ》さんの４名から自由に選んでいただいて構いません。Ａクラスが誇る紛《まぎ》れもない主力です。Ｂクラスからですと、一之瀬さんに神崎《かんざき》くん、それから柴田《しばた》くん辺りでしょうか」

現時点で今挙がったメンバーは、まだ誰ともグループを組まず様子を見ている状態。

双方にとって不都合が生じる前の段階だった。

「そうだね。無人島では体力も必要になることを考えると、間違いないと思う。だけど特別試験が始まっても望む通りグループが合流できる保証はどこにもないよね？」

「合流することは難しいとのことですが、すなわち不可能ではないということ」

微笑《ほほえ》む坂柳。どんな難題であれ合流して見せるという自信の表れだった。

「坂柳さん。正直な感想を言ってもいいかな」

「もちろんです」

「私が思っているよりも、坂柳さんは3クラスが共闘することを望んでないんだね。むしろそうなることを恐れてるんじゃない？」

「と、言いますと？」

「信頼できる相手だと言ってくれてるのは、本当のことでもあると思う。だけど、一番重要なのはBクラスからDクラスまでが手を取り合ってAクラスを追い詰める展開を避けること。確かに表彰台で得られるクラスポイントは減ってしまうけれど、この3クラスが協力し合う展開が今後も続かない保証はないよね」

これまで坂柳の話に呑《の》まれかけていた一之瀬は、抱いた感情を坂柳にぶつける。

「3クラスが組んでAクラスを追い詰める。このケースが成功してしまったら、今後坂柳さんは苦戦を強いられることになる。……間違ってるかな？」

防戦一方だった一之瀬の反撃に、坂柳は少しだけ驚いて見せた。

「どうやら私は、少々一之瀬さんを甘く見ていたようですね」

この特別試験で、仮にBクラスからDクラスのどこかが単独で300ポイント以上のクラスポイントを勝ち得ても、坂柳は構わないとさえ思っていた。Aクラスとして独走する坂柳がこの試験で一番避けるべきこと、それは下位の3クラスが連帯感を持ってしまうことにあった。今後もこの手の試験が増えることを予測しての先手。もし3クラスをまとめられる人材がいるとすれば、それは一之瀬帆波《いちのせほなみ》である可能性が高い。だからこそ、真っ先に一之瀬を自らの手中にしてしまおうという考え。

「私と組むという提案。呑《の》んでいただけますか？　いただけませんか？」

認めた上で、坂柳《さかやなぎ》は一之瀬に協力することを要請する。

「もし私と手を組んでいただけるのなら、3名分の保証金を出しても構いません。退学のリスクが高い生徒に合計で300万ポイント貸し付けます。万が一ペナルティを受けた場合、それを救済措《そ》置《ち》の費用として使っていただいて構いません。どのクラスよりも退学者が出ることを望まない一之瀬さんには、非常に助かる提案かと」

断られることを危惧《きぐ》した坂柳が手を差し伸べる。

「5人分出してもらえないかな？　それなら私も安心できるんだけどな」

「なかなか強欲ですね。直近で似たような金額のお金が出ていく予定なのですが、特別に融資いたしましょう」

Aクラスは1年以上もの間、どのクラスよりも高額なプライベートポイントを受け取り続けている。そのため生徒一人一人が貯《た》め込《こ》んでいる金額も他クラスの比ではない。

「契約成立だね。だけど、私は保証金の話がなかったとしても坂柳さんと協力することを選んだよ。最終目標は当然Aクラス。だけど坂柳さんの言うように私はCクラスまで落ちて後がない。ここでDクラスにまで落ちることになったら、きっとクラスのモチベーションは大きく低下する。それは避けたいからね」

一之瀬は坂柳に握手を求める。

「2年Cクラスと2年Aクラスの共闘――その提案を受け入れるよ」

互いに握手をすることで、両クラスの同盟が成立した。

「これで私も安心して戦うことが出来そうです。早速ではありますが1つお願いが」

「最大限勝率を高めるために、Aクラスの主力に『増員』カードを渡すところから始める必要がある……だね？」

既に同盟として戦う最善の道筋を立て始めていた一之瀬。

学年で1枚だけ存在する『増員』カードを使えば7名のグループを作ることが出来る。

坂柳が一之瀬と共闘することを決めた1つの理由でもあった。

「話が早くて助かります」

「だけど龍園《りゅうえん》くんも堀北《ほりきた》さんも手強《てごわ》い相手だよ」

坂柳もけして両名を侮っているわけではない。

堀北の背後に立つ綾小路《あやのこうじ》の影を踏まえればけして楽な戦いではない。

しかし絶対に勝つと確信した上で、一之瀬との共闘を選んだ。

「1位を取るのは私たちです。そのために必要な努力を惜しむつもりはありませんよ」

主力を固め龍園と堀北のクラス、そして1年生や3年生に戦いを挑んで行く。

○1年生、3年生たちの戦い

入学して3か月近く経《た》ち、新入生たちにも高度育成高等学校の在り方が理解できた頃。

1年生たちもまた、次の大きな特別試験に向けたグループ作りの真っただ中にあった。

しかし、円滑に行かない事態が発生したのはグループ作り解禁から間もなくのこと。

宝泉和臣《ほうせんかずおみ》の率いる1年Dクラスの生徒たちの、頑《かたく》なグループ参加拒否と、カードのトレードを拒絶する動き。組んでほしければ金を寄越《よこ》せと3クラスに要求を突きつけた。

これにより自由なグループで組むことが出来ない状況に陥《おちい》ったためだ。

6月の間は宝泉の気が変わることを期待していた各クラスの代表たちだったが、それは7月初日を迎えた今日になっても、状況に変化が訪れることはなかった。

学年全体からDクラスを無視するという声も多数出たが、それに対し1年Bクラスの八神拓也《やがみたくや》が待ったをかけた。Dクラスを無視した3クラスだけのグループ作りをすることは簡単なものの、この特別試験の重要な部分である『他学年』との競争。この点を最優先した場合、最適なグループを作るためには全クラスから人材を選《よ》りすぐる必要性があると声を上げたのだ。そしてほぼ同時期に、八神と考えを同じくする生徒の賛同意見もあり、7月までは様子を見るということで3クラスが合意。

だが宝泉が無視を貫き通したことで、その談合も無意味なもので終わる。

そして期日を迎える今日、状況打開のため4クラスの代表が集まることになっていた。話し合いは機密性をあえて上げないため、簡単な形で集まることを八神が提唱。クラスのリーダーあるいはそれに近い人物が集まることで合意されたが、肝心のDクラスからは返事のないまま放課後を迎える。

何でもない1年生の教室が並ぶ廊下、その場所に最初に姿を見せたのは1年Bクラスの八神。発案者として、誰よりも先に姿を見せる必要があると考えていたためだ。

それから程なくして1年Cクラスの宇都宮陸《うとみやりく》が姿を見せる。

「まだ八神だけのようだな」

「やあ宇都宮くん。何となく君が参加するんじゃないかって思ってたよ」

「俺はリーダーって柄じゃないんだが、他の生徒は行きたがらなかったからな。好《す》き好《ず》きに発言する割に、こういった面倒事は嫌う気質にあるようだ。ウチのクラスは」

「君がそれだけ頼りがいのある生徒だって分かってるからじゃないかな。今月更新されたOAAを見たけど社会貢献性《こうけん》がBにまで上がってたね」

そう言って、八神は爽やかに微笑《ほほえ》む。

宇都宮は褒《ほ》められている状況にもかかわらず、眉間《みけん》にしわを寄せた。

目の前の八神は身体能力こそCだが、学力はA。更に度重なるBクラスへの貢献などから機転思考力、社会貢献性がAにまで上昇。総合力では頭一つ抜き出ている。

何より喜べる状況にCクラスはいなかった。

「俺たちは仲間を失った。正直、その損失はかなり大きなものだと思ってる」

「僕も波田野《はたの》くんが退学するとは思わなかったよ。とても残念だったね」

「……ああ」

波田野は1年Cクラスの男子生徒で、学力Aを持つ貴重な生徒だった。

だが破れば即退学のペナルティ行為に手を出し、それが致命傷に。

どこか弛緩《しかん》していた1年生たちは、改めてこの学校の過酷さを思い知ることになった。

とはいえ既に波田野が退学して1か月。

クラスメイトだった宇都宮《うとみや》は惜しんでいる時間すら勿体《もったい》なかった。

優秀な生徒を失った今、次の特別試験では確実な成果を必要としている。

「波田野とは仲良くしてくれてたみたいだな」

「一緒に生徒会に入って、学校を盛り上げていこうって言ってたんだけどね」

宇都宮は、軽く頷《うなず》いた後1年Dクラスの教室の方に視線を向ける。

「宝泉《ほうせん》は来ると思うか？」

この話し合いが行われることになった元凶について、宇都宮が問う。

「半々ってところじゃないかな」

「半々？　随分《ずいぶん》と宝泉を信頼しているんだな。俺は来ないと踏んでるんだが」

「この場に姿を見せなければ、3クラスでグループを組むことが確定する。そうなれば高く売り込もうとしてるDクラスだけが取り残される形になるからね。1年Dクラスに勝ち目が消えることになる」

「俺たちからプライベートポイントを巻き上げられると思っているのなら、それは大きな驕《おご》りだ。今回は円滑なグループを組むことに意義がある。2年生や3年生が敵になるのだから、確実にそうしておくべきだ。なのに宝泉はそれを拒否した」

同じ1年生同士で、争わなくていい部分で争おうとしている。

「表向きはね。でも、宝泉くんがそれを本心から望んでいるとは思えない」

「駆け引きなのは理解できる。だが勝算のない駆け引きだ」

「本心から今回の駆け引きをしていたんだとしたら、それは逆にありがたいことなんじゃないかな。僕ら他クラスにとって宝泉くんはそれほどの脅威《きょうい》じゃないってことになる」

「……そうだな」

宝泉が何を考えているのか、それを測るための場でもあると八神《やがみ》が説明する。

2人が議論している中3人目として姿を見せたのは——

「おー！　陸《りく》に拓也《たくや》。やっぱお前らかー」

大きな声で2人に手を振りながら近づいてきたのは、1年Aクラスの高橋修《たかはしおさむ》。

学力こそC＋と低めの人物だが、誰とでも親しくなることに長《た》けており、話し合いの場に呼ばれることの多い人物だ。他クラス他学年に多くの友人を持つ。

「修くんが来たということは、また厄介事を押し付けられた形ですか」

「ウチのリーダーは面倒なことが嫌いなタイプだからなー。こういう場は俺なわけさ」

「まあ、修《おさむ》が来てくれた方が話は円滑に進むからな」

宇都宮《うとみや》がそうであるように、この話し合いの場に来るのはリーダーでなくてもいい。

逆に会話の得意な生徒が来てくれる方が他クラスにとってもありがたいことだった。

「あとは和臣《かずおみ》のヤツだけか」

集合時間まではあと3分ほど。姿を見せなければ、3人は迷いなく対話を進める。

「いっそ、この段階で組んでしまった方がいいんじゃないのか？　Dクラスを孤立させて早めに叩《たた》き潰《つぶ》しておきたいのが俺の本音だ」

「無人島での試験には学力以外の要素も問われると言います。Dクラスは学力の部分だけを見ると学年最下位ですが、身体能力という点においては1位と僅差の2位。グループ作りにおいては重要な役割を担ってくれる可能性があります」

「陸《りく》の言いたいことは分かるぜ、ウチのクラスもこの状況に相当苛立《いらだ》ってる。けど見放すにはまだ早いんじゃないか？　今回みたいな学年で協力し合う試験が今後もないとは言い切れないだろ？」

宇都宮がDクラスを弾き出す提案をするのに対し、終始八神《やがみ》はDクラスをフォローする側に立つ。高橋《たかはし》はその中間に位置するような状況だった。

「協力の必要があるなら3クラスでやればいい。確かにDクラスにも使える戦力がいることは認めるが、宝泉《ほうせん》のご機嫌を取ってまで要請するほどのことじゃない。そろそろ約束の時間だ。3クラスで談合する方向で話をまとめてもらいたい」

「そうも行かないみたいだぜ、陸」

そんな話し合いの方向を見越していたかのように、その男はゆったりと姿を見せた。

「やっぱり来たみたいだね、宝泉くん」

八神の笑顔に迎え入れられた宝泉はいつものように不気味に白い歯を見せながら近づいてくる。宇都宮は軽く一瞥《いちべつ》をくれたあと、窓の外に視線を逃がす。

「良いタイミングで現れるじゃないの和臣」

高橋は宝泉に物怖《ものお》じすることなく、フレンドリーな姿勢で話しかける。

彼の心情はあくまでも、全員仲良くだった。

「馴《な》れ馴《な》れしく名前を呼ぶんじゃねえよ、殺すぞ」

そんな高橋を威圧し、宝泉は改めて八神と宇都宮に目を向ける。

「金を出す気になったか?」

「笑えない冗談だな。おまえに出す金など1ポイントもない」

「まあまあ落ち着きましょう。最初から喧嘩腰《けんかごし》じゃ話し合いにもなりませんからね」

「んじゃ、全員揃《そろ》ったところで話し合いを始めるとするか。グループの――」

「勝手におっぱじめようとすんじゃねえよ」

宝泉が肩を突き飛ばし、高橋が勢いよく尻餅をつく。

その行為が気に入らなかった宇都宮は強く宝泉を睨《にら》みつけた。

「宝泉、おまえの暴力をこの場に持ち込むのはやめてもらおう」

「あぁ？　俺の邪魔をするつもりか？」

「必要ならそうする」

「はッ面白《おもしれ》え。やれるもんならやってみろよ」

左手を振りあげると、尻餅をついていた高橋《たかはし》が慌てて叫ぶ。

「待て待て、待てって。俺が滑って転んだだけだから、落ち着けよ陸《りく》」

「ってことらしいが？」

「生憎《あいにく》と俺は高橋のように優しくはない」

「だったら、見せてもらおうじゃねえか」

宝泉《ほうせん》によって握りこぶしが作られると同時に、その腕を宇都宮《うとみや》が掴《つか》む。

「ほう……？」

握り込まれた握力の強さを感じ取り宝泉は嬉《うれ》しそうに笑う。宇都宮の視線は単なる見せかけだけではなく必要に応じこの場で戦う決意も見て取れた。

今ここで殴り合いをすることも面白そうだと考える宝泉ではあったが、思い直す。

やり方は違えど他学年と戦うことを宝泉は誰よりも渇望している。

「おまえとは面白く遊べそうだな。楽しみは取っておいてやるよ」

「暴力を遊びと考えているのか」

「ああ、遊びだな」

「くだらない。だが、おまえがそれを望むなら後に取っておかないで今ここで応えてやっ

てもいい。ただし、二度とクラスメイトに手を出さないという条件を呑《の》むならだがな」

一触即発といった気配の中、両者が譲らぬ形で視線を交わらせる。

「オイオイどういう意味だよそりゃ」

「俺はおまえが波田野《はたの》を退学させたと睨《にら》んでいる。あいつは安易に不正に手を出すような生徒じゃなかった」

「雑魚が退学にビビった結果、自爆しただけだろうが」

「俺は退学が決まった後の波田野の顔をよく覚えている。あいつは誰かにハメられた」

「それが俺だと？」

「貴様以外に誰がいる」

一度は宝泉《ほうせん》から下がろうとしたものの、再び火が付き始める。

「2人とも落ち着けよ。陸《りく》も不用意に喧嘩腰《けんかごし》になったら和臣《かずおみ》の思うツボだぞ」

「高橋《たかはし》くんの言う通りです。今重要なのは、無人島サバイバルに注力することです」

「ああ、そういや次の特別試験じゃ他所《よそ》のクラスとグループを組めるんだったな」

まるで今まで気にも留《と》めていなかったというような宝泉の口ぶり。

「それがどうした。おまえはクラス間での協力を否定した、関係のない話だろ」

「どうしてもって頼み込むんなら、おまえと組んでやってもいいんだぜ？」

「冗談はよせ。最後に残った1人がおまえだったとしても、俺が組むことはない」

「冷たいことだぜ」

宇都宮《うとみや》が宝泉の腕からゆっくりと手を放す。

その様子を見ていた八神《やがみ》が、タイミングを計ったように切り出す。

「時間も無駄にしてることだし始めない？」

「誰が話し合いに参加するって言った。始めようとすんじゃねえよ」

「では君がここに来た理由は？　単なる暇つぶしですか？」

「そうだと言ったら？」

「信じないですね。君はそれほどバカじゃない」

宝泉相手に、八神は臆することなく微笑《ほほえ》んで答える。

「無人島でのサバイバルなんて突拍子もない話だけど、2年生や3年生はそれぞれ一度経験している。僕たち1年生は圧倒的に不利な状況で試験に挑まなきゃならない」

「けど俺たちにはハンデキャップも付くんだろ？」

楽観的な高橋に対し、八神は柔らかい物腰のまま説明を続ける。

「学力も身体能力も、年齢を重ねている分2、3年生が有利なことに変わりはない。連携できなければ一方的に上級生に食い物にされるかも知れないよ？」

だからこそ4クラスの協力が必要不可欠であると八神が強調する。

「ぬるいこと抜かしてやがんなぁ八神。俺ぁ2年だろうと3年だろうと、潰《つぶ》せる自信があるぜ」

「もちろん、個々の才能では上回っている生徒もいる。でも、総合力で見たときに1年生が劣っていることは隠しようのない事実だよ。誰も彼もが宝泉《ほうせん》くんのように、恵まれているわけじゃないからね」

常に柔らかい物腰と、宝泉を高く評価する姿勢を見せ話し合いが崩れないよう維持する。

「そこで——僕ら1年生で力を合わせて強力な『4人グループ』を最低でも1つ作る必要があると考えた。まさに宝泉くんが言ったように2年生や3年生を相手にしても絶対に負けないと言い切れる生徒たちを結集させてね」

「つまり俺たちはこの特別試験でクラスポイントを競い合わない、ということか」

「学年同士での協力を難しくさせているルールだからこそ、残り時間が少ない2年生や3年生は、この特別試験の機会損失を受け入れ難《にく》い。だけど僕たちにはまだまだ2年以上の時間が残されている。だからこそ、あえてクラスポイントのことは捨てるべきだ」

まだAクラスからDクラスまでクラスポイントの開きは最大でも300ほど。慌てる必要は無いと説く八神《やがみ》に対し、宇都宮《うとみや》は考えが異なるようで眉間《みけん》にしわを寄せる。

「他クラス同士で組むメリットは薄い。クラスポイントを捨てる無駄な行為だ」

「上級生に食い物にされてしまったらそれどころじゃないよ」

「だが1年の中での優劣がつくことはない」

戦った上でそうなるのなら仕方がないことだと宇都宮が強調する。

「あーちょっと待ってくれ。拓也《たくや》が言ったことで気になったんだが、なんで1つなんだ？上位3グループまでがクラスポイントの対象だろ？　本番でグループが合流することも考えるならもっともっと沢山強いグループを作った方がいいんじゃないか？」

そんな高橋《たかはし》からの疑問に、八神はすぐに解答する。

「もちろんその通りだよ。だけど最初から沢山強いグループを作ろうと模索すればバランスを取ろうとしてしまう。相手は上級生たち、簡単に勝たせてくれる相手じゃない。それなら確実に1位を取れる最強の4人グループを意識して作ることが重要なんだよ。本番では自由にグループを組むのが難しいみたいだし、上級生は頑張って連携を取っても3人3クラスでしか協力し合えないからね」

八神の話を聞いた高橋が、その狙いを察する。

「1位さえ取れれば最悪あとは捨てても構わないってことだな」

「宝泉くんを無視して3クラスで協力する、それでも十分強いグループは作れると思う。だけどそれじゃ他の学年と同じやり方だ。4クラスでの協力を強く望んでいるのは戦力の選《よ》りすぐりだけじゃない。完全に学年で団結して戦う意思の統一が欠かせないと考えたから。僕たち1年生にだけ与えられた『4人までの小グループ』作り。この部分をみすみす捨てる必要はないからね。貴重なハンデを捨ててしまうのはあまりに勿体《もったい》ないよ」

Dクラスだけをのけ者にすれば、当然1位を妨害してくる展開に発展する。

そうなれば、あの手この手で勝ち上がりを阻止《そし》してくることは明白。

4クラスで完全協力体制を作れる以上、その理想形を目指すべきだと八神は言う。

そして改めて八神は宝泉と向き合う。

「君だけでも十分先輩たちと戦えることを理解した上で、手を貸して欲しい」

あくまでも4クラスが必要だと八神《やがみ》が訴えるが、宇都宮《うとみや》は宝泉《ほうせん》を怪しげに見た。

ここまで2週間以上、話し合いすら拒否してきた男が承諾すると思えなかったからだ。

「いいぜ、協力してやっても」

ところがここに来て宝泉は八神の提案にあっさりと乗る。

「……どういうつもりだ宝泉」

「どういうつもり？　協力してほしいって可愛《かわい》い願いを聞いてやろうってんじゃねえか」

「それじゃあ条件を聞きましょうか」

宝泉の変わり身の早さに、八神は時間の無駄とばかりに催促する。

「空いた2枠にはDクラスの生徒を入れること。これが絶対条件だ」

「なに？」

自分たちのクラスだけが得する可能性を持った提案に、当然宇都宮は嫌悪感を示す。

「しかし任意にグループを組めない場合はどうしますか」

「言っただろ、Dクラスの生徒を入れることが絶対条件だと」

「なるほど。Dクラスの2人を迎えられない場合は4人でクリアしろということですね」

「最強の4人を用意するんだ、勝敗には無関係になるはずだろ？」

「ふざけるな宝泉」

「ふざけてねえよ。気に入らねぇならテメエが抜けろ」

「貴様……」

　横暴な要求をしてくる宝泉に宇都宮が詰め寄ろうとする。

　そんな宇都宮の前に、八神が割り込むように滑り込んだ。

「落ち着いてください宇都宮くん、僕はその条件でも良いと思っています」

「Ｄクラスに塩を送ると？」

「最優先すべきは、僕ら１年生が団結すること。絶対に他学年に負けないことです」

「ごね得を許せば今後も宝泉はつけあがる」

「では、今ここで宝泉くんのＤクラスを見捨てたら何かが変わりますか？」

「それは……」

「今度の試験は１年生が勝つことこそが重要なものです。それ以外は損害に当たりません」

「俺も賛成だぜ陸《りく》。気持ちはわかるが、まずは１年で協力し合わないとな」

　露骨な舌打ちをした宇都宮だが、八神と高橋《たかはし》の説得を受けて踏みとどまる。

「それ以上の要求はなしだ。いいな宝泉」

　宝泉は宇都宮からの要求を聞き流し、背中を向ける。

　話し合いは終わったとでも言うように。

「では最後にもう１つ、僕ら１年で団結しておくべきものがあります。報酬《ほうしゅう》アイテムは揉《も》めないよう学年全体で微調整し、最大の効果を発揮できるよう統一させましょう。下位に沈みそうなグループに能力不足の生徒を集め半減カードを持たせることも重要ですからね。

それにも承諾いただけますよね？　宝泉《ほうせん》くん」

「好きにしな」

宝泉は名残惜しむ様子もなく、すぐにこの場を去っていく。

その背中を3人が見つめる中、高橋《たかはし》が八神《やがみ》に話を振る。

「ところで拓也《たくや》、Ｂクラスからは誰を出すつもりなんだ？」

「少なくともこの場に参加している人たちは全員、最強のグループに入れる人材だと思っているけれどね、もちろん宝泉くんを含めて。それは僕の思い違いかな？」

八神は柔らかくも鋭い視線で、高橋と宇都宮《うとみや》、そして宝泉の背中を見る。

「宝泉の能力は認めても、仲間に引き入れるのは間違っている。奴《やつ》は――」

「まあ、そこは改めてじっくりと決めていきましょう。この場では方向性を統一できただけで十分としませんか」

「……分かった」

「僕らが力を合わせれば1位を取れます。まずはそこを目指しましょう」

八神の言葉を受け、渋々ではあったが宇都宮も納得し話し合いの場が解散する。

1

翌日の放課後、ケヤキモールのカフェ。

「チックタック秒針が動いて鬱陶《うっとう》しいから、その手の腕時計って何か嫌いなのよね」

天沢《あまさわ》は目の前に座る宝泉の左腕にはめられた腕時計を見ながら悪態をついた。

「うるせえよ。てめぇにはこの時計の価値が分かんねーのか？」

「価値？　プレミアでも付いてるの？　嫌いなものを覚えるほど暇じゃないしね」

「ハッ、これだから女ってヤツはつまんねーんだよ」

そう言って笑い、腕時計を一度撫《な》でる。

「あんたってさー……ま、いいけど。で用件はなに？」

「おまえを呼び出したのは、次の無人島試験のことだ。俺と組めよ天沢」

「あたしにまた協力してほしいんだ。しかも無人島でだなんて、スケベなこと考えてる？」

「あ？」

眉間《みけん》にしわを寄せ天沢を睨《にら》みつけるも、一切怯《おび》えることなく悪魔の微笑《ほほえ》みを返す。

組んでいた足をゆっくりと下ろし、天沢は両足を静かに開く。

「パンツ見たい？　テーブルの下から覗《のぞ》き込《こ》んでもいいよ？」

這《は》いつくばるような姿勢を取れば、ぱっくりと開いた両足の中心を見ることが出来る。

そんな誘惑に対して、宝泉はテーブルに右腕の肘を置き前のめりになった。

「俺が女になら手をあげないとでも思ってんのか？」

「全く思ってないよ。平気でぶん殴るタイプだと思ってるから安心して」

「だったら、くだらねぇこと言ってんじゃねぇよ。時間の無駄だ」

「時間の無駄ねー。じゃあ一応聞かせてもらおうかな。あんたのプランニング。どうしてあたしを誘うわけ？」

「テメェが綾小路《あやのこうじ》を退学させることに躊躇《ためら》わない度胸を持ってるからだ」

「まあ確かに？　賞金のことを知りながら何もしてないヤツとか、狙う気があっても中途半端な仕掛けしか打ってないヤツばっかりよね。２０００万なんて大金がかかってるなら、全力で潰《つぶ》すでしょ普通」

　悪びれた様子を見せることもなく、そう言ってのける天沢《あまさわ》。

「それで組んであげる見返りは？　あたしは安くないからね」

　何をくれるのかと聞き出す天沢の背後から、厳しい声が飛んでくる。

「私たちは対等なはずです。以前そう話しましたよね」

　少し遅れて合流してきた七瀬《ななせ》だった。

「対等？　可愛《かわい》い顔して結構ハッキリしたこと言うんだね。その物怖《ものお》じしないところを宝《ほう》泉《せん》くんが評価してるのかな？」

　テーブルに着き、３人が揃《そろ》う。

「なるほど。宝泉くんの考えるグループがこの３人ってわけね。あと１人は？」

「必要ねえよ。今度の無人島試験で勝つのは２年でも３年でもない、俺たち３人だ」

「随分《ずいぶん》強気。けど上級生には１年生と違って手強《てごわ》い人たちが多いみたいだけど？」

「関係ねえ、全部叩《たた》き潰す」

「ま、仮に宝泉くんの実力がナンバーワンだとしても……あたしたち1年生は4クラスが協力して戦うって話じゃなかった？　Dクラスの主力って言ったら、間違いなくあたしの目の前にいる2人が入って来ると思ってるんだけど？」

「それを判断するのはDクラスを仕切る俺だ。意味は分かるな？」

「堂々と雑魚を主力の代表として送り込む、ってわけね。全方位に喧嘩《けんか》売ってくねー」

「何をもって主力とするかにもよります。少なくとも学力か身体能力が高い生徒を出しておけば大きな角は立ちません。それに宝泉くんが最強グループの中に入れば、問題も生まれますから」

「まー連携プレイはしなそうだしね。そういう意味じゃ外した方が無難かも。じゃあ本題に戻すけど、いくらくれるの？」

「渡すお金はありません。先ほども言いましたが私たちとは対等な関係です。もちろんDクラスが多く得るプライベートポイント分は均等にしてお渡しします」

それで満足できないのかと七瀬が問う。

「でもさ、貢献度《こうけん》が対等ってことにはならないんじゃない？　あたしは無人島だろうとなんだろうと誰より貢献できる自信がある。相当体力いりそうだけど、可愛い可愛い七瀬ちゃんはあたしについて来られる？」

「試してみますか？」

挑発に対し、挑発で返した七瀬。天沢は一度視線を宝泉へと移し、前触れなく七瀬の顔に手を伸ばした。不意打ちのビンタを叩《たた》き込み動揺させる狙いで。

しかし素早く伸ばしたその腕を、七瀬《ななせ》は迷わず掴《つか》み取《と》る。

「大胆ですね、この場で試してくるなんて」

「わお。なんだ、そっちの方も結構イケる口？　あたし強い女の子って大好き」

「そういうあなたも、普通じゃありませんね」

「どうかな？　もっと試してみてもいいんだよ？」

片方は笑みを、片方は無表情を。

互いの強さを探りあうような、そんな時間が流れる。

「俺と七瀬、そしておまえの３人でグループを組む。いいな？」

「七瀬ちゃんがそれなりに動けるのは分かったけど、やっぱりあたしには対等な関係だとは思えないんだよねえ」

「どうしてですか？　私たちグループ３人の内２人がＤクラスだからですか？」

「そんなことは気にしないよ。個人が貰《もら》えるプライベートポイントは均等にしてくれるみたいだし。ただ……協力するからには追加でお金を貰わないとさぁ」

そう言い天沢《あまさわ》は左手を握り拳にした後、親指の腹と人差し指の腹を擦り合わせチップを要求するジェスチャーを見せた。

「あたしを買いたいと誘ってくる以上、少しでも高く自分を売り込むのは当然でしょ？」

「随分《ずいぶん》とデカい態度だな。七瀬といいおまえといい、八神《やがみ》や高橋《たかはし》より女の方が肝《きも》が据《す》わってやがる」

「知らないの？　今の時代女の子の方が強いんだから」

「なら聞いてやる。グループ報酬《ほうしゅう》以外に何が望みだ？」

「1位を取るのは当然。でも、重要なのはそれだけじゃない――」

天沢は左手のジェスチャーを崩すと、親指だけを立て自らの首元に持っていく。

そして右側から左側へとゆっくりとスライドさせる。

「綾小路《あやのこうじ》先輩を退学させて得るポイントは、全部あたしのモノ。それが組む条件」

「ハッ、随分と吹っ掛けてくるじゃねえか。簡単には呑《の》めねえ条件だ」

「だったら断ろうかなー。だけどあたしに振られたらどうする？　七瀬ちゃん以外に信頼出来る仲間がいないと、特別試験じゃ苦労するんじゃない？」

宝泉《ほうせん》は先ほど天沢が口にしたように全方位に喧嘩《けんか》を売っている。

しかも4クラスが協力しようとしている中での身勝手なグループとなれば、他の生徒が手を貸してくれるはずもない。変わり者である天沢くらいなもの。

「あたしだって宝泉くんと組めばAクラスで更に孤立する。それ相応の見返りがないならイエスって言わないのも当然じゃない？」

宝泉と天沢の視線がぶつかり合う。

「確かにあたしに退学にさせた賞金を渡したら特別なお金は得られない。だけど綾小路先輩を退学させたって名誉は宝泉くんに全部あげる。それで十分でしょ？」

「呑《の》む必要はありません。1年Aクラスに2000万ポイントもの大金が流れるのは、この先のことを考えれば……」

「黙ってろ七瀬《ななせ》」

七瀬の忠告を止め、宝泉《ほうせん》は天沢《あまさわ》の目を覗《のぞ》き込《こ》み続ける。

「賞金はくれてやる」

「ありがと。ケチ臭くない男の人って素敵だと思うよ」

そう言うと、天沢は軽やかに椅子から立ち上がる。

「本番でよろしくね」

交渉がまとまった以上長居は無用だと天沢は迷わず立ち去っていく。

「いいんですか、本当に」

「いいんだよ」

「分かりました、決めるのはあなたですから。ですが天沢さんを信用して大丈夫なんですか？　彼女は平気で仲間を裏切るタイプだと思います」

「信用？　勝手に信用してると決めつけるなよ。俺は天沢もおまえも信用してねぇ」

「では、どうして彼女と組むことにしたんです？」

「そこらのカスとは違うからな。おまえと一緒で底の知れない部分を持ってやがる」

「なるほど、確かにそうかも知れません。ただそれでも2000万円は破格の条件です」

「口頭での約束なんざどうとでもなる。俺が退学させたって事実さえハッキリしてれば金を振り込む先も当然俺だ。ヤツが後でピーピー泣いたところで関係ねえ」

最初から守る気のない約束だと宝泉は言う。

「綾小路《あやのこうじ》も龍園《りゅうえん》も、その他の有象無象、歯向かってくる連中は全部潰《つぶ》してやる。この学校のイカれたルールに溺れていきそうでたまらねえぜ」

「ひどい人ですね」

楽しくて仕方がないと、宝泉は笑いを堪えきれなくなる。

2

夏休みも近づいた7月6日。部活に向かう明人《あきと》を除く全員が教室の入り口に近いオレの席周辺に集まる。これから啓誠《けいせい》の部屋に集合する約束をしているからだ。

「綾小路くん、ちょっと時間いいかな?」

揃《そろ》って教室を出たところで、オレは追いかけてきた櫛田《くしだ》に声をかけられた。

「どうした」

ここ最近は櫛田に声をかけられる回数も減っていたため、少し珍しい形だ。月に一度の送金にしても、基本的には金のやり取りだけしか行っていない。毎月入金されるプライベートポイントはクラス全員で共通のため、いちいちチェックしあう必要性がないからだ。

「実は綾小路《あやのこうじ》くんに会いたいって言ってる1年生がいるんだけど……今からは難しいかな？」

櫛田《くしだ》はグループの波瑠加《はるか》たちに申し訳なさそうな視線を送り、言葉を続ける。

「多分、1時間くらいあれば終わると思うんだけど。セッティングを頼まれちゃって」

「何々きよぽん、もしかして後輩の女の子から告白されるとか？」

そんな波瑠加の突っ込みに愛里《あいり》が慌てる。

「え、ええっ⁉　そ、そうなの⁉」

「もしそうなら許可するわけにはいかない感じよね」

勝手なことを言い出しておいて、勝手に不許可を出される。

「……そうなのか？」

一応、念のため櫛田に確認してみることにした。

「へっ？　あ、えと……会いたいって言ってるのは男子なんだけど……な。ごめんね」

困ったような顔を見せながら、そう謝って来る。

いや、まったく謝られることじゃない。

そんなことはないと思いつつも、むしろちょっとホッとしたところだ。

「いいんじゃない？　1年生とは少しでも交流しておいた方がいいだろうしね」

「そうだな。俺たちのグループは特に人間関係を不得意としてるから、清隆《きよたか》が1年生の顔見知りを増やしておく分には悪いことはなさそうだ」

１年生の目的はさておき、少しくらい顔を出しておいた方がいいと2人が言った。愛里も告白じゃないことに安堵《あんど》しつつ、快く送り出してくれる様子。それならこちらとしても断る理由は特にない。

「分かった。どうすればいい？」

「ありがとうっ！　えっと、綾小路くんが良いよって言ってくれたのを伝えるね」

櫛田が携帯を取り出し、電話をかける素振りを見せる。

「じゃあ私たちは先に行ってるから。あとで合流しよ」

軽くそんなやり取りをし、綾小路グループには先に寮へと戻ってもらった。

「ごめんね」

まだ電話が繋《つな》がらないのか、携帯を耳に当てながらまた謝ってきた。

「大したことじゃない。グループの皆もそんなことで文句は言わないからな」

程なくして1年生の男子と思われる相手と通話が繋がったようだ。

「あ、もしもし？　綾小路くんが今から会ってくれるって。うん、うん。あ、そうなんだ？　じゃあここで待ってるね」

10秒にも満たない電話を終えた櫛田。

「もうこっちに向かってきてるみたい。すれ違うとアレだから、ここで待とっか」

オレに会いたいという1年生は、既に2年生の教室を目指していたらしい。

「それにしても、櫛田はもう1年生と仲良くなったみたいだな」

「ええっ？　もう7月だよ？　時間は沢山あったと思うけど……」

「……確かに」

1年生がこの学校にやってきて既に3か月以上が経《た》っている。廊下の窓から外を見つめると、高く昇った太陽が熱く地面を照らしていた。

もう間もなくセミたちの初鳴き、大合唱が始まる頃だ。コミュニケーションに難のあるオレにしてみればたった3か月でも、櫛田《くしだ》にとってみれば十分すぎるほどの期間だったということか。

「綾小路《あやのこうじ》くんだって、1年生に友達は出来てるでしょ？」

それくらい当たり前にいるんじゃないの？　と言ってくるが、そんなことはない。

「友達と呼べそうな相手は、まだ0だ」

「そ、そうなんだ。まあ……慌てる必要はないもんね。これからだよっ」

気遣いのあるフォローがどこか虚《むな》しい。話をするようになった1年生は確かに何人かいる。だが、プライベートで連絡を取り合うような関係にまでは一切発展していない。

微妙な空気になったことで、会話が一度止まる。

往来のある廊下で櫛田とこの先何を話そうか迷っていると、その1年生は姿を見せた。

「櫛田先輩」

曲がり角から姿を見せたのは、堀北《ほりきた》、櫛田と同じ中学だったという八神拓也《やがみたくや》だった。八神が姿を見せたことで気まずい雰囲気を払拭《ふっしょく》するチャンスだと、櫛田が笑顔を見せる。

「綾小路くんに会いたいって言っていた、八神くん」

「初めまして綾小路先輩、お時間を作っていただきありがとうございます」

櫛田を介して声をかけてくる1年生ということで、頭の中にイメージはあった。

「確か――1年Bクラスだったな」

「はい。1年Bクラスの八神拓也です」

こちらは以前騒動があった時にギャラリーの1人として八神の姿を見ていたが、会話をすることなく終わっていた人物。夏を目前にして初めて会話をすることになった形だ。

1年Bクラスの中ではリーダー格に台頭してきているとの話だが、実際にどこまでその勢力は広がったのだろうか。人当たりの良さと可愛《かわい》らしいルックス。そして学力の高さも相まって人気は高そうだ。

「場所なんですが、流石《さすが》に立ち話もなんですし僕の部屋なんかはどうでしょうか？　ちょうど珍しい紅茶の茶葉が取り寄せで手に入ったんですよ。淹《い》れるのに少々時間はかかりますが、とても美味《おい》しいんですよ」

良かったら是非、と八神が勧めてくる。

紅茶は普段そんなに飲まないので、ちょっと興味がある。

ただ1時間以内に切り上げられるかは微妙なところかも知れないな。

「あ、ごめん八神くん。実はこの後、綾小路くんは友達と合流することになってるの。出来れば1時間以内で終わるといいんだけど……」

時間がかかりそうなことを察した櫛田《くしだ》が、そう素早くフォローを入れてくれた。

「なるほど、大丈夫です。ではケヤキモールのカフェで話すことにしましょうか」

少し残念そうにしながらも、こちらの事情を察した八神《やがみ》は快諾する。

「それじゃ、行こっか綾小路《あやのこうじ》くん」

小さく頷《うなず》き、オレは櫛田、八神の2人と共にケヤキモールへ向かうことを決める。

「そう言えばもうすぐ無人島での特別試験が始まりますね。櫛田先輩たちは去年も同じような特別試験を経験したとか」

「うん。あの時は大変だったよー」

「どんなルールだったのか、どういったことがあったのか教えてもらえませんか。僕たち1年生には経験がないため、せめて情報だけでも集めておきたいんです」

「それは構わないけど……役に立つかは分からないよ？　去年とは全くルールが違うみたいだし」

「それは心得ています。3年生も櫛田先輩たちとは異なる無人島試験だったようですし」

「そういえば3年生たちも無人島試験やったんだよね」

「先輩たちと同じように1年生の時に経験しているようです。従来は在学中に1度しか無人島試験は行わないらしいんですが——今年が特例なのか、今年から変わったのか」

どうやら八神は、オレたちよりも遥《はる》かに多くの情報を持っているらしい。

「不思議ですか？　僕が3年生の情報を持っているのは」

黙って聞いているオレに対し、八神《やがみ》がそんな風に言ってきた。

「生徒会に入ったんです。その流れで南雲《なぐも》生徒会長にお話を聞いてみたところ、一昨年《おととし》の無人島サバイバル試験について親切に教えていただきました。その時はクラス内で4つずつのグループを作り、合計12グループで競い合ったそうですよ」

オレたちが経験した無人島サバイバルの特別試験とは、異なるルール。

同じ特別試験が行われることは一部例外を除き、基本的に無いとみていいだろう。

「2年生はどんな無人島を過ごしたのか、そこにヒントがあるかも知れません」

ここでオレや櫛田《くしだ》が八神に隠し通したとしても、誰かが教えることは目に見えている。

不用意に隠す必要はないだろう。というより櫛田が答えないはずがない。

案の定、去年の無人島サバイバルについて丁寧に説明を始めた。

オレはそれを黙って聞きながら、2人の少し後をついていく。

3

2年生が行った無人島サバイバル試験の内容を話し終える頃には、ケヤキモールのカフェはすぐ目の前にまで迫っていた。

すんなりと入れる予定だったカフェだが、予定外の事態に見舞われる。

「随分《ずいぶん》と混んでいますね」

満席のカフェ。既に入り口付近では空席を待つ生徒たちの姿もあった。

「どうしよっか。2階の方、見に行ってみる？」

「少しお待ちください」

八神は、取り出した携帯を左手に持つと何かしらの操作を始める。

「今友人に確認してみましたが、2階のカフェも同じように混雑してるみたいです。どちらにせよ待つことになるなら2組待つだけですし、こっちにしませんか？」

どうやらカフェでお茶している友人に、チャットで連絡を取ったらしい。

無駄を嫌った早い判断。オレたちが同意すると同時に、八神は後ろから近づいてくる生徒に気づく。のんびりしているとまた1組後に順番が回ってしまうためか、携帯を握りしめたまま空いていた方の手でペンを持ち、カフェ入り口のボードに自分の苗字《みようじ》と人数を達筆な字で記入した。上に書かれた他の生徒たちの殴り書きと比べるとより顕著《けんちよ》だ。

「わ、八神くん字が上手だね～」

書くところを見ていた櫛田が、そう褒《ほ》めるのも無理はない。

褒められた八神は嬉《うれ》しそうに微笑《ほほえ》む。

それから順番を待つために近くに設置された椅子に3人で移動する。

「勉強が出来なくても、字だけは綺麗《きれい》にしなさいと祖父に教わってたんです」

「おじいちゃんに？」

「ええ。僕の祖父は書道の先生をしているので」

「凄《すご》いなぁ。私、字はあんまり得意じゃないから」

そう謙遜《けんそん》する櫛田《くしだ》だが、何度か見た記憶の限り特別下手ということはない。八神《やがみ》のように洗練された達筆さはなくとも、女の子らしい丸文字とでもいうのか、綺麗《きれい》な文字を書いていたと記憶している。

それにしても、八神という生徒は自分の能力の高さを鼻にかける様子がない。勉強が出来なくてもと言ったが、OAA上での学力は現在Aと非常に高い評価を受けている。嫌みのない優等生、その感じは洋介《ようすけ》とどこかダブらせるな。

しばらくして4人用のテーブル席が空いたため、オレたちは注文を済ませ席に着く。

「実は——今更だと思われるかも知れませんが、綾小路《あやのこうじ》先輩にお伝えしておきたいことがあるんです。1年生たちの間で、極めて限定された生徒たちにだけ告知されている特別試験のことは、もうご存じですよね？」

櫛田は何も事前説明を受けていないのか、不思議そうな顔で八神の話を聞いている。限定された特別試験とは、もちろんオレを退学にさせた者に2000万ポイントを支払うと言われている特別試験のことだろう。八神の口ぶりでは噂《うわさ》を聞いた程度ではなく、確実に知っているといった様子。しかし、念のため出方を窺《うかが》うことにした。肯定も否定もせず八神が言葉を続けるのを待っていると、それに答えるように八神は一度頷《うなず》く。

「4月の段階で、僕はその話を耳にしていたんです。ただ、誰かを陥《おとしい》れることで得られる報酬《ほうしゅう》に興味を持てなかったので一切参加する気はありませんでした」

事実、八神はオレに対して何一つアプローチをして来なかった。多少なり気にかけていれば、視線の1つや2つ合っていてもおかしくない。ところがオレの存在を意識した様子はこれまで一度も見られなかった。

「どうして、今回そんなことをオレに話そうと思ったんだ？」

「宝泉《ほうせん》くんが先手を打ったものの失敗に終わったという話を最近耳にしました。そして、綾小路先輩の左手の傷を作った原因であることも。彼なら非人道的な行動をとってもおかしくはありませんでしたが、僕の想像を遥《はる》かに超えた手段を用いたようですね」

「まあ、否定はしない」

櫛田はオレと八神に視線を行ったり来たりさせながら、よく分からない話を理解しようと耳を傾けていた。このままだと八神はどこまでも言葉にしてしまいそうだ。

「それともう1つ……先輩に話そうと決めた理由があります」

しかしそのもう1つを、八神はすぐに話そうとしなかった。

「1年生を守るという意味でも、僕は傍観者に徹《てっ》するつもりでした。ですが、このまま放置しておけば綾小路先輩……場合によっては同じクラスメイトの櫛田先輩にまで被害が及んでしまう可能性があると判断しました。だから、知っていることを全てお話ししておこうとこの場をセッティングしていただくようお願いしたんです」

話を聞いていた櫛田が申し訳なさそうに左手を挙げ、質問することを求める。

「あのどういう話なのか、私にはさっぱり分からなくて……」

「このまま話してもかまいませんか？」

「オレに止める権利はないからな」

八神《やがみ》が櫛田《くしだ》を同席させているのは櫛田を心配してのことみたいだしな。ここでオレがダメだと言ったところで、知らないところで八神が話してしまえば同じこと。

「では綾小路《あやのこうじ》先輩にも全て知ってもらうため、1から説明します。事の始まりは南雲《なぐも》生徒会長からの連絡でした。各クラスの代表者1名もしくは2名を決め、生徒会室に内密に集まるよう指示を受けたんです。実際に呼ばれたのは、入学して間もない頃のことでした」

八神から出てくる『生徒会』というキーワード。

「その場に集まった1年生は1年Aクラスからは高橋修《たかはしおさむ》くんと石神京《いしがみきょう》くん、1年Bクラスからは僕。1年Cクラスからは宇都宮陸《うとみやりく》くん。そして1年Dクラスからは宝泉和臣《ほうせんかずおみ》くんと七瀬翼《ななせつばさ》さん。参加していたのは合計6人です」

本当のことだとしたら、これは貴重な情報だ。1年Cクラスのあの2人は、単なる偶然でオレに声をかけたわけじゃなかった。だが最も気になるのは、天沢《あまさわ》の名前が出なかったこと。

「特別試験の内容は、2年生である綾小路先輩を退学させること」

「え!?　綾小路くんを退学させたら!?」

小声ながらも驚く櫛田に頷《うなず》き、八神は話を続ける。

櫛田の様子を見る限り事前に知っていたというような不審な挙動はない。

「手段は問わず、期限は2学期が始まるまで。それとこの特別試験の内容はその場にいた6人以外には他言しないように忠告されました。僕と宇都宮くんは1人での参加だったので、公平な形になるようクラスメイトから1人ずつ選び話すことを認められましたが僕は誰にも話していません。宇都宮くんが誰かに話した可能性は残ります」

つまり現時点で1年生の6人か7人がこの特別試験について認識していることになる。

「僕たち6人に対し生徒会長の南雲先輩は言いました。綾小路先輩を退学させた生徒に対し2000万ポイントを支払うと」

「す、凄《すご》い大金……。そ、そんなの認められるの？」

誰もが、聞けば驚く試験内容だからな。どこまで八神を信用して良いかという問題はこの先も付いて回るが現状嘘《うそ》をついている様子はない。むしろ嘘だった場合後で綻びが出れば八神とオレの関係性は最悪なものに変わる。2年Dクラスが不利益を被《こうむ》れば櫛田にも被害が及ぶだろう。

「櫛田先輩が驚くのも無理はありません。4月の時点では僕らもこの学校のことを深く認識していませんでしたが今ならよく分かります。これは異常な特別試験なんだと。そう判断できたからこそ、こうしてこの場をセッティングしていただいたんです」

ある程度の説明を終えたのか、一息つくように八神はカップを口元に近づけた。

オレの退学に2000万ポイントも関係していると知り、櫛田が八神に質問をする。

「生徒会長が独自に特別試験を行うなんて、ちょっとおかしなことじゃないかな……？」

「そうですね。それは表現の問題と捉えた方がいいと思います。分かりやすく特別試験とうたっていますが、要は南雲《なぐも》生徒会長が独自に課題を作り、それを1年生に与えたと捉えた方が素直に頭に入るかも知れません」

南雲がこの件に関与している可能性はあった。それを堀北《ほりきた》が探る目的も持ってくれていた。しかし簡単には尻尾は出さないと思っていたところで意外な人物から漏れてきたな。

「ど、どうして綾小路《あやのこうじ》くんなのかな？　他に同じような生徒はいないの？」

「僕が聞いた限り綾小路先輩だけですね。どうして綾小路先輩なのか、それに深い理由はないと思います。南雲生徒会長が2年生の中から完全なランダムで選んだとおっしゃっていたので。単純に157分の1を引かれたということですね」

南雲のバックグラウンドを知らない八神《やがみ》には、分かりようのない話か。

ランダムに決めたという話を疑ってすらいないようだ。もちろんクジのようなものをわざわざ用意してたまたまオレが選ばれた可能性も0ではないが、状況から見てそんなことはあり得ないだろう。

ただ、南雲がわざわざオレに2000万もの大金を用意するだろうか。これまで接してきた限り、そこまでのことをする男だとは思えない。いや、正確にはやると決めれば何でもするのだろうが、オレに対する評価はそこまで高くないはずだ。

「生徒会長個人が始めた特別試験だとして、2000万ポイントもよく用意できたな」

オレはこの先に潜む可能性を探るため八神にその点を突いてみる。

「そうだよ。ちょっと言い方は悪いけど……嘘《うそ》や冗談ってこともあるんじゃないかな？　そんなよく分からない試験に2000万ポイントだなんて信じられないな」

流石《さすが》の櫛田《くしだ》も、2000万という大きすぎる額に引いている様子。

いきなりそんな額を出すからと生徒会長に言われても、普通なら疑うところだ。

「確かにかなりの高額ですよね。それだけのプライベートポイントを貯《た》めるのが如何《いか》に大変であるかは今なら分かります。でもあの時の僕ら1年生は入学した直後、3年生かつ生徒会長、そしてAクラスの人ともなれば普通の生徒よりは当然信頼します。何よりそれくらいのポイントは当たり前に持っているんじゃないかという甘い認識を持っていたんです」

今年は額が少し下がったとはいえ、入学時に8万ものお金が1年生全員に配布された。それも毎月振り込まれる。綺麗《きれい》で設備の整った寮にほぼ学生専用のケヤキモール。充実したショップ。浮世離れした世界に放り込まれたようなもの。金銭感覚が一気に狂うのは去年のオレたちが身をもって体験したことだ。

「実際に、2000万ポイントを持っていることはこの目で確認させて頂きましたしね」

南雲ほどの男になれば、大金を貯め込んでいても不思議じゃない。

「でも学校公認じゃない特別試験に参加するって、ちょっと嫌じゃなかった？」

「特別試験の内容に対する嫌悪感を別とするなら、そのような感情は一切ありませんでした。僕以外の生徒は全員歓迎していたと思います。これは正当な特別試験なんだって」

「生徒会長が出す特別試験なんて聞いたことはないよ」

「いえ、僕らは南雲《なぐも》生徒会長を信頼して特別試験を受けたんじゃないんです」

「え……？」

「生徒会長から言い渡された時、その場に立会人として理事長代理が同席していました」

関係していることが最も濃厚だった月城《つきしろ》の存在が、ここで白日のもととなる。

2000万ポイントの裏には月城と南雲が絡んでいたことが確定した。

「疑うことなく、特別試験として受け入れるのも無理がない状況ですよね？」

「理事長代理がいたら……うん、それはそうだよね」

生徒を退学させる特別試験。それだけを聞けばとんでもないものだと思い色々と疑う生徒もいるだろう。しかし理事長代理の存在がその疑いをかき消す。

「以上がこの件に関して、僕が知っている情報です」

「ありがたい話を聞かせてもらったが、このことをオレに話したのは危険かも知れないぞ」

このありがたい助言は、八神《やがみ》にとってメリットはない。

「八神くん大丈夫？　もし今回のことがバレちゃったら……」

「大丈夫ですよ櫛田《くしだ》先輩。他言した場合のペナルティなどは聞かされていませんし」

心配を他所《よそ》に八神は笑顔を見せる。

「それに1年生の間で嫌われる分には覚悟しています。元々、他クラスの生徒とは遅かれ早かれぶつかる運命にありますから」

迎え撃つ覚悟は十分に出来ているということらしい。1年Bクラスの八神拓也《たくや》は専守防衛を基本としつつも、状況に応じて先制的自衛権を行使するようなタイプなのだろう。

しかし、八神に状況がどこまで見えているかは不鮮明だ。カフェの一角、多くの生徒たちに紛《まぎ》れ１人の女子生徒が時折こちらに視線を向けている。八神からはちょうど背中側に位置するためその存在には気が付いていないだろう。

１年Ｃクラス椿桜子《つばきさくらこ》。オレたちが話し始めてから程なくして店内に姿を見せると、混雑する店内で絶妙な位置取りに成功し、席からこちらを監視していた。

そして携帯を手に持ち何者かと話をしている様子。

オレが目的……あるいは目の前で饒舌《じょうぜつ》に余裕を見せる八神が目的か。どちらにせよオレと八神が接触したことを椿も知ることになった。偶然か必然か、八神にとって好ましい状況ではないだろう。学校という狭い敷地内では、どうしても監視の目から逃れることは難しい。自分１人の力では追跡しきれずとも、クラスが一丸となるだけで広い範囲を網羅《もうら》できる。１年生たちには１年生たちの戦いが繰り広げられている証明でもあった。

「気を付けてくださいね綾小路《あやのこうじ》先輩。僕のように他言無用のルールを破って、仲間に今回の特別試験を漏らしている可能性は十分に考えられます」

「それを考慮した上で、八神が注意しておくべき人物は誰だと思う」

「そうですね。普通に考えれば１年Ｄクラスの宝泉《ほうせん》くんは警戒すべき存在です。ルールを度外視した戦い方をしてくる相手は厄介なので」

やはり宝泉の存在は同じ１年生の間でも危険人物として強く意識されている。

「ですが相手をあえて1人だけを指名するとしたら――」

そう言いかけた八神《やがみ》だが、その続きを言葉にすることに躊躇《ためら》いがあるようだった。

「いえ、止《や》めておきます」

「え、どうして？　私気になるな」

少しだけ苦笑いを浮かべた後、八神が言う。

「綾小路《あやのこうじ》先輩や櫛田《くしだ》先輩たち2年生にお話しすることではない気がしたんです。ここで僕が警戒する人物の名前を挙げれば当然先輩たちはマークしますよね。それは重要なことだと思いますがフェアではないかなと。宝泉《ほうせん》くんには申し訳ないことをしましたが」

確かに何々クラスの誰々が危ないと聞かされればオレや櫛田は警戒する。

クラスにもその旨を伝え、備えておくことも出来るだろう。

「それにまだ確信はありません。何となく危険な人物だと予想しているだけです」

ライバルであってもフェアに戦うべきだと八神は考えているようだ。

「ひとまず次の特別試験で僕が探りを入れてみます。そのうえで本当に危ない人物だと思ったら、その時は綾小路先輩にお伝えさせて頂こうと思います」

自分の目で確かめた上で、警告することを約束した八神。

「気を付けてね、八神くん」

「はい。それと……その、無人島試験が終わった後で構わないのですが、2人で会うお時間を頂けますか櫛田先輩。先輩にお話があります」

「う、うん。分かった、なんだろうなっ……」

そんな風に櫛田は誤魔化《ごまか》したが、その手のことに少し鈍いオレでも何となく察する。

八神の櫛田を見ている目は、単なる先輩に対するものとは違う。

「とにかく八神の情報はとても助かった。感謝する」

「いいんですよ。綾小路先輩だけが損するのはおかしなことだと思いますし」

「私からもお礼を言わせて八神くん、本当にありがとう」

「そう言っていただけるだけで十分です。綾小路先輩が退学してしまったら櫛田先輩のクラスが大きなダメージを受けることは避けられません。櫛田先輩にもＡクラスで卒業してほしいと本気で思っていますから」

オレがこうして長い時間をかけて会話した１年生はそれほど多くない。

その中でも八神はひと際、普通の優等生にしか見えなかった。

常にホワイトルーム生かも知れないと考え様々な生徒と接しているが、これまでの１年生で最も不自然さを感じさせない。これまでもオレに対して特別なものを仕掛けてきたことはなく、それどころか助けるための情報を惜しみなく渡してくる。

もちろんだからといって白にはしない。白にはしないが、八神がホワイトルーム生だったとしたら、それは逆に相手にしたくないとさえ感じる。

あの施設で育った人間が、短期間でここまで自然体になれるのかという疑念。

ともかく今は、八神からもらった情報をありがたく使わせてもらうことにしよう。

「人が増えてきましたね。話も終わりましたし僕は一足先に失礼します」

「何か用事？」

「いえ、下手に他の1年生の目につくことは避けたいんです」

手遅れとはいえそうするべきだな。オレはもう一度お礼を言い八神《やがみ》と別れた。

その後、この場にはオレと櫛田《くしだ》が残される。

「良い後輩を持ったな櫛田」

「うん、私にはもったいないくらい。……でも、望んでた展開じゃないけどね」

そう言って、コップのふちを人差し指でなぞる。

オレからは言葉にしないが、櫛田が何を思っているかは考えるまでもない。

同じ中学出身であれば、櫛田の過去を知っている可能性があるということ。

「知ってるよ、八神くんは」

気になっていた答えを櫛田は簡単にオレに教えてきた。

「いいのか？　オレにそんなこと教えて」

「仮に知らなかったとしても、同じことだから」

「それはつまり――――」

「早いうちに消えてもらわないとね、八神くんには」

呟《つぶや》きオレを見た櫛田の目には確固たる決意のようなものがあった。

明らかに櫛田を慕《した》っている様子だが、それでも敵である認識を持っているのか。

自分の過去を知る人間を好意的に見ることなど絶対にない、という様子。

「後輩を消すのは堀北《ほりきた》やオレを消すよりも難しいぞ」

「それはやり方次第じゃないかな」

まるで既に戦略の1つでも思いついているような口ぶり。

「自分が優秀だと驕《おご》ってる人間ほど、実は呆気《あっけ》ないものだったりするんだよ。堀北さんや綾小路《あやのこうじ》くんだってそれは例外じゃない」

「オレとは停戦協定を結んでるんじゃなかったか？」

「今はね」

元より安心しているつもりはないが、櫛田はやる気満々といった様子だ。

「でも私は負けっぱなしだから『今は』大人しくしてるよ」

そう言って椅子を引き、櫛田も帰る素振りを見せた。

「またね綾小路くん」

「ああ」

特に引き留《と》める理由もないので、オレはそのまま櫛田を見送る。

新しく分かったことは、櫛田が水面下で何らかの戦略を進めているということだ。

4

櫛田と八神と別れ、オレはコンビニに立ち寄っていた。

啓誠《けいせい》たちと合流するにあたって、少し差し入れをしようと思ったからだ。

そしてもう1つは背後で距離を保つ存在に接触する機会を与えるため。

オレは適当にスナック菓子を何点かとペットボトルを購入することを決める。

「あの〰〰」

間延びした声。

コンビニで会計をしていたオレの背後から、1年Cクラスの椿《つばき》が声をかけてくる。手には買い物に来た意思を見せるためか、申し訳程度に棒付きの飴《あめ》が1つ握られていた。

「椿だったな。オレに何か用か？」

カフェにいたことには触れず、そう聞き返す。

「少し話したいことがあるので、ちょっと外で待っていてもらえます？」

どこか気の抜けたような様子で、飴の会計を済ませる椿。

確かにレジ前で話をするわけにもいかないので、大人しくコンビニの外で待つことに。

しばらく待っていたが外に出てくる気配がない。振り返ると、椿は視線だけをこちらに向け誰かと携帯で話をしているようだった。

人を待たせておいて、中々大胆なことだな。

「お待たせしました」

細い指で飴の包装紙を剥《は》がしながら歩き出す椿。

方角的には寮の方向だ。

「それで話って？」

「今度綾小路《あやのこうじ》先輩に会ったら、伝えようと思っていたことがあったんで」

その伝えようと思っていたことは何なのか。

すぐに話し出すかと思ったが、椿は飴を舐《な》めるだけで話し出そうとしない。

こちらを気にするよりも、前方に強い意識が向けられている。

「宇都宮《うとみや》か？」

今のオレに考えられる生徒の名前を出すと、椿が飴を舐める舌を止める。

「当たりみたいだな」

「すぐ、こっちに向かうと言ってました」

先ほどカフェで話をしていた相手は、やはりクラスメイトの宇都宮か。

程なくして椿の話した通り、宇都宮がこちらに向かって歩いてきた。

軽く会釈して、合流を果たす。

「すみません。こんな形で声をかけてしまって」

「一体どんな話なんだ？」

八神《やがみ》に関することか、それとも例の特別試験に関することか。

「宝泉和臣《ほうせんかずおみ》に関してです」

しかしここで出てきたのは思いがけない生徒の名前だった。

「綾小路《あやのこうじ》先輩。4月末の試験では宝泉《ほうせん》とパートナーを組まれましたよね」

2年生のパートナーを探していた椿《つばき》。

一度オレと組んでもらいたいと声をかけられたが、断りを入れた。

「まさか先約が宝泉とは思ってもいませんでした」

「そんなに意外なのか?」

「Dクラスが簡単に協力しないことは、もうご存じですよね。今回の無人島サバイバル試験のグループ分けにも、最後まで非協力的な態度を示しています」

閉じこもることは有利でない、そんなことは分かっているはずだが。

宝泉はブレることなく強気な態度を続けているようだ。

「それで?」

「俺たちは無人島サバイバルで宝泉に一泡吹かせたいと思ってる」

丁寧だった口調が荒くなり、唇を強く結んだ。

「だが、具体的な内容はまだ分かってない。どんなルールかも不明だからな」

「まあ……確かに他グループに何か仕掛けるようなことが出来る保証はない。だが競い合うことが確定している以上、何かしら関与することはあると踏んでいますよ」

その読みは、まず間違いなく当たっている。

グループ対グループという図式は確定しているわけだしな。

「宝泉は今多くのプライベートポイントを持ってない。つまり、もし早期にリタイアすることになればペナルティが軽い1年生といえど宝泉には支払い切れない」

そうなれば1年Dクラス宝泉和臣《かずおみ》は退学を余儀なくされる。

「宝泉を退学に追い込みたいってことか」

「そうだ……はい、そうです」

宇都宮《うとみや》は、敬語こそバラバラだったが迷うことなく答えた。

「一応理由を聞こうか」

「1年Cクラスから波田野《はたの》という男子生徒が退学させられました。この件に、俺は宝泉がかかわっていると踏んでいます」

名指しするくらいだ、それなりの手がかりは集めているんだろう。

「その仕返しってことか」

「もちろん恨みを持っていないと言えば嘘《うそ》になる、なります。ですが、重要なのはこれ以上不用意に退学者を出さないこと」

「そうよね。お陰でクラスポイントはマイナス１００だし」

口に飴《あめ》を放り込んで、椿はつまらなそうに呟《つぶや》く。

「理由は分かったが、その話とオレとがどう結びつくんだ」

「宝泉は外部の人間とは基本的に誰ともつるまない。でも、綾小路先輩とは組んだ」

そこに、何か宝泉に付け入る隙があると踏んでの接触ってことか。

宇都宮の態度を見るに、本気で宝泉を倒す気でいるらしい。

椿《つばき》の方には、それらしい態度はないが宇都宮《うとみや》に協力する姿勢なのだろう。

そうでなければ、オレと宇都宮を合わせる橋渡しをしないはず。

「手を貸してください」

「試験内容も分からない状態で、はいとは答えられない話だな」

「では、協力を頭に入れておいていただけませんか。もし宝泉《ほうせん》を早期敗退させ退学させることが出来たら……その時はそれ相応の報酬《ほうしゆう》をお支払いします」

こちらを買ってくれているようだが、どうにも納得しがたい部分も少なくない。

「オレが宝泉の味方であることは考慮しないのか？　パートナーを組むからには、それなりの間柄であることだってある。今宇都宮がしてくれた話を宝泉に話される恐れがあるとは思わなかったのか？」

いくら何でも、無防備に全てを話し過ぎている。

「それは───」

ここで、宇都宮は初めて椿の方に視線を向けた。

オレもそれに続いて椿の方を見る。

飴《あめ》は小さくなり始めていて、どこか物寂しげな顔を見せる椿。

2人から視線を集めていることに気づいているのかいないのか、飴を見つめる。

そして程なくして口を開く。

「その左手のケガは宝泉くんとひと悶着《もんちやく》あったときについたものじゃないんですか？」

そう発言し、飴を舌先で舐《な》める。

「どうしてそう思う」

「2000万ポイントの賞金、私たちも狙ってたから」

悪びれることもなく、椿は認めるように話す。

「なるほど。おまえたちも特別試験の参加者だったってことか。それでパートナーを探しているフリをして近づいて来たのか」

既に八神《やがみ》から仕入れている情報だが、知らないフリをして応対する。

一方の椿も、オレと八神が接触していたことには一切触れてこない。

「そういうこと」

「だがオレと椿が組んだところで強引に退学させる手段はなかっただろ」

試験を放棄《ほうき》すればオレを退学に出来るが、椿も同時に退学になってしまう。

「それは答えられないかな」

ここまで、この2人では宇都宮が頭脳係だと思っていた。

しかしどうも様子を見ているとそうじゃないという部分が見えてきた。

「そのことは謝罪します。しかし、俺たちはもう手を引きました」

「どうしてだ？」

「もし綾小路《あやのこうじ》先輩を退学させることが出来たとしても、そのことは瞬く間に学校中に広まってしまう。そして間違いなく2年Dクラスを敵に回すことになります。クラスメイトが退学に追い込まれたことを恨むのは、当然だからです」

自分たちの仲間が宝泉《ほうせん》の手で退学させられたからこそ、気づけたと宇都宮《うとみや》は言う。

「なら宝泉を退学させても同じことじゃないのか？」

「それはないでしょう。1年Dクラスは宝泉を恐れていますから。むしろいなくなってくれと思っているクラスメイトの方が多いと思っています」

恨みを買われる心配がないのなら、遠慮なくやれるということか。

「とにかく覚えておいてくれ、ください。俺たちは宝泉を倒したいだけだということを」

その部分を改めて強調し宇都宮と椿《つばき》は1年生の寮へと去っていく。

今回も前回も接触はしてくる癖に、何も掴《つか》ませないような動きを見せる1年Cクラス。

だがホワイトルーム生との関連性は不透明なままだ。

ひとまず警戒しつつも、宝泉のことは頭に入れておくことにしよう。

5

堀北《ほりきた》は生徒会に入ったが、その後オレに目新しい情報が入ってくることはなかった。

南雲《なぐも》個人の考え方はさておき生徒会の運営はいたって健全なものらしい。

状況が動き出したのは週末、あと1週間でグループ作りも終わろうとしている時のこと。

副会長である桐山《きりやま》からの呼び出しによって幕が開ける。

元々、卒業していった昨年の生徒会長である堀北学《まなぶ》を支持し、南雲の暴走を止める狙いを持っていた桐山だったが、結局状況は好転することなく時間は流れている。

恐らく桐山も諦めたんじゃないだろうか。

そう思っていたのだが、ここに来てオレ個人に会いたいとアポイントとは。

ただ平日の放課後、白昼堂々呼び出すのはどういう料簡《りょうけん》だろうか。

もし南雲に内密でということであれば、深夜や早朝を選んでもおかしくない。

慎重に行動するつもりならそうするべきだ。

こっちとしてはわざわざ指摘することでもないため、そのまま許諾した。

そして放課後、オレはケヤキモールに足を運び桐山と合流を果たす。

「来たようだな」

「副会長がオレに一体どんな用件ですか」

「そう結論を急ぐな、今日は少し時間を長くもらうことになる」

そう言うと桐山は歩くよう誘導し、オレもそれに合わせて歩き出す。

「月末には、大掛かりな無人島サバイバルの特別試験が始まるが、その準備は済んでいるのか？」

生徒会に関する話をするかと思っていたが、出てきたのは特別試験の話題だった。

「出来ることはしてるつもりです。桐山副会長はどうですか」

「Ａクラスを除く３人グループを作った」

つまりAクラスとの差を縮めるための厳しい戦いは避けたということか。

3年生の場合、Aクラスと開いたクラスポイントの差は2年生以上に大きい。逆転の可能性を残すのであれば、単独クラスで上位を取ることは絶対条件だ。

「おまえの考えていることは分かる。ここから俺たち3年Bクラスが巻き返しを狙うのであれば単独クラスによる1位は必須条件。そしてその後の特別試験を、圧倒的な差で勝ち続けることでしか芽は出ないだろう。だがそれはあまりに現実的じゃない」

ミラクルが簡単に起こるような状況なら、最初から苦境には立たされていないだろう。

「俺は今回の特別試験で、個人的な戦いを南雲《なぐも》に仕掛けたいと思っている」

「個人的な戦い、ですか」

「南雲との戦いに敗れて、俺たちはクラスをBに落として久しい。そして、あいつは生徒会長になり3年生の全体を、そして学校全体を掌握《しょうあく》しつつある。もはやクラスとしての決着はついてしまったと言ってもいい」

「そうですね。オレもそう思っています」

3年生の大多数が南雲に付き従うのはAクラス行きを諦めているからに他ならない。

「だが俺個人としては、南雲に劣っているとは思っていない」

この桐山《きりやま》という3年Bクラスの生徒は、高いOAAの成績を残している。全体がB+以上で隙がない。自分に自信を持っているのも頷《うなず》ける。しかし南雲雅《みやび》はさらに総合力でその上を行く。これまでの強気な態度は実力に見合ったものと言えるだろう。

が、OAAがすべてでないことも確か。実力を最大限に発揮していない生徒もいれば、機転やひらめきは数値として表しにくいうえに、どうしてもOAAには反映されない特質な才能を持った生徒も存在する。

桐山が個人的に南雲に勝てると踏んでいるなら、何か勝算があるのだろう。

「クラスを問わず最大6人のグループを作れる。勝つために必要な人材を見抜く目と、実際にその人材を引き入れる手腕——南雲に負けるとは思っていない」

学年別でありながらも、同学年と戦うことも出来る二面性を持った特別試験。

この無人島サバイバルは、桐山に残された数少ないチャンスということらしい。

「話の流れは分かりました。でも、わざわざ報告するようなことじゃないですよね」

オレに伝えておくメリットがあるとは思えない。

「邪魔をされたくない」

「生徒会長と副会長が無人島で戦うとしても、興味はありませんよ」

「それは分かっている。俺が言いたいのは、余計な場外から水を差されたくないということだ」

「場外？」

「生徒会に入ってきた堀北鈴音《ほりきたすずね》のことを言っている」

「なるほど。邪魔者扱いしているようですが、一応、元生徒会長の意思を汲《く》んで妹の堀北鈴音を生徒会に送り込んだんですけどね」

もはや桐山《きりやま》の中では、そんなことはどうでもよくなっているのかも知れない。

それを確認するうえでも直接聞いてみることにした。

「もはや無意味だ。生徒会長としての任期も残り数か月。ここから何かできるとしたら、それは生徒会長から引きずり下ろすことじゃなく個人として決着をつけることだけだ」

「桐山副会長がそれを望んだのなら、それでいいんじゃないですか」

個人間で、ちゃんとした決着をつけたいと望むことはおかしなことじゃない。

問題はこの話とオレの結びつきだ。

「堀北《ほりきた》先輩の妹を生徒会に入れたのは、南雲《なぐも》を監視するためなんだろ？」

「その目的が全くないかと言われたら嘘《うそ》になりますが、理由の大半は別です。堀北が南雲生徒会長の前で言ったように、兄貴の通った道を通るためですよ」

「なら南雲の邪魔はもうしないということだな？」

「堀北が南雲を障害だと思わない限りは」

「それではダメだ。もう南雲をどうにかしようとする考えは全て捨ててくれ。これ以上は無駄な争いを生むだけになる」

前言を撤回し、白紙に戻してくれということらしい。

元々オレにしてみればどうでもよかったことだが、今はただ南雲のやることを近くで見てみたいという気持ちが芽生えているだけ。行いが間違っていると堀北が判断すれば、おそらくあいつは立ち向かっていく。それをここで、オレが無駄なことらしいからやめておけと釘《くぎ》を刺すのはおかしなことだ。

「桐山副会長の言ったことは覚えておきます」

忠告を受け取った、その程度の返事をしておくことで収めようとする。

そんな中途半端な対応が気に入らなかったのか、桐山は少し不服そうな目を見せる。

「俺は何もするな、と遠回しに優しく言ったつもりだ」

「こちらも遠回しに言ってることは理解できました、と伝えたつもりですが？」

「なら、この場で何もしないと誓ってもらえる。そう解釈してもいいな？」

「解釈は自由ですが、オレは何も言っていませんよ」

暖簾《のれん》に腕押しの状況が続き、いつも冷静な桐山が少しだけ声を荒らげる。

「俺が堀北先輩と通じていたことを、南雲も何となく察している。だが俺が南雲の言いなりでいるからこそ、今は静観してくれているんだ。堀北先輩の妹が生徒会に入っただけでも厄介な状況で、その上余計なことをされたら――――」

「桐山副会長の身が危ない、ですか」

「……そうだ」

こうしてオレを呼び出し、わざわざ釘を刺した理由。

建前上はこちらの心配をしてのもの。

しかしその実、自らを守るための保身から来るものだったようだ。

もちろんそれが悪いことだとは言わない。

既に勝者と敗者が決まった南雲《なぐも》と桐山《きりやま》の関係に不服を申し立てるつもりもない。

「南雲の提唱する、誰でもAクラスで卒業するチャンスが欲しくなりましたか」

「ッ……」

クラスで勝ち上がることを前提とした、前生徒会長堀北学《ほりきたまなぶ》の方針。

いや去年までの学校の方針。これでは南雲率いる3年Aクラスに勝つことは不可能。

事実上桐山はBクラスで卒業することが決まったも同然だ。

だが南雲に従い個人の実力を中心とした勝ち上がりとなれば状況は変わって来る。

それなりに優秀な桐山個人なら、Aクラスに浮上する可能性はあるだろう。

無人島サバイバルで南雲と個人的な勝負をしたいと言っているが、結局のところプライベートポイントをかき集めるために上位に食い込みたいだけ。

オレや堀北が邪魔をしないよう、それとない建前として使ったに過ぎない。

実際に、南雲へ挑戦状を叩《たた》きつけるような真似《まね》はしないのだろう。

「おかしいか……。Aクラスで卒業したいと思うことが」

何もおかしくはないが、桐山の言葉が続けられる。

自らのプライドを守るために。

「この学校に入ったのにAクラス以外で卒業することに何の意味がある。俺は才能を持ちながらも戦うことを放棄《ほうき》した連中と同じ末路を辿《たど》りたくはない。今の、無能や変人の集まるBクラスと共に沈んでいくのはまっぴらごめんだ」

学が聞けばがっかりするような話だろうか。

それとも、桐山のこんな弱い部分など最初から分かっていたと淡々《たんたん》と語るだろうか。

「とにかく俺の言いたいことは分かったはずだ」

「よく分かりました。堀北が生徒会入りするとき、他の生徒会メンバーは後から紹介されていたのに、桐山副会長だけが同席していた理由も」

オレや堀北が、何か余計なことを言わないか気が気じゃなかったってことだ。

「なんとでも言───」

「桐山」

2人の会話の間、近くから声が届く。

桐山は名前を呼ばれたにもかかわらず、すぐに反応しようとしなかった。

「桐山。聞こえていないのか？」

もう一度、先ほどよりももう少し声量が大きくなる。

「噂《うわさ》をすればなんとやら……だな」

そう独り言のように言って、どこか嫌そうにしながらもその方向へと向き直った。

ベンチに座っていたその人物は、３年生の女子。

足を組み両手を広げ、ベンチの背に置いてリラックスしているようだった。

ＯＡＡで見た顔と名前、そして能力をすり合わせる。

３年Ｂクラスの鬼龍院《きりゅういん》───だったな。

「俺に何の用だ」

同じクラスメイトのはずだが、桐山《きりやま》は不満そうな顔をしたまま表情を変えない。

どうやら2人の相性はあまり良くないようだ。

「フフ。面白い後輩と一緒にいるようだったからな、声をかけた」

鬼龍院《きりゅういん》は、そう言うとオレに視線を移す。

「綾小路清隆《あやのこうじきよたか》だろう？　難問の数学で満点を取って有名になったそうだな」

「おまえには関係ない鬼龍院」

こちらが発言をする前に、桐山が少し声を荒らげて言った。

桐山は鬼龍院から距離を取ろうと、強引に歩き出そうとする。

「何をしている綾小路、行くぞ」

動こうとしないオレに、そう声をかける桐山。

「そんな男と時間を過ごしても、得るものは何もないぞ？」

3年生の両名に挟まれ板挟みにされてしまう。

どちらの意見に耳を傾けるのが正解か。

正直に言えば、どちらの意見にも耳を傾けたくはないが……。

「おまえといるよりは意義がある」

「それを決めるのは綾小路だろう。桐山、君はさっさと立ち去ってくれないか？」

鼻で笑いながら、鬼龍院はその姿勢を崩さないまま続ける。

「私と2人で意義のある話をしないか？」

「……っ」

軽くあしらわれたことよりも間に入って来たことが気に入らなかった様子の桐山。

「あの女は無視していい」

語気を強め、そうオレに警告する。

「桐山副会長と同じ3年生ですからね、そうもいきません」

「……あいつは鬼龍院、俺と同じBクラスの人間だ」

「ＯＡＡで見ました。高い評価を受けてる生徒ですよね」

「成績だけはな。だが鬼龍院には、南雲《なぐも》のような後ろ盾は一切ない。満足な友人一人いない人間だ」

だから無視したところで、何も困ることはないと桐山は言う。

「そう褒《ほ》めてくれるな。テレるだろう？」

全く褒めていないのに、鬼龍院は不敵に笑う。

「おまえたちの学年で言えば高円寺《こうえんじ》に似ている。発言も行動も、まともに相手をするだけ時間の無駄になる」

まさか、と思うような意外過ぎる人物の名前で例えられる。

高円寺六助《ろくすけ》はある意味唯一無二とも呼べそうな独特な性格の持ち主だが、それに似ている人物とは。しかし、確かに独特な性格ではあるようだ。

興味が湧くと同時にかかわらない方がとも思ってしまう。

しかし鬼龍院《きりゅういん》の成績は学力、身体能力共にA+。

全学年でこの2つがA+という評価を受けているのは男女合わせても鬼龍院だけだ。

社会貢献《こうけん》性にしてもC+と低くなく、唯一の欠点は機転思考力のD評価のみ。

シンプルな成績だけを見れば学校内で1位であるとも言える。

「どうした。こっちに来ないのか？」

「呼ばれてるが？」

「来ないならこっちから行くことになるが、それでもいいのか桐山《きりやま》」

「……こんなのがいたから、俺はBクラスに甘んじたんだ」

桐山は小声で言う。

「優秀なクラスメイトがいたのなら、南雲《なぐも》生徒会長に対抗することも出来たんじゃないんですか？」

「高円寺《こうえんじ》と同じだと言っただろう。人間としては終わっている。3年間俺たちのクラスに対し自己の成績以外では一切貢献せず、単独行動ばかり。そのくせ身勝手な口出しだけはする、クラスの異物だ」

確かにOAAで見る限りではずば抜けた成績を保持しているが、これまで名前を第三者から聞くようなことはなかった。南雲や卒業していった堀北学《ほりきたまなぶ》が注視するような人物なら耳に届いていてもおかしくない。

「誉《ほ》め言葉をありがとう桐山」

「っ⁉」

ベンチから立ち上がっていた鬼龍院が、桐山の耳元で囁《ささや》いた。

思いのほか高身長。170センチを超えているか。

恵体から身体能力の高さも窺《うかが》わせる。

こんな雰囲気を持つ生徒が3年生にいたなんてな。

先ほどの桐山との会話を思い出す。

無能や変人の集まるBクラスと共に沈んでいくのはまっぴらごめんだと言っていたこと。

この鬼龍院は、まさにその変人に当てはまる人物なのだろう。

「話すならさっさと話せ」

「もちろんそうさせてもらう。が、君は邪魔だ桐山」

「……好きにしろ。俺はもう行く」

鬼龍院と同席するつもりはないらしく、桐山は切り上げることを決めたようだ。

「さっきの話は忘れるなよ綾小路《あやのこうじ》。場合によっては、俺もお前たちの敵になる」

副会長からのありがたいお言葉を受ける。

本来ならこれで帰れるはずだったのだが、今度の相手は同じ3年Bクラスの鬼龍院。

「立ち話もなんだ。ベンチにでも座ろうじゃないか」

「はあ……」

そう言って鬼龍院《きりゅういん》はオレをベンチへと誘う。

出来れば早く解放してもらいたいところだ。

「それで、オレとどんな話を？」

「何でもいい。君がどんな人間であるか探求できればそれで十分だ」

「探求ですか。鬼龍院先輩は、クラスに貢献《こうけん》しないと桐山《きりやま》副会長が言っていました。それはつまりクラスメイトがどうであろうと興味がないからですよね？」

「興味を持つことと協力をすることは、全く関係性がないだろう？　クラスメイトの中には面白い人間もいるし、時には今と同じようにフレンドリーに話しかけたこともある」

なるほど。確かにその通りだ。

「私はこの学校のAクラスを目指すシステムに興味がない。Aクラスで卒業すればどこにでも進学、就職が出来るというのが最大の売りのようだが、私は自分の実力でどうとでもなると確信しているからな。ここを進学先に選んだのは、単なる気まぐれだ」

言葉の節々には、確かに高円寺《こうえんじ》に近しいものを感じずにはいられない。

圧倒的な自己に対する評価。

そして、それを裏付けするかのような学力、身体能力A＋という評価。

「協力することが前提の仕組みが事前に分かっていたら、ここを選びませんでしたか？」

「そんなことはない。私はこの学校を気に入っている。現にこれまでの学校生活で不満を覚えたことは一度もないからな。ポイント制度も、実に心地よいものだ」

高円寺もこの学校そのものは気に入っているのか、満喫してる様子だしな。

卒業後に自分で何とでも出来る生徒は、Aクラスにこだわる必要はない。

「嫌われることは平気みたいですね」

「他人からの採点など、何の意味も持たないものだ」

堂々と答えた鬼龍院は、おかしそうに笑う。

「私が質問をするつもりが、君からの質問ばかりになってしまっているようだ」

今度は攻守交替とばかりに、鬼龍院からの質問が飛ぶ。

「そろそろ君のことを教えてもらおうか」

「どうしてオレなんですか。学力が優秀な生徒は山ほどいますよ」

「勘だよ。私の勘が、目の前を過ぎていく君がただ者ではないと告げていたのさ」

根拠など一切ない己の勘。

似ているかも知れないと思っていた高円寺と完全に重なる。

「今度の無人島サバイバルでは、君は1位を狙うつもりでいるのか？」

「1位になりたくない生徒はいないでしょう。鬼龍院先輩のような人を除いて」

「1位はともかく私も上位を狙っている1人だ。上位に入ればプライベートポイントが手に入る。手にした金は使ってしまうタイプでね、常に金欠なのさ」

クラスポイントやプロテクトポイントは二の次。

あくまでも目先のプライベートポイントのために鬼龍院は参加するようだ。

「南雲《なぐも》や桐山《きりやま》たちは当然1位を狙う。後輩たちの中にもそれなりに有能な連中は揃《そろ》っているのだろう？　今度の特別試験は、学校での1位を決める戦いでもある」

「確かにそうかも知れませんね」

必要な能力は学力や身体能力だけに限らない。

総合力を競う戦いなら、まさにその通りだと言えるだろう。

「君に対する私の興味が外れるかどうかは、無人島での働きにかかっている」

「先輩の興味から外れることを、どちらかと言えば望みたいですね」

「なるほど、面白いことを言う後輩だ。君と戦えるのを楽しみにしているよ綾小路《あやのこうじ》」

そう言って鬼龍院《きりゅういん》は小動物を追い払うように軽く手で去るよう合図を送って来る。

「それじゃ失礼します」

奇妙な3年生との出会いを果たしたが、ひとつだけ確かなことがある。

次の特別試験で上位を狙うなら、この鬼龍院も倒さなければならないということ。

そしてそれは南雲や桐山と同等かそれ以上に、厄介そうであるということだ。

6

綾小路が去った後も鬼龍院はその場に留《とど》まり続けていた。

ただゆったりと、自由気ままに1日を過ごすことが彼女にとっての日課だった。

　そんな彼女の視界の中で、見慣れた金髪が揺れる。

　その横には先ほど立ち去った生徒会副会長、桐山の姿もあった。

「おやおや、忠犬が飼い主を連れて戻ってきたか」

「なに……？」

「怒るのは身に覚えがあるからだぞ桐山。状況的にはどちらが忠犬で飼い主なのか、私は明言した覚えはない。ただし何も知らない第三者から見ればだがな。何故《なぜ》かって？　去り戻ってきたのは桐山で、それに当てはまるのは忠犬だけだからだ」

　鬼龍院は近づいてきた桐山と、そして傍《そば》に立つ南雲に改めてそう言葉を向ける。

「ムカつく女だ……」

「実に汚らしい言葉だな桐山、真面目な副会長らしくない」

「南雲、この女にかかわるのは時間の無駄だ。よく分かっているだろ」

「同意見だ。今すぐ2人とも私の視界から消えてくれないか？　折角《せっかく》の時間が勿体《もったい》ない」

「何様のつもりだ。大体貴様は――」

「鬼龍院、俺の大切な生徒会仲間を傷つけてくれるなよ」

　南雲が桐山の肩を叩《たた》き言葉を遮《さえぎ》る。それから強引に桐山を下がらせ鬼龍院の前に立つ。

「大切な仲間か。感情が全く籠っていなかったぞ」

「おまえにはそう感じるだけだ」

「さて。生徒会長が私に何か用かな。もう向かい合うことはないと思っていたが？」

「出来れば俺も長居はしたくない」

そう言って南雲《なぐも》は強引に鬼龍院《きりゅういん》の真横に腰を下ろした。

「おまえは美人だが可愛《かわい》げがない。俺は可愛げのない女に興味は持てないからな」

「私に可愛げはあるさ。だがそれを引き出してくれる殿方に巡り合えないだけだ」

「おまえから可愛げを引き出せる男がいるなら見てみたいぜ」

「それは私もだ。しかし君の趣味はともかく、何故《なぜ》私はモテないのだろうな？」

「有能すぎる女は扱いが難しいからな。生憎《あいにく》と俺もその手の女は好きになれない」

「なるほど、それでは君の御眼鏡《おめがね》には一生適《かな》わないだろうな。優秀すぎることが原因で、この歳《とし》になっても彼氏の1人も出来ないというなら、実に納得だ」

鬼龍院との無意味な言葉遊びを少し楽しんだ後、南雲は本題を切り出す。

「桐山《きりやま》から話は聞いた。俺にも堀北《ほりきた》先輩にも関心を示さなかったおまえが、綾小路《あやのこうじ》に関心を持つとは思わなかった。話を聞いた時には驚いたぜ」

「わざわざその理由を探りに来たのか？　生徒会長は随分《ずいぶん》と暇なことだな」

「統治は済んでるからな、今は時間を持て余している」

「君も何か勘違いしているようだが、私は人に無関心な人間ではないぞ南雲。興味の湧いた人間には必ず一度は声をかける。おまえも堀北学《まなぶ》も、一度は関心を持った」

そう言い、鬼龍院は南雲の前髪、その毛先を軽く撫《な》でる。

「髪の手入れは欠かさないようだな、女の私よりも気を遣っているのがよく分かる。モテて仕方がないだろう生徒会長。恋愛の方も3年間で上達したのかな？」

「男と付き合ったこともないおまえに恋愛のイロハが分かるのか？」

「確かに私に恋愛経験はないが、それは恥ずべきことじゃない。むしろ私の価値を高めているとも言えるんじゃないか？」

「相変わらずおかしな思考をしてるようだな」

両者の奇怪《きっかい》な会話が再び始まったが、南雲はすぐに本題へと戻す。

「それで綾小路はどうだったんだ？　関心を持ち続けるに値する人間だったか？」

「可愛い後輩だからな、リップサービスはしておいたさ。だがそれで終わりだ」

「終わり？　関心はなくなったということか」

「ひとまずは保留だな。私と向き合い話をしてはいたが実態を掴《つか》ませては来なかった。それも能力と言えなくはないが、一度で関心を失った生徒会長よりは楽しめる」

「３年で俺にここまで舐《な》めた口を利けるのはおまえだけだ」

南雲は鬼龍院の耳元へと口を近づけ囁《ささや》く。

「俺より上だと思ってるなら、その思い上がりを正してやってもいいんだぜ？」

次の無人島サバイバルで受けて立つと南雲からの挑戦状が渡される。

「負けた時、君が失うものは計り知れないぞ生徒会長。何か勘違いをしているようだが君を過小評価しているわけじゃない。私には君や堀北学のような優れた統率力はないし、仲間を作る才能も一切持ち合わせていないのだからな。現に私はこれまで心から友人と呼べる存在すら持ったことがない。だろう？」

どこかつまらなそうに耳元から顔を離す南雲《なぐも》。

「しかし、それ以外の要素は別だ」

離れたとはいえ、互いの顔と顔の距離は僅《わず》か40センチにも満たない。

鬼龍院《きりゅういん》の鋭い眼光が南雲を見つめる。

「おまえに劣ってる部分があると？」

「おやおや、劣っている部分が絶対に無いと言い切れるのかな？」

「それを試す機会を何度か与えたがおまえは何もしてこなかった。その結果がBだ」

これまで南雲は、幾度となく桐山《きりやま》たちのクラスと特別試験で争った。

だが一度も鬼龍院は協力することなく、Aクラスは敗れBクラスへと落ちた。

「確かに結果だけを見れば惨敗だな」

桐山は愉快そうに話す鬼龍院を睨《にら》みつけつつも、2人の会話を邪魔しない。

「まあ、今更おまえがAだのBだのにこだわる人間じゃないことは分かってたがな」

これで話は終わりだと南雲はベンチから立ち上がった。

「邪魔したな鬼龍院。残りの学校生活を存分に楽しめよ」

そう言い残し立ち去ろうとする南雲。

「先ほど綾小路清隆《あやのこうじきよたか》の評価を保留だと言ったが、面白い生徒だとは思うぞ」

「なに？」

「これが君の望んでいた綾小路の答えなんだろう？」

鬼龍院に接触したのは綾小路の感想を聞き出すため。それが1つの理由だった。

「面白い？　面白いとはかけ離れた性格をしているように思えるぜ？」

ほら食いついた、そう言わんばかりに鬼龍院が笑う。

「能ある鷹《たか》は爪を隠すというじゃないか。高難度のテストで満点を取ったそうだからな」

「多少なりとも目立つことを嫌って才能を隠すヤツはいる。俺はそんなヤツを片っ端から全部倒してきたわけだけどな。面白いに値するとは思えない」

そう言って、南雲は離れた位置で待つ桐山に一度視線を向けた。

「言うならば空気だ。君や堀北学《ほりきたまなぶ》とは異なる空気を彼は持っているように感じたのさ」

「抽象的だな」

「だったら試してみればいいじゃないか」

「もちろんそのつもりだ。今度の無人島サバイバルで、ヤツの持つ実力も見られるかも知れないからな」

「堀北学が卒業して退屈そうだったからな、おまえにとって後輩は良き遊び相手か。本気で挑むのなら無人島試験の1位は君で決まりだな南雲」

「ああ、俺は当然ながら1位を取る。もしくは俺に対抗心を燃やしている桐山がな。だが総ナメするためにはあと1組必要になるだろ？　おまえがその役目を担え鬼龍院。必要なら使える仲間をつけてやる」

ここで南雲《なぐも》は鬼龍院《きりゅういん》に接触した1番の理由を口にする。

納得いったというように、鬼龍院は笑う。

「なるほど。私に会いに来たのは、協力要請が目的だったか」

「3位くらいは後輩に取らせてやれと思うだろうが、俺はそこまで優しくない」

「君には働いてくれる手駒が無数にいるだろう？　私に頼る必要はないさ」

「やる気はないってことか」

「今のところ上位50％で十分なのでね。無駄足にさせてすまないな」

そう答えることを分かっていたかのように、南雲は明後日の方角を向く。

「おまえはそういうヤツだ。同じ3年として声をかけてみたが時間の無駄だったな」

引き上げを示唆した南雲が、桐山《きりやま》の元へ歩き出す。

「わざわざ足を運んでくれた君に1つだけ助言をしよう」

「おまえが俺に？　悪いが、格下からの助言はいらないな」

「その理論でいけば君には誰も助言できないことになるな」

鼻で笑った南雲の背中に、鬼龍院が続ける。

「では独り言だと思って聞いてくれ。君は後輩など相手にせず前だけを見ているべきだ。後ろの後輩に目を向けていると手痛い思いをすることになる」

「くだらない独り言だぜ」

立ち止まって損したと言わんばかりに、南雲は歩き出した。

○勧誘

あちこちで日増しに過熱している無人島特別試験の前哨戦《ぜんしょうせん》。それももう残り僅《わず》かしかない。あと1週間で終わるグループ作りは佳境に入り、全校生徒の9割以上が2人以上のグループに属している状態に進み、一蓮托生《いちれんたくしょう》の関係になる。石崎《いしざき》や松下《まつした》のようにオレを勧誘してくれた生徒たちも、やがて時間がなくなっていくと同時に姿を消した。グループを組むのが遅れれば遅れるほど自分の身が危険になるから当然のことだ。

残った1割に満たない生徒たちは、来週の金曜日までにどう決断するのだろうか。そんなことを思っていた矢先、オレに1通のメールが届いた。時刻は土曜日の朝の9時30分を過ぎたところで、差出人は2年Bクラスの石崎。最近本当に連絡が多いなと思いつつ、その内容はいつもとは異なるようだ。龍園《りゅうえん》が呼んでいるためカフェに来て欲しいという連絡。出来ればという添え書きがないところを見ると強制招集のようなものだろう。

もちろん断ることも出来るが、そうなると石崎が責めを負う。今日は綾小路《あやのこうじ》グループと会う予定が入っているが、幸いにも集合時刻は13時と昼過ぎからのため被《かぶ》ることはないだろう。支度を済ませてケヤキモールに向かうべく出発したのは、その15分後のこと。

15分もあれば十分に間に合う距離だ。グループ作りもいよいよ大詰めの中、ここまで沈黙を貫いていた龍園も動き出すということか。

今現在、龍園《りゅうえん》はまだ誰ともグループを組んでいない。一応オレを勧誘してくる可能性もないわけじゃないが、実際のところ可能性は低いと見ている。その線も残しつつ、外でどんな話を聞かせてくるのかは興味のあるところだ。

ケヤキモールに向かう途中、コンビニの帰りと思われる神崎《かんざき》と出くわす。

ビニール袋からは2リットルサイズのペットボトルが2本顔を覗《のぞ》かせていた。

「この時間からケヤキモールか」

「無人島試験が始まったら、ゆっくりする時間もないからな」

少し時間には余裕があるため立ち話へと移行する。

「Dクラスの方もグループ作りは進んでいるようだが、おまえはまだ1人か」

「オレは他の生徒と違って友達が多くないからな」

そんな風にジョークを交えて流すつもりで話してみたが、神崎の表情は厳しめだ。

「おまえと堀北《ほりきた》は、Dクラスの泣き所を埋めるバックアップ要員なんじゃないのか。優秀な人材はどこのグループに収まっても結果を残せるからな」

先日からオレの評価を上げ警戒している神崎には、そうとしか見えないだろう。

「少なくとも今の時点で1人である神崎は、その役目を担ってるってことだな」

同じようにCクラスでは神崎が今のところ単独で、誰とも組んでいない。

「綾小路《あやのこうじ》、一之瀬《いちのせ》には随分《ずいぶん》と信頼されているようだが、本当に信用していいのか？」

「オレが信用していいと言えば、神崎は信用するのか？」

「少なくとも参考にすることはできる」

ペットボトルの周囲の空気が冷やされ、水滴が浮かび上がって来る。

30度を楽々と超える真夏の気温が、2人に容赦《ようしゃ》なく襲い掛かっていた。

「同盟こそ解除されたが、一之瀬を敵だとは思っていない」

嘘《うそ》ではなく、真実で神崎に答える。

「受け取り方次第な言い回しだな。Cクラスを敵とすら認識していないか」

上手《うま》く誤魔化《ごまか》せるかとも思ったが、神崎の警戒心は想像よりも数段高いようだ。

「神崎、オレから何を引き出したいんだ？」

いつもの様子とは異なり、まるで何かを急いでいる印象を受けた。

そして誘導したい方向性を先読みすれば、少しだけ狙いが見えてくる。

「オレから何かしらの言質《げんち》を取って、それを一之瀬に聞かせるつもりか？」

「……おまえは、一之瀬が……いや、俺たちが考えていたよりもずっと鋭い男だったということか。出会った頃から掴《つか》みようのない不思議な感覚があったが、ここにきてやっと見えてきた。Dクラスの躍進の陰には、おまえの存在があったということだ」

「どうかな」

「ならあえて協力を願い出たい。一之瀬はお前に対して強い信頼感を抱いている。だからこそ、今の一之瀬ではダメだということをお前の口から伝えてもらいたいんだ」

1歩オレに距離を詰めると、ビニール袋から水滴が地面へと1滴滴り落ちた。

「それで一之瀬《いちのせ》の考え方が変わることを期待すると？」

「そうだ」

「悪いがその協力は出来ない。オレは一之瀬のやり方を見ていたいと思ってるからな」

「それは敵である俺たちが没落していく様子を見ていたいということか」

「そういううがちすぎた見方も間違いじゃないが……」

オレは少しだけ考える。この先に待つ一之瀬の運命がどうであるか、もちろん今の段階では誰にも分からない。しかし最終的に落ちるところまで落ちた時……。

神崎《かんざき》にオレの考えを話すかどうか、一瞬だけ迷いが生じる。だが、それをすぐに思いとどまる。ここで計算にない余計なことをしても状況は好転しない。

むしろ余計な異物を混入してしまうことにしかならないだろう。

「根本的な話をしてしまえば、自分のクラスは自分で何とかするしかない。そうだろ？」

「……そうだな。確かに甘えた行動だったかも知れない」

神崎は自らの行いを反省するかのように、オレに頭を下げる。

「俺は自分で1つの答えを出しているつもりでいた。が、それを実行しないで済むなら、簡単な道筋があるならと、つい楽な方に舵《かじ》を切ってしまった」

神崎はそう答え、寮の方へと歩き出す。

余裕がなくなったことで焦りが生まれているだろうが、窮鼠《きゆうそ》猫を噛《か》むとも言う。

次の特別試験では神崎も、強敵としてオレたちの前に立ちふさがってきそうだな。

1

約束の時間の少し前、ケヤキモール内のカフェにたどり着く。ドリンクの会計を済ませ中に入ると、普段は交わりあうことのない意外な2人の男が集まっていた。

1人はオレを呼び出した張本人の龍園《りゅうえん》、そしてもう1人は――

「あと1人来るとは聞いていたが、綾小路《あやのこうじ》のことだったか」

2年Aクラスの葛城康平《かつらぎこうへい》が硬い表情でオレに視線を向けて来た。

水と油とまでは言わないが、この2人はけして仲が良いわけではない。

「これは一体どんな集まりなんだ？」

「立ち話でもするつもりか？　座れよ」

おかしそうに笑う龍園の指示に従い、空いた席に腰を下ろす。

これまでに経験したことのない独特な空気感が漂っている。

「どこか普通の生徒と違う雰囲気を持っていると思っていたが、想像以上の牙を隠していたようだな、綾小路。あのテストで満点を取るとは」

2年になってからは一度も会話していなかった葛城に数学のことを突っ込まれる。

「クク、そんな昔のことでいちいち感心してんじゃねえよ葛城」

「昔？　思わぬ強敵が出てきたというのに随分《ずいぶん》と悠長なことだな。一之瀬を倒しBクラスに上がったことで浮き立っているのか？」

「抜かせ。勝手に自爆してる一之瀬《いちのせ》なんざ、ハナから眼中にねえんだよ」

やはり意外な組み合わせなだけあって、早くも険悪なムードが漂い始める。

「……それで？ どういう料簡《りようけん》で呼び出したのか聞かせてもらおう」

その一言でこの会の主催者が龍園《りゆうえん》であることが確定し、葛城《かつらぎ》と共に龍園の言葉を待つ。

「何を急《せ》かしてんだ。もっとくつろげよ」

「くつろげるはずもない。おまえといるところを見られるだけで厄介だからな」

葛城がどことなく周囲を気にしながら話を催促するのも不思議なことじゃない。

いくら休日の朝とは言え、当然生徒の目は少なからず存在する。

オレたちを見た同学年の生徒は衝撃を隠せないだろう。

「次の特別試験、Ａクラスは何を狙うつもりだ？」

「何、とは？ 全員目指すものは同じはずだがな」

「単独でクラスポイントを狙うのか、それ以外なのか、だ。ＯＡＡでグループを見た限りじゃＡクラスとＣクラスを中心に組み立ててるようだが鬼頭《きとう》は単独のようだしな。それに一之瀬と柴田《しばた》が坂柳《さかやなぎ》と同じグループってのはどうにもきな臭え。手を組んだか？」

オレもその点は気になっていた。今龍園が名前を挙げた3人の他にも、Ａクラスの神室《かむろ》と橋本《はしもと》がＣクラスの秀才《しゆうさい》である二宮《にのみや》とグループを組んだ。しかも特殊カードである『増員』を持っていたのは網倉《あみくら》だったが、それを今所持しているのはＡクラスの橋本。これらが単なる偶然とは思えない。

「どう解釈するのも自由だが、決めつけないことだ」

「この場で駆け引きなんざ求めてねえんだよ。必要なのは正しい答えだけだ」

「なら、分かりやすい答えをくれてやろう。貴様に何一つ教えるつもりはない」

そう葛城はハッキリと断言する。幾《いく》ら葛城と坂柳が対立しているとはいえ、敵である龍園に内情を話すはずがないと当然の態度で返す。

「坂柳がどう戦うのか、それを知ることが出来るのは当日のみ。彼女自身が口にするまで誰にも分からない。どうしても知りたければ直接問うのだな」

「知らないのは単に信用されてないからじゃねえのか？」

「さあ、そうかも知れんな」

龍園の言うように、葛城にまで情報が降りてくるとは限らない。先ほども対立していると言ったが、Ａクラスの中でも葛城は唯一と言ってもいい坂柳派ではない人間だ。

わざわざ口にして確認するまでもない周知の事実だ。

何にせよこの話はあくまで前座に過ぎないということだろう。

「窮屈だなぁ葛城。去年の今頃はまだ俺の遊び相手は務まってた。だが今じゃ見る影もない。そこらのカスと同等の存在感だぜ。派閥で負けた人間の末路か」

「そういう貴様も一度は石崎《いしざき》に敗れたそうだな」

売り言葉に買い言葉。応酬しながらも龍園は終始楽しそうに笑っている。

「おまえも1から這《は》い上がる気はないのか？　足手まといだった戸塚《とつか》は消えただろ」

突如テーブルに右手の拳を落とす葛城《かつらぎ》。自身を慕《した》っていた弥彦《やひこ》の名前が出たことで、ここまで落ち着いていた葛城が怒《いか》りを表面に出した。

「俺を怒らせるのが狙いなら成功したぞ龍園《りゅうえん》。満足か？」

「なんだよ、まだそんな感情が出せんのか。少し安心したぜ」

パチパチと3回ほど拍手した龍園は葛城にこう続ける。

「次の特別試験で坂柳《さかやなぎ》を退学させられたら面白い展開になると思わないか？」

「……なに？」

「ヤツがいなくなればAクラスのリーダーは当然不在になる。そうなればもう一度リーダーの座に返り咲《ざ》けるってわけだ」

「どんなことを企《たくら》んでいるか知らないが不可能なことだ。仮に無人島で土をつけられたとしても、救済のためのプライベートポイントは潤沢に持っている。それにいざとなればプロテクトポイントを行使出来る」

資金とプロテクトポイントを持つ坂柳を退学させるのはこの先も至難の業だ。

「確かに、ヤツを退学させようと思ったら最低でも2度刺す必要があるからな。ま、次の特別試験でってのは冗談だ。無人島サバイバルは敵を蹴落とすものじゃなく、自力で這《は》い上がるものだからな」

少しずつだが、龍園がこの場を設けた本題に近づいているのが分かる。

「1位から3位までの報酬《ほうしゅう》はAクラスを射程圏内に収めるのに十分なポイントだが、ルールは少し面倒なんでな。事前に手を打っておこうと思ったわけだ」

「それで俺や綾小路《あやのこうじ》を呼び出したと？」

「そういうことだ」

どんな戦略にせよ、龍園《りゅうえん》の話に簡単に乗るような葛城《かつらぎ》じゃないだろう。葛城は坂柳《さかやなぎ》に並々ならぬ思いがあると思うが、彼女を敵に回すということは自ら在籍するAクラスに弓を引くということでもある。覇権争いをしていた当初ならともかく、今それをすることはマイナスにしかならない。

「それにしても一之瀬《いちのせ》はよくあの女と組む気になったもんだ。上手《うま》く懐柔《かいじゅう》されたか、無能なりに思いついたことでもあったのか。そうは思わないか？」

「俺の知る由《よし》じゃない。それにその言葉を坂柳が聞けばそっくりそのまま返される。おまえと組むような物好きはそうそういないだろう。問題児だからな」

葛城は敵対している坂柳を売ろうとはせず、むしろ味方する形で答える。

「ならここにいる人間は全員同じ問題児ってことだ」

3人ともが、まだ誰ともグループを組まずに単独で行動している。

しかし何故《なぜ》わざわざ葛城を煽《あお》るような真似《まね》をするのか。いくら敵対心を煽ろうと思っても葛城が簡単には裏切らないことはここまでの流れを見ていれば分かりそうなもの。

それとも……坂柳を売ろうとしない姿勢を念入りに確認しているのか。

「いいぜ葛城。おまえのその無駄な実直さは悪くねぇ」

「煽《おだ》てても何も得るものはないぞ龍園」

ここでようやく龍園は本題に進むことを決めたのか、腰深く座り直す。

「今度の特別試験で重要なことの1つは2年の持つクラスポイントを奪われないことだ。1年や3年の私腹の肥やしにされるのはごめんだからな。そのためには最低限味方を作っておくことが必要だろ？　自分のクラスだけで勝つには戦力が乏しいからな」

グループ作りも終わろうかというタイミングでの連携の提案。

「Bクラスの雑魚をグループに入れて戦うくらいなら、俺一人で戦う方がマシだと思ってたが、それ以外から戦力を引っ張ってこれるってんなら話は別だ」

どこか不気味な笑みと視線が葛城を捉える。

「まさか、俺に協力しろとでも言うつもりか？」

「おまえだけじゃない。そこでぼーっと話を聞いてるおまえもだぜ綾小路」

その視線はオレにも向けられた。

「……オレもか」

「意味もなく声をかけるわけねえだろ」

その線は低いと踏んでいたのだが、まさか本当に協力を要請されるとは。

「断る。報酬がAクラスにも入るとはいえ貴様のような人間と組む気はない」

「随分《ずいぶん》と早い決断だな。話は最後まで聞くもんだ」

「必要ない。が——なぜ綾小路《あやのこうじ》にも声をかけたのか、その理由は聞かせてもらおう」

「なぜ、だと？」

「4月末の特別試験で綾小路が数学の満点を取ったことは驚いた点だ。確かに非凡なる能力であることは認める。しかし勝つために選んだ適任者だと言えるのか？」

協力することは即座に否定した葛城《かつらぎ》だが、龍園《りゅうえん》の戦略には疑問を抱いたらしい。

立てた戦略にオレが含まれているのが納得いかないようだ。

「俺が中途半端な戦略を立てたとでも思ってんのか？」

「そうだ。綾小路を入れることでクラスポイントの報酬《ほうしゅう》も3分の1にまで下がる。どうせAの俺を誘うのなら鬼頭《きとう》をグループに入れる方が賢い選択と言えるだろう。3クラスである必要があるならCクラスの神崎《かんざき》もまだ単独。少なくとも優先度は綾小路よりも上だ」

まるで参謀かのように、正しいメンバー候補者を出す葛城。

「何も知らない以上無理もない話だが、俺の選択は間違っちゃいない。そうだろ綾小路」

「意味が分からないな」

葛城に同調するように、誘われた理由が分からないと肩をすくめる。

「もうその臭ぇ演技はやめろ。おまえは俺を一度倒して黙らせた男なんだからな」

こちらの都合などお構いなしに、龍園はそう口にした。

冗談とも取れるが、この場において葛城は安直な結論を導き出したりはしない。

「黙らせた？　……それは本当のことなのか？」

オレと龍園、どちらにもその真実を確認してくる。

「ああ、こっぴどくやられたぜ。お陰で俺は一度退学の決意までしたんだからな」

ここまで聞けば、色々と葛城の中でも繋《つな》がる部分は出てくるだろう。

一時期表舞台から姿を消していたことと重ね合わせれば想像はつきやすい。

「認めちまえよ綾小路。ここで葛城に隠し続けても俺が話を続けるだけだぜ？」

むしろ必要以上のことまで話すと、半ば脅しのような真似《まね》をしてくる。

「認めたとして、オレが協力するとでも？」

「ま、葛城と同様に簡単にはいかねぇだろうな」

オレたちの話に耳を傾けていた葛城が、ため息をつく。

「やはり今の話は納得がいかん。綾小路が貴様を倒したとは信じられん。そもそも、さっきも言ったが3クラスで協力することになれば1位になってもクラスポイントはそれぞれ100しか入らない。おまえが追い付こうとしているAクラスとの差も全く詰まらないことになる」

このグループの存在意義に強く疑問を感じる葛城。

「そういやそうだな、すっかり忘れてたぜ。参謀として合格をやるよ」

ニヤリと笑った龍園は、そう言いながら再び葛城へと視線を移す。

この状況でも尚、龍園はどこかふざけた態度を軟化させるようなことはしない。

「なるほど……効率の悪い3クラスの提案に、綾小路に倒されたなどと突拍子もないことを言うのは何故《なぜ》かと思ったが、どうやら真面目な話し合いなど最初からなかったようだ」

終始龍園《りゅうえん》がふざけていると捉えたのか席を立ち帰ろうとする葛城《かつらぎ》。

「真面目な話し合いだ？　そんなもん最初からされるわけがないって分かってるだろ。だがおまえはここに来た。Ａクラスのためにスパイ活動でもして来いと頼まれたのか？」

無視することも出来た呼び出しに応じた葛城。

確かにそれには、何かしらの理由があることは間違いない。

「テメエは死人のままだがどこかで生き返るチャンスを模索してる。そうだろ？」

戸塚弥彦《とつかやひこ》という、葛城を慕《した》う生徒を退学に追い込んだ坂柳《さかやなぎ》。

そんな彼女を心の底から許したのか否か、それを龍園は確認している。

「思うことがあろうとなかろうと貴様には一片の関係もない」

「どうせここまで足を運んだんだ。話を最後まで聞けよ」

「聞いたところで何一つ協力はせん。確かに俺は坂柳と半ば対立関係にある。だが、クラスメイトに迷惑をかけることは望んでいない。するはずがない」

そんな葛城の言葉を聞き、龍園は愉快そうに繰り返し手を叩《たた》いた。

葛城をバカにするためではなく、その言葉を待っていたというように。

「迷惑をかけることは望まない？　去年の無人島試験以来、おまえらＡクラスは俺との契約のために毎月せっせと大金を運んでることを忘れたのか？」

葛城は外していた視線を、立ったまま龍園に戻す。

「アレは対等な契約だ。おまえたちのクラスから２００ポイントを受け取った。それをＡクラスが代わりに払っているに過ぎない。Ａクラスが独走するのに一役買っただけだ」

「確かに数字だけを見ればな。だが、おまえらは毎月精神的ダメージを負ってるんじゃないのか？　何故自分たちのプライベートポイントを分け与えなきゃならないんだとな」

人は意外と強欲な生き物だ。元々はそういう計画で運ばれていたものにでも、不満を感じ始める。毎月毎月、１人頭２万円という金額が龍園に搾取され続けること。１人欠けてしまったとはいえクラス全体で78万円。年間９３６万円が龍園の懐に入る。好きな相手ならまだしも、今まさにＡクラスと対峙《たいじ》しようとしている敵のリーダーに貢ぎ続けるような行為は、けして気持ちの良いものではない。ましてその契約を結んだのは、クラスのリーダーである坂柳ではなく、今や日陰の存在となった葛城だ。

「居心地は悪いに決まってるよなぁ葛城。だが負い目もあって復讐《ふくしゅう》も出来やしねえ」

「だから……だからなんだというのだ」

再び怒《いか》りの感情を灯《とも》した葛城が、今にも龍園に掴《つか》みかかりそうな目を見せる。

その目を見て龍園は何かを確信したかのように、こう告げる。

「Ｂクラスに来いよ、葛城」

あまりにも大胆な龍園の誘い。

怒りを忘れてしまいそうなほど、葛城の思考は一時停止したに違いない。

「バカなことを。俺がＢクラスに行くだと？」

「足りない金は当然出してやる」

「貴様が必要な金を持っていたとして、何故《なぜ》俺がBクラスに行かなければならない。望んでAクラスの地位を捨てるとでも？」

「坂柳《さかやなぎ》は遠くないうちに俺が引きずり下ろす、そうなればあのクラスは落ちるだけだ。つまり今のAクラスには何の価値もないってことになる。だろ？」

坂柳という頭が欠けてしまっては最前線で戦っていくことは確かに難しくなる。

「おまえの手持ちは？」

「……180万ポイントほどだ」

「なんだ、それなりに貯《た》め込《こ》んでんじゃねえか。腐ってもAクラスだな」

だが、当然2000万ポイントまでは果てしなく遠い。毎月学校から振り込まれる金とAクラスから徴収する金を合わせても、月々80万と少しずつしか龍園《りゅうえん》の財布は増えない。今の手持ちが1000万あるかと言われれば微妙なところだろう。

突っ込まれることが分かっている龍園は1枚の紙を取り出しテーブルに置く。

「これに見覚えはあるよな？　おまえと去年結んだ例の契約書だ」

「……ああ」

「坂柳と交渉して、コイツを500万で手放すことにしたのさ」

相当高い金額ではあるものの、これから卒業までに払っていく金額を単純計算すれば、ざっと1000万前後割り引かれる。そのうえ龍園に対し金銭を支払う精神的負担がなくなるという気持ちのリセットもできる。どう考えても龍園が損する提案だ。

もちろん多額のプライベートポイントを一度に支払えば、龍園がその金を使って何かをすることは坂柳にも予想がつくだろう。今回の試験で言えば最適なグループを作るため、あるいは強力なカードを買い集めるための試金石と考える。

しかしそのリスクを承知の上で、坂柳は圧倒的に優位になる交渉に応じたと言える。

オレが坂柳でも、龍園の提案には乗っかっていただろう。

「その金を使い俺を引き抜くとは話さなかったのか？」

「まさかおまえ、話せばこの提案を坂柳が受けないとでも思ってるのか？」

「……いや、坂柳なら受けるだろうな」

自分たちに得しかない提案を、坂柳が蹴るはずがないと葛城《かつらぎ》が認める。

「こんなチャンスは二度と訪れないぜ葛城」

葛城が縛られ続ける契約を無効にし、そしてその金を使い葛城を手にする話。

これは言い換えれば葛城康平《こうへい》という人間に大金２０００万ポイントを払うということ。

そして葛城には堂々と坂柳と対決することが認められるということでもある。

「何故……俺のような人間にそこまでする」

「クク、随分《ずいぶん》と自己評価が低いじゃねえか葛城。ま、確かに安い買い物じゃねえがな」

あくまでも龍園のやるべきことは、Ａクラスを倒すこと。仮に坂柳を倒し退学に追い込めたとしても、葛城が残ることは好ましいことじゃない。守りを重視する葛城が頭に戻れば、Aクラスが強固な城塞になることは避けられないだろう。

だが先に葛城《かつらぎ》を消しておき、そのあと坂柳《さかやなぎ》を倒せば一気にAクラスは崩れる。

そのために必要な金は惜しむつもりはないということだろう。

そして、葛城個人の高い能力も十分に評価しているはずだ。OAAによる総合力も高く今のBクラスに入れば葛城が1位になる。

「契約書を無効にする500万におまえの手持ち。残りの不足してるポイントはクラスの連中から徴収済みだ。おまえを迎え入れるために貧乏な生活を強いたからな」

5月から7月の間だけでも、39人が貯蓄すれば650万近いプライベートポイントが貯《た》まる。あとは足らない分を1人辺り20万弱回収するだけでいい。もちろん一時的にBクラスの資金は枯渇するだろうが、トップクラスの生徒を引き抜けるのならけして高い買い物じゃない。龍園《りゆうえん》は予《あらかじ》め用意しておいたもう1枚の契約書を取り出す。そこには提供した金を使い、葛城が龍園のBクラスに移行するための取り決めが書かれている。

「さっさとサインしろよ。2000万を使ってクラスを移動するには幾《いく》つか条件があるからな。他人が強制的に特定の人間に対しクラスの移動を命じることは出来ねぇ。あくまでも当人が自発的に、そして自己資金で任意のクラスに移動すると宣言する必要がある」

この契約書は、葛城に大金を渡して持ち逃げや別の用途に使わせないためのもの。

まあ、これだけの大金を好きなことに使えば、葛城は詐欺の疑いがかけられるが。

つまりこの契約書の目的は、葛城の不正を防ぐものではない。

心変わりさせないための契約書だ。

「本気のようだな」

「良かったな葛城。おまえが今日まで単独だったからこそ俺も誘う気になったんだ」

もし葛城が誰かとグループを組んでいれば、この話はなかったと龍園は言う。

「これも運命と思って受け入れろよ」

椅子から立ち上がっていた葛城はしばらくの間無言で立ち尽くした後、まるで観念したかのように椅子に座り直した。

葛城の内側に隠していた坂柳に対する復讐心《ふくしゅうしん》。

それを見事に龍園は引きずり出し仲間に引き入れることに成功した。これで葛城は龍園の傘下に入った。ひとつ確かなことは、これは確実に龍園のクラスにとって大きなプラスであるということ。Aクラスとの差は確実に縮まることになった。

葛城が、ゆっくりとその契約書にサインする。

「俺を引き入れるのは構わんが、何を求める。好きに意見を言って構わないのか？」

「好きにしろよ。テメェの固苦しい意見もたまには役立つことがあるだろ」

書き終わった契約書を受け取った龍園がそう答える。この学校では前例のない、個人が他クラスに移動するという事例が作られることになる。しかもAクラスに行くのではなくBクラスへの異動。2つの条件が重なったことで出来た偶然の産物と言えるだろう。クラスメイトを掌握《しょうあく》しているため命じるだけでプライベートポイントを用意させられる龍園の強み。そしてAクラスで孤立させられリーダーに不満と復讐心《ふくしゅうしん》を抱いていた人物であったこと。懸念材料があるとすれば、次の無人島試験では懸命に逃げなければならない点だろう。Bクラスの中でペナルティを支払う余裕がある生徒は限られるはず。

「ところで綾小路《あやのこうじ》。おまえ何してんだ？」

「え？」

オレがカップに残った5分の1ほどのコーヒーに水を入れているのを見て、龍園《りゅうえん》が怪訝《けげん》そうに聞いてきた。

「いや、ふとコーヒーを3、4倍くらい希釈《きしやく》してみたらどんな味がするかと思って」

素直な疑問を口にすると、龍園も葛城《かつらぎ》も一層不可思議な顔をした。

「……変わってるな、綾小路」

葛城にどこか気味悪そうに、少しひどい発言をされてしまう。

「それで、俺同様に誘っていた綾小路はどうするつもりだ？　Dクラスの生徒をグループに入れれば報酬《ほうしゆう》は半減する」

「誰も今回のグループに引き入れるとは言ってねぇだろ」

「なら、何の協力を求めている」

「綾小路が引き当てた試練のカードさ」

龍園はオレに配られたカードについて言及してきた。

「それをこっちに売れよ」

何の協力要請かと思っていたが、そういうことか。

「葛城の買収で相当資金繰りは苦しいはずだ。買い取るだけの金を用意できるのか？」

「50万くらいならなんとかなる。それで十分だろ」

確かに試練のカードを手放すならこのタイミングしかないだろう。けして得なトレードとは言えないが、少なくとも恵《けい》のために金を用意することは出来る。

「1つ条件を付ける。半減のカードを持ってる生徒とウチのクラスで便乗を持ってる生徒のカードを交換してくれ。それを呑《の》むなら手放しても構わない」

もし6人グループを作れず3人の状態で恵がペナルティを受けても、半減を使えば100万ポイントに抑えることが出来る。確実な安全圏に持っていけるのは大きい。

「クク、決まりだな。半減のカードならちょうどいい、そうだろ葛城？」

「どうせ手持ちはなくなる。半減のカードは持っていても意味がないからな」

そう言えば、葛城に配られていたカードは半減だったか。

試練のカードを手にした龍園が1位になれば、一気に450クラスポイント。

Bクラスは1000クラスポイントの大台が見えてくる。

2

間もなくグループ作りに与えられていた時間制限を迎える7月16日。

朝の支度をしていたオレの元に1本の電話が入った。石崎《いしざき》からだ。

「よー綾小路《あやのこうじ》、おはようさん」

「電話をかけてくるなんて珍しいな」

「もうすぐグループの締め切りだろ？　そのことで少し話があってよ」

「西野《にしの》の件か？　昨日まではまだ誰とも組んでなかったみたいだが」

まだ今朝のOAAは確認していないが、状況に変化はあったのだろうか。

「結局クラスからは組めそうな相手が見つからなくて、最終的に一之瀬《いちのせ》に頼み込んだんだ。そしたらCクラスの津辺《つべ》が協力してくれることになってよ」

2年Cクラスの津辺仁美《ひとみ》か。学力、身体能力共にB以上と十分戦力になる生徒だ。

「それは良かったな」

「ああ。これで俺たちBクラスはほぼ全員が2人以上のグループを作れたんだが……」

Bクラスで未《いま》だにグループを組んでいない生徒。

「伊吹《いぶき》だな」

「そう、伊吹のヤツだけまだ1人なんだよ。誰か入れてやってくんねーかな？」

「1人で特別試験に挑むのはリスキーだからな。どうにかしたい気持ちは分かる」

だが石崎の様子から、何度も説得して失敗しているのが伝わって来る。

「少し時間をくれ。心当たりがないわけじゃない」

「本当か？　悪いな朝からこんな話持ってきてよ」

オレは石崎に後で連絡すると伝え、電話を切る。

そして伊吹と組んでくれそうな人間に連絡を取ってみることにした。

幸いその人物はまだ寮から出ていなかったので、ロビーで落ち合うことに。

オレが下に降りた次のエレベーターで、待ち合わせていた堀北《ほりきた》が姿を見せた。

堀北もまた、未だに誰とも組む姿勢を見せていない数少ない生徒だ。

「グループ、どうするつもりなんだ？」

「今更ね。どうするも何も、私は今回グループ作りをするつもりはないわ。最大グループの人数が6人であることを踏まえれば、単独で行動しておくことは悪いことじゃない」

「臨機応変に対応できるようにしておく、ってことは分かる。だが万が一、体調を崩せばその時点で失格。多額のペナルティを払いきれず退学になるぞ」

わざわざオレが忠告するようなことじゃないのは、分かりきっているが。

「それくらいのリスクを負う覚悟は必要なんじゃないかしら。あなただって、現状誰ともグループを組んでいないのはそれが理由じゃないの？」

「だとしても、オレとおまえじゃ負うリスクが異なる」

「何が違うというの？」

「去年、おまえは無人島試験の前に体調を崩した」

「まさか1年前の話を持ち出すなんてね。誰だって体調を崩すことはあるわ」

「そうだな。おまえは冬にも熱で休んでたな。1年間で2回だ」

「たまたま去年一度も休んでいないあなただったら、今回も体調を崩さないと?」

「自己管理の問題で言えば、おまえよりも自信がある」

皆勤賞という事実を突きつければ、堀北《ほりきた》も納得するしかない。

「分かったわ。確かに私はあなたより自己管理が出来ていない。認めるわ。だけどその点に不安材料があるとしても——」

オレの目を見た堀北は、やや熱くなり始めていた口調を落ち着かせていく。

「分かってるならいい。おまえのやり方に反対するつもりは最初からない」

体調管理を徹底しておくこと。

そのことを、強く意識づけられたのなら十分だ。

「だがそれでも、単独行動が危険なことに変わりはないぞ」

「そうね」

「クラスでグループを誰とも組んでないのは、オレと堀北、それから高円寺《こうえんじ》の3人だけ。残りは最低でも2人以上のグループを組んでいる。出来れば2人グループを作って保険を打っておくべきだ」

「クラスで残ったのはあなたと高円寺くんだけ。つまりもう組む方法は無いということ」

「同じクラスだったらな」

「女子で誰とも組んでない人なんて、残っているの?」

「ああ、1人だけ思い当たる節がある」

「誰かいたかしら」

「2年Bクラスの伊吹《いぶき》だ。ＯＡＡで見てなかったのか？」

「そういえば、前に見た時はまだ1人だったわね」

「石崎《いしざき》から心配してる声を聞いた。伊吹と組んでくれる相手がいないかってな。今度の特別試験に向けて組んでやったらどうだ？　堀北」

「私が伊吹さんと？」

「女子2人ならどのグループにも合流できる。話だけでも聞いてみたらどうだ」

「確かに保険があった方がいいのは事実だけど……いいわ、話だけ聞いてみましょうか」

無下に出来ないと思ったのか、堀北は伊吹と会うことを承諾する。

オレは昼休みに時間を作るよう石崎に連絡を入れておくことにした。

3

それから昼休みになると、オレは堀北を連れて石崎と待ち合わせの場所に向かう。

「おー綾小路《あやのこうじ》！　こっちだこっち！」

遠くでオレを見つけるなり、石崎は飛び跳ねるように手を振って来る。

その隣には不機嫌そうに腕を組んでこちらを睨《にら》む伊吹の姿もあった。

「彼女、承諾済み？」

「あの様子じゃ、どうだろうな」

話を聞いて組むつもりにしては、機嫌が相当悪そうだ。

詳しい説明をしないまま連れてきたとみておくべきだろう。

「早くこっち来いってー！」

更にぴょんぴょん飛び跳ねるようにアピールする石崎《いしざき》。

「随分《ずいぶん》と親しい友人を持ったわね」

やや石崎の態度に引いている堀北《ほりきた》。

「良い奴《やつ》だぞ」

「だとしても、私はあまりお近づきになりたくないわね」

暑苦しいタイプって意味では須藤《すどう》と似ているが、石崎は石崎で違う系統だからな。

「一体どういうこと？　なんで綾小路《あやのこうじ》と堀北がいるわけ？」

やっぱり話は通ってなかったか。

オレと堀北とで目を合わせる。この場で石崎に進行を任せるのは不安がありそうだ。

「実はひとつ相談があって、石崎に伊吹《いぶき》を呼び出してもらった」

仕方がないので、オレがこの場で説明を始める。

「で？」

「今度の特別試験じゃ、伊吹は1人で参加するんだって？」

「私の勝手でしょ」

取り付く島もないほど、短く淡々《たんたん》と返してくる。

「グループを組んだ方がいいって、何度も勧めたんだけどな」

「私には必要ない」

「ま、必要ないってか組んでくれるヤツがいないんだよな」

協力したいのか邪魔したいのか、都度石崎から余計な一言が入る。

オレは目で黙っておくように視線を向けた。

「え？　なんだよ綾小路」

が……そんなお願いなど通じることもなく、石崎が聞き返してくる。

「何もない。ちなみに、ここにいる堀北も伊吹と同じで誰ともグループを組んでない」

「それが？」

「次の無人島試験、グループを組んでないと相当不利だからな。3人とは言わずとも2人グループさえ作れば、最悪どちらかがリタイアしても続行できる」

ここまで説明すれば、何を言っているかはわかって来るだろう。

「もう期限まで時間がないからな」

「それって、もしかして私と堀北に手を組めってこと？」

「ま、そういうことになるな」

「はあ!?　何勝手なこと言ってんのよ！」

「身体能力に関しては問題なさそうだけれど……それ以外には少々不満があるわね」

「って、あんたの方も何勝手なこと言ってんの！」

伊吹《いぶき》はズカズカと距離を詰めてくる。

そして後ろで呑気《のんき》な顔をしている石崎《いしざき》を睨《にら》みつける。

「あんたも、私と堀北《ほりきた》をグループにさせたくて手を貸したってわけ？」

「堀北とは知らなかったけどよ、でもいいじゃねえか組んだら」

「私はコイツも大嫌いだけど、それ以上に堀北が嫌いなのよ」

コイツ、とはオレのことだ。ご丁寧に眼前まで指先を突きつけられる。

「綾小路《あやのこうじ》くん、随分《ずいぶん》と嫌われているのね」

「知らない間に、な。でもおまえの方が嫌われてるみたいだけどな」

「光栄なことね」

オレと堀北が耳打ちしあっていたのも癪《しやく》に障ったのか、苛立《いらだ》ちを隠そうともしない。

「堀北に頼まれたのか何なのか知らないけど、絶対に組まない！」

本当に堀北のことが気に入らないようだな。

拒否することをオレに対して強く言ってくる。

「あら、まだ私はあなたと組むと言った覚えはないけれど？」

伊吹の態度を見て、堀北はそう刺激するようなことを口にする。

「は？　どういう意味よ」

「何か勘違いしているようね。あなたは余り物で1人になった、でも私は自分から1人で

戦おうと思っていた。同じ独り身でもまるで状況は違うのよ」

どこか呆《あき》れてそう答える堀北《ほりきた》。しかし、それを見て伊吹《いぶき》には火が付いたようだった。

「こっちだって自分から望んで1人でやんのよ。つか、あんたが1人でやるって言うならちょうどいいじゃない。勝負よ堀北」

鋭い視線の矛先を、オレから堀北へと移す。

「1ついいかしら。どうしてあなたは私に対抗心を燃やすの？　確かに無人島の時や体育祭の時に張り合う機会はあったけれど、特別なものはなかったはず」

「そう思ってるのはあんただけよ」

オレが知る限り、無人島の喧嘩《けんか》では伊吹が勝った。

そして体育祭の100メートル走では際どい勝負で堀北が勝った。

1勝1敗。だが、これはけして互いの全力によるものとはいいがたい。

まず無人島試験では、堀北は高熱の中で不利な戦いを強いられた。体育祭の時には伊吹が過剰に堀北を意識していたことにより、走りに乱れがあったのも間違いない。

つまり、どちらが優れているのかと聞かれれば、現状では判定不能。

屋上で龍園《りゅうえん》と共にオレに敗れた伊吹は、後日決着をつけようと挑んできたこともある。

要は白黒つけなければ、納得がいかない性格の持ち主だということ。

今度は無人島サバイバルで、生き残りをかけて競いたいのだ。

そう考えれば、この伊吹が堀北の手を取るはずもない。

「どうやら、無駄な時間だったようね」

「待ちなさいよ。受けるの？　受けないの」

「私は個人プレーがしたくて、単独であることを選んでいるわけじゃない。特別試験が始まれば臨機応変に誰かのグループと合流することも選択する」

1対1なら成立する勝負かも知れないが、確かにフェアな戦いにはならないだろう。

「だっさ」

「ダサいダサくないで、特別試験をしてるわけじゃないもの」

暖簾《のれん》に腕押し、伊吹の挑発をことごとく堀北は淡々《たんたん》と返すだけ。

「単独で戦う意志が強いのなら、私がグループを組んだとしても負けないように努力しなさい。それで勝ったのなら少しは認めてあげる」

「……上等じゃない」

堀北と伊吹ではグループが出来るはずもなく、交渉は決裂する。

しかしあえて最後に挑発することで伊吹のモチベーションを確固たるものにしたことだけは間違いないだろう。オレは軽く石崎《いしざき》に謝りつつ、堀北と教室に戻ることにした。

「伊吹が話を受けるはずがないと最初から分かってたろ。優しいことだな」

「挑発することで、彼女が無茶《むちゃ》をして失格することを狙ってるのよ」

素直じゃない答え方が、なんとも堀北らしいと思った。

○嵐の前の静けさ

1学期の終業式は、呆気《あっけ》ないほど早く訪れ過ぎ去った。

早くもオレたちは次なる目標へと突き進んでいかなければならない。

1年ぶりにこの学校を離れ、オレたちはこれから港に向かう。そして大型客船に乗り込みどこかの見知らぬ無人島へ。ゆっくりと過ごす時間も与えられないまま、明日の朝からは特別試験が始まりを告げる。一度教室に集まり簡単な説明を受けることになっていた生徒たちは、自分たちのクラスへといつも通り登校。担任の教師が姿を見せるのを待つ。モニターには忘れ物がないかの僅《わず》かなチェックシートが表示されている。

最大1週間分まで持ち込みが許可されている替えの下着は、衛生面を保つためでも絶対に欠かせないものだ。携帯は必須項目のようだが、これは無人島の試験開始時には没収されるだろう。仮に持ち込みが許可されたとしても、当然電波などは入らないため、単なるお荷物にしかならない。ペナルティの支払いだったり船内での買い物に使うのだろう。

始まりの鐘を待っていると、忘れ物がないかの再確認をしていたと思われる啓誠《けいせい》が席の前までやってきた。険しい顔つきをしている。

「正直に言って、無人島での戦いは俺の苦手な、雲を掴《つか》むかのような特別試験だ」

「日常生活からはかけ離れてるしな、無理もないさ」

「女子は特に大変そうだし、男の俺が文句も言ってられないんだろうけどな」

男子と違い女子には女性特有のものがあるため、この手の試験は不向きと言える。

もちろん学校側も極力配慮してくれているようだが、大変なことに変わりはない。

「グループ別の戦いだが、出来るバックアップはするつもりだ」

自身が苦手とする特別試験だが、仲間を守るため全力を尽くす決意を表明する啓誠。

「そうだな。何かしらの形で協力し合えることはあるはずだからな、その時は手を貸す」

オレも出来る範囲内での協力を約束した。

「でも、本当に1人で良かったのか？　体調を崩したら終わりだぞ。万が一ペナルティなんてことになったら600万……一巻の終わりだ」

「一応ここまで皆勤賞なのが、数少ないオレの自慢だ」

「最近はちょっとした皮肉に聞こえるようになってきたな」

そんな風に言って笑った啓誠は自分の席に戻っていく。程なくして新たな戦いを告げる鐘の音が鳴り響き、2年Dクラスの全生徒39名が着席する。

教室に入ってきた茶柱《ちゃばしら》の表情は当然のように険しく、重苦しい雰囲気になっていく。

「今日から夏休みだというのに、随分《ずいぶん》と辛気臭いな。まぁ無理もないが」

モニターとタブレットを起動した茶柱。

「ではこれから最終確認を行っていく。それと現時点で体調が悪い者は申告するように」

所持品、体調の確認。それから改めてスケジュールと必要なものが一斉に表示される。

幸いにも2年Dクラスには体調不良者はおらず、スムーズに進行する。流石《さすが》にグループを組まず単独を選んだ高円寺《こうえんじ》もこの段階では大人しい。

「問題が無いようで何よりだ」

出発前における必要事項の確認を終え、数分もしないうちにモニターの電源が切られる。

そして注目を集めるため、優しめに教壇を手の平で1回叩《たた》いた。

「おまえたちが特別試験を受けるのはこれが初めてじゃない。1年以上もこの学校で戦い続け、そして苦難と戦いながらも何とか乗り越えてきた。だが今回の特別試験はけして楽にクリアとはいかないだろう」

それは茶柱《ちゃばしら》からの忠告、警告といった類のもの。

けして弛緩《しかん》しているわけじゃない2年Dクラスに向けての、教師にできるアドバイス。

「これまでのどの試験よりも厳しいものになる、それは避けようのない現実だ」

生徒たち一人一人の顔を脳裏に刻み込むように、しっかりと生徒たちを見ていく茶柱。

「おまえたちに、1つだけ私からお願い事をしておく。出来れば誰一人欠けることなく、もう一度この教室に戻ってきてくれ」

片道切符にならないことを、ただただ願う茶柱だった。

「10分後グラウンドに集合して点呼を行う。必要ならトイレを済ませておくように」

それほど多くの時間もないため、慌ただしく教室を出ていく生徒たち。

明人《あきと》たちが入り口近くのオレの席に集まってきたところで、荷物を持って立ち上がる。

ほぼ時を同じくして高円寺も立ち上がると、廊下にではなく1人の生徒に声をかけた。

「少しいいかね？　堀北《ほりきた》ガール」

その珍しい行動に、オレだけじゃなくクラスに残る生徒たちも視線を奪われた。

「あなたが自発的に私に話しかけて来るなんて珍しいわね」

それは声をかけられた堀北も同様に抱いた感想だった。

「今から始まる特別試験について、少し話しておきたいことがあってねぇ」

「あら、ついにあなたも積極的に協力してくれる気になったのかしら？」

「半分正解としておこう」

意外な高円寺の言葉に、堀北は少しだけ怪しむような表情を見せる。

高円寺が簡単に協力するようなタイプでないことは、痛いほど理解しているからだ。

「何が狙いかしら。協力とは違う残りの半分を聞かせてもらえる？」

「上位3グループに与えられるクラスポイントを、君は喉から手が出るほど欲しいと思っている。それに相違はないかな？」

「当然でしょう。獲得するポイント次第でクラスが大きく入れ替わるかも知れないのよ」

「そこで1つ提案をしようじゃないか。もし私が無人島サバイバルにおいて好成績を残したなら、卒業までの間私の完全なフリーダムを約束してもらいたい」

信じられないような高円寺の発言に、クラス内が一瞬静まり返る。

条件付きとはいえ、まともに特別試験に参加する意思があることを表明した。

「完全な自由を約束……。なんとも思い切った提案ね。これまでのようにあなたが好き勝手するのを許し続けろということ？」

「Ｅｘａｃｔｌｙ．もちろん、許すだけでなく如何《いか》なる弊害《へいがい》も私が被《こうむ》ることのないよう君には馬車馬のように働いてもらうよ？」

それはつまり、たとえば去年行われたクラス内投票。クラスで不要な生徒を選出し、退学させるといった特別試験が今後行われた場合、無条件で高円寺《こうえんじ》を守れということ。

「簡単に呑《の》めるような話じゃないわね。クラスメイトが聞けば誰もがそう思うはずよ」

クラスに在籍する以上、最低限協力し合うことはある種義務のようなもの。

それを放棄《ほうき》させるような許可を易々《やすやす》と出せるはずがない。

「これは卒業までの前貸しみたいなものだよ」

次の特別試験で貢献《こうけん》してやるからあとは好きにさせろ、という提案。

「流石《さすが》のあなたも危機感を覚えていたようね。普段の自由な言動や行動をクラスの仲間はいつまでも許してはくれない。クラス内投票のような特別試験が再び起これば、あなたは矢面《やおもて》に立たされてしまうもの」

傾奇者《かぶきもの》の高円寺と言えど、試験内容によってはピンチを避けることは出来ない。

「そんな尖《とが》った提案なんかしないで、他の人たちと同じようにしてくれるのが1番よ」

堀北《ほりきた》は高円寺の提案を蹴ろうとする、それは自然の流れだ。

だがここで断っても、今後の特別試験で高円寺が協力することはないだろう。

もしあるとすれば自分自身が窮地《きゅうち》に追い込まれた時くらいなもの。

それなら、この無人島特別試験だけでもやる気を出させるのは1つの選択肢だが……。

「悪いけれど、私は高円寺くんの持つ才能を評価しているの。今回の特別試験だけ『そこそこ』の活躍をさせて、あとは見学させる、というのは割に合わないわ」

様々なものを天秤《てんびん》にかけた結果、堀北が決断する。

「なるほど。では交渉は決裂ということかな」

「——いいえ。一定条件を加えることでその提案を受けても構わない」

一瞬拒否したかに思われたが、どうやら堀北には別の考えがあるらしい。

「好成績なんて曖昧《あいまい》なものではダメよ。学校内で1位を取ったグループには相応の報酬《ほうしゅう》が用意されているこの試験。あなたが単独で1位を取れたなら、それは卒業までの前借りとして、こちらが納得するに足る理由になるかも知れないわね」

誰ともグループを組んでいない高円寺が勝てば、クラスポイントが300も入る。卒業までの貢献度としてみても十分と言えるかも知れない。だが現時点で軽く100グループを超えるライバルたちがいる中で1位を取ることは、幾《いく》ら高円寺といえど容易じゃない。

「フフフフ。なるほど、確かに単独での1位ならば君も納得してくれそうだねぇ」

愉快な提案だと高円寺は高らかに笑う。

「いいとも、その条件で交渉成立としようじゃないか」

「いいえ、それだけじゃ駄目よ」

無茶《むちゃ》とも思える提案を呑《の》む姿勢を見せる高円寺《こうえんじ》に、間髪入れず付け加える。

「まだこちらの条件を話し切っていないわ。大言壮語を語るあなたに無理やり付き合わされるのだから、1位を取れませんでしたで終わらせられても困るの」

「つまり？」

「もし1位を取れなかった場合は、その次に行われる特別試験でもクラスに協力し、成果を出すと約束してもらうわ」

隣で一部始終を見つめる啓誠《けいせい》が息を呑んだ音が聞こえてきた。見事な追加条件という他ないだろう。万が一に高円寺が1位を取ればそれはそれで良し。1位が取れなかったとしても追加の条件で次の特別試験で貢献《こうけん》させる。どちらに転んでもDクラスに損はない。

あとはこの追加条件を高円寺が呑むかどうかだが……。

「堀北《ほりきた》ガールも中々強気なオーダーをしてくるじゃないか」

「今話した条件でもいいのなら、今回のあなたの提案を受けてあげるわ」

「では交渉成立だよ堀北ガール。話した条件を忘れないようにしたまえ」

追加の条件を受けてもなお、高円寺は拒否することなく受けて立つことを表明する。

「あなた本気で単独の1位を取るつもり？」

「無論さ。私には不可能などないからねえ」

無茶を要求した堀北だが、自信を見せる高円寺に驚きを隠せないようだった。

「さて話は終了だ。それでは行くとしようか」

高円寺は交渉がまとまったことに満足し、教室を出て行く。

誰もその高円寺に声をかけることが出来ず見送ることしかできない。

「彼がどこまで本気なのか全く分からないわね……」

「まあ、そうだろうな」

「でもこれは千載一遇のチャンスよ。彼自身に言質《げんち》を取らせることが出来たのだから」

それを素直に信用するのもどうかとは思うが、確かにこれまでにない展開だ。

高円寺自身、今後自由気ままな学校生活を送るためには、それなりのバックアップが必要になる。これまでのように好き勝手していれば、守るべきクラスメイトの優先順位が必然的にカーストの下位に落ちていくことだろう。今回何も言いださなかったとしても、どこかで対応策は迫られることになる。

しかしDクラスのリーダーである堀北が認めるとなれば話は別。

「万が一彼が上位に食い込む結果を残しても、私たちがそれを上回れば最高ね」

そう言って、堀北はオレに視線を向けてきた。

「私たちが1位を取って高円寺くんが2位か3位を取る。もしそんな快挙を成しえたら、私たちのクラスが得る恩恵は相当なものになるわ。これまでの遅れを一気に取り戻せる」

単純計算で、2年Dクラスは4、500ポイントのクラスポイントを得る。そうなれば保有するクラスポイントは7、800が見え、一気にBクラスへ浮上する。

しかもオマケで、高円寺は次の特別試験でも結果を残してくれる……か。

「けど不気味ではある。高円寺《こうえんじ》に関しては全く底が知れないところがあるからな」

学力にしても身体能力にしても、持っているポテンシャルをいかんなく発揮しているかと言えばそうじゃないだろう。並々ならぬ才能を持っていることだけは確かだ。

「そうね。でも簡単に1位を取れるかどうかは別問題よ」

坂柳《さかやなぎ》や一之瀬《いちのせ》、龍園《りゅうえん》といったクラスを代表する猛者たちが本気で1位を狙いに行く。

もちろんそれだけじゃない。分かっているだけでも1年生からは宝泉《ほうせん》や天沢《あまさわ》といった新進気鋭のグループが存在する上に、手強《てごわ》いであろう南雲《なぐも》や桐山《きりやま》、鬼龍院《きりゅういん》の3年生。

そしてこれまで言葉にはしていないが、オレ自身上位を狙って行動するつもりでいる。

果たして2週間後に1位の座を射止めているのは誰なのか。

誰が、この学校から去ることになってしまうのか。


長い夏が、始まろうとしていた。

1

「もう7月も後半、随分《ずいぶん》と暑くなりましたねえ」

学校に、続々と入って来る大型バスを見下ろしながら、月城《つきしろ》はそう呟《つぶや》いた。

「はい、そうですね」

感情の無い言葉で、それを返すのは1年生。

そんな1年生に月城は視線を向けることなく、言葉を続ける。

「もう分析の時間は終わりにして下さい。これ以上の遅延行為に何ら得はありません」

「綾小路清隆《あやのこうじきよたか》を——退学にさせろ、と？」

「あなたの手には余りますか？」

「簡単な相手でないことは判明しています。いえ、最初から分かっていたことです」

「私も最大限協力いたしますよ。というより、これ以上の支援は不可能です」

それを聞き、生徒は月城が強引にこの計画を推し進めたことを思い出す。

「相当な無茶《むちゃ》をされた、ということですか」

「ええ。この特別試験にかかる予算を捻出するために相当な無理もしましたし、何より厳しいルールを設けることに反対する学校側を強引にねじ伏せましたからね」

「これ以上、理事長代理を続けていくことは難しいのでは？」

「でしょうね。坂柳理事長の不正疑惑もそろそろ晴れる頃ですし、私がお役御免になることは目に見えています。だからこそ、最後に大きな花火を用意いたしました。如何《いか》なる手段を用いてでも、綾小路清隆をこの学校から追い出していただきたい。いいですね？」

「——はい。もう迷いはありません」

「それは良かった。それなら、この特別試験……思う存分暴れて下さい。全てが片づけば、あなたも元の生活に戻れる。お互い、あるべき場所に帰りましょう」

利き腕である左手に、自然と力《ちから》が篭《こも》る少女。

それを横目《よこめ》に見て、月城《つきしろ》は柔《やわ》らかく微笑《ほほえ》む。

「期待していますよ。――七瀬《なせ》翼《つばさ》さん」

あとがき

読者の皆様。まず始めに発売延期してしまったことをお詫《わ》びしたいと思います。自粛の流れで娘の保育園が休みになったこと、妻の体調が長期間優れなかったこと、そして第二子の誕生などが重なった結果、ひとまず執筆業よりも家族を支えることを優先させていただきました。

お陰様で家族も増え、環境も落ち着きを取り戻し始めたことで執筆に割ける時間も徐々にですが増え始めています。

そしてこのように大変な時代だからこそ、自分の作品を娯楽として心待ちにして頂いている方々がいることを忘れてはいけないんだと改めて考えさせられました。この度2巻の発売がずれ込むことになってしまった穴埋めは、どこかで必ず果たしたいと思います。どうぞ、今しばらくお待ちくださいますようお願いいたします。

はい、というわけで衣笠彰梧《きぬがさしょうご》です。皆さんお元気ですか？　私は満身創痍です。

もうね、色々と疲れたよ僕は。鬱憤はいっぱい溜《た》まってるよ。

時間が有り余ってるときは執筆作業に心が挫《くじ》けそうになることもあるけど、今回は初めて逆を体験したね。執筆をさせてくれ！　と心の底から叫んだね。時間がないと、仕事できるありがたみを再認識するよホント。

まぁ世の中暗いニュースが多いけども小さいながら悪くないこともあったなと思います。たとえば、自粛続きで様々なお店がお弁当販売を始めたことで、今まで素通りするだけだったお店の味を知るきっかけになったりね。通常営業に戻ったら必ず行こうと決めているお店が何軒もあります。

さて発売となった2年生編2巻ですが、3巻以降に続く前哨戦《ぜんしょうせん》になってます。基本的には1冊1特別試験を意識してるんですが、今回ばかりはそうも言ってられません。全学年が本格的に勝ちを目指して戦うため、それだけでどうしても長くなってしまいました。今まで以上に『続く』という形になってしまうので、そういう意味でも出来るだけ早く次の巻をお届けできたらなと思います。

年内にあと2冊……出したいよね。出来るかな、出来ないかな……。

というわけでその辺にも何となく注目しておいてください。

過度な期待は禁物だぞっ☆？

MF文庫J

ようこそ実力至上主義の教室へ 2年生編2

2020年 6月25日 初版発行
2024年 9月30日 27版発行

著者 衣笠彰梧

発行者 山下直久

発行 株式会社 KADOKAWA
〒102-8177 東京都千代田区富士見2-13-3
0570-002-301（ナビダイヤル）

印刷 株式会社広済堂ネクスト

製本 株式会社広済堂ネクスト

Printed in Japan ISBN 978-4-04-064664-0 C0193

●お問い合わせ
https://www.kadokawa.co.jp/（「お問い合わせ」へお進みください）
※内容によっては、お答えできない場合があります。
※サポートは日本国内のみとさせていただきます。
※Japanese text only

◇◇◇

【ファンレター、作品のご感想をお待ちしています】
〒102-0071 東京都千代田区富士見2-13-12
株式会社KADOKAWA MF文庫J編集部気付「衣笠彰梧先生」係 「トモセシュンサク先生」係